Veronika Peters

Aller Anfang fällt vom Himmel

GOLDMANN
Lesen erleben

Veronika Peters

Aller Anfang fällt vom Himmel

Roman

GOLDMANN

Originalausgabe

(Dieses Buch ist auch als E-Book erhältlich.)

MIX
Papier aus verantwortungsvollen Quellen
FSC® C014496

Verlagsgruppe Random House FSC® N001967
Das für dieses Buch verwendete
FSC®-zertifizierte Papier *Munken Premium*
liefert Arctic Paper Munkedals AB, Schweden.

1. Auflage

Umschlaggestaltung: Uno Werbeagentur, München
Umschlagmotiv: plainpicture/Baertels
Satz: Buch-Werkstatt GmbH, Bad Aibling
Druck und Bindung: GGP Media GmbH, Pößneck
Printed in Germany
ISBN 978-3-442-31321-1
www.goldmann-verlag.de

Besuchen Sie den Goldmann Verlag im Netz

Die Löcher sind die Hauptsache
an einem Sieb.

Joachim Ringelnatz

Für den Lieblingsbruder

Kurz vor Schluss
Pellerow im August

Wach auf, alter Mann, und lass uns eine Bank überfallen!«

Die Stimme klatscht ihm wie ein Schwall kaltes Wasser ins Gesicht. Trotzdem schließt er sofort die Augen wieder, die er im ersten Schreck aufgerissen hat, lehnt sich an die Buche in seinem Rücken, spürt den runden kleinen Vorsprung, wo er letzte Woche den Ast abgesägt hat, spürt die schorfige Rinde am Hinterkopf und die Wärme der Abendsonne auf seinem Gesicht, tut zwei, drei tiefe Atemzüge, bevor er etwas sagt:

»Billa.«

Ganz ruhig spricht er den Namen aus, eine Feststellung, als wäre damit alles geklärt, als könnte er sein Nickerchen jetzt fortsetzen und später, wenn es kühler wird, zurück ins Haus gehen, sich einen Wein eingießen, vielleicht ein Feuer im Ofen anzünden oder sich mit dem Glas in der Hand wieder an den Baum lehnen und zusehen, wie die Sonne über den Wipfeln hinter dem See untergeht in einer glühenden Wolke aus Rot, Blau und Gold. Wenn ihm danach wäre, könnte er auch einen Spaziergang machen, am Ufer entlang bis zum Imbiss, wo er mit den Fischern und den anderen Männern des Dorfs einen Absacker zu sich nehmen und den Erzählungen des Tages zuhören würde, was sie gefangen haben und wie viele Fremde aus der Stadt gekommen sind, um Räucheraal und eingelegte Gurken zu kaufen.

Solange er Billa nicht anschaut, besteht die Möglichkeit, dass sie verschwindet, sich davonmacht, ohne ihn weiter zu behelligen, von selbst bemerkt, dass ihre Anwesenheit gerade eine wohlverdiente Abendruhe stört, dass er hier im Unterhemd sitzt, verschwitzt und schmutzig, nach einem Nachmittag im Kampf mit Brennnessel und Giersch … Nicht auf Besuch eingerichtet. Er ist ganz und gar nicht auf Besuch von *ihr* eingerichtet.

Es funktioniert nicht. Natürlich. Schritte knirschen im Kies, kommen näher, etwas schiebt sich zwischen ihn und die Abendsonne.

»Bist du noch böse?«, fragt sie. Es klingt besorgt, aber nicht sehr. Er sieht sie an. Saubere Jeans, ein T-Shirt mit Bob-Marley-Aufdruck, Turnschuhe so gut wie neu, sie hat sich schick gemacht.

»Wie kommst du hierher?«, fragt er.

Sie deutet zum Gartentor, wo ein glänzender Schädel hinter dem Busch aufblitzt. Deshalb also hat der Hund nicht angeschlagen, denkt er und ruft: »Schiller, komm schon rein!«

Schiller betritt das Gelände, wehrt den begeisterten Hund ab, schaut sehr schuldbewusst und sagt: »Die Kleine war so hartnäckig, Korb, ich konnte sie nicht länger abwimmeln, und dann fand ich sechs Wochen Pause auch irgendwie genug für dich.«

»So«, sagt er und wundert sich, warum sein Unmut sich nicht deutlicher äußert.

»Musste doch mal schauen, wie es meinem alten Mann geht«, drängt sich die helle Stimme dazwischen.

Mit achtzehn Jahren hört sie sich immer noch an wie ein tumbes kleines Mädchen, das auf liebes Ding macht, denkt er und sagt:

»Ich bin nicht dein alter Mann!«

»Hab Kotelett und Thüringer im Auto«, nuschelt Schiller und stapft wieder zum Gartentor hinaus, der Hund hinterher.

Sie steht dicht vor ihm, nimmt ihm die Sonne, die Hände

tief in die Hosentaschen gegraben, die Ellenbogen abgewinkelt, dreht sich in den Hüften hin und her, dreist oder verlegen, schwer zu sagen.

»Schön hast du's hier.«

Er nickt. Sie tritt von einem Bein aufs andere.

Sie hören die Seitentür von Schillers Transporter scheppern, einen schrillen Pfiff, ein Bellen, dann wieder Schillers tiefen Bass, der sich nähert. »Jajajajaja, für dich fällt schon auch noch was ab!«

Schiller schleppt ächzend eine riesige Kühlbox, himmelblau mit weißem Deckel, und der Hund hängt mit der Nase dran wie festgeklebt. Grinsend setzt er die Box im Kies ab, wischt sich den Schweiß mit dem Saum seines karierten Hemds von der Stirn und schaut von einem zur anderen.

»Was denn? Streitet ihr wieder?«

»Aber nein«, sagt Korbinian versöhnlicher, als es eigentlich seine Absicht war. »Ich will mich nur erst mal ein bisschen frisch machen, bevor ich Gäste empfange. Bin gleich wieder da.«

Als er zehn Minuten später in gebügeltem Hemd und sauberer Hose aus dem Haus tritt, sitzen Billa und Schiller plaudernd auf der Bank unter der Buche – seiner Bank. Beide haben eine Flasche Bier in der Hand, der Hund liegt abseits und kaut an einem Stück rohem Fleisch, ein schönes, ein friedliches Bild. Eigentlich.

Ich bin gespannt, womit sie Schiller eingelullt hat, damit er sie hier herausbringt, denkt er, in ein geradezu ideales Versteck, wenn man in der Stadt mal wieder Mist gebaut hat.

Billa springt etwas zu eilfertig auf, als sie ihn kommen sieht, deutet auf den frei gewordenen Platz neben Schiller und lässt sich selbst ins Gras fallen.

»Willst du auch eins?«, fragt sie und hält ihre Flasche hoch.

Er schüttelt den Kopf. »Nicht für mich. Aber danke.«

Sie stellt die Flasche in einigem Abstand neben sich, als dächte auch sie nicht im Traum daran, sie jetzt zu trinken. Und weil er den bösen kleinen Gedanken, der ihm gerade durch den Kopf schießt, nicht rechtzeitig abwenden kann, fragt er:

»Wie geht's Manni?«

Zu seiner Überraschung strahlt Billa ihn an, greift sofort das Stichwort auf:

»Vorgestern war Verhandlung. Stell dir vor: Er hat Bewährung gekriegt. Super, oder?«

»Und da suchst du schon gleich wieder Komplizen für einen Banküberfall?«

»War ein Witz! Ich mach nichts mehr, ehrlich. Manni auch nicht, er hat jetzt echt was kapiert, sagt er. Ich soll dich grüßen. Von Emi natürlich auch. Besonders von ihr. Sie vermisst dich. Selbst der rothaarige Idiot fragt nach dir. Ich habe denen natürlich nicht verraten, wo du bist.«

O Gott, denkt er, ich hab sie wieder am Hals. Und die anderen mit Sicherheit auch bald. Alle.

Weil er nicht weiter auf die Grüße eingehen will, fragt er:

»Was versteht einer wie Manni unter *kapiert?*«

»Im Ernst. Er hat's mir versprochen.«

»Na dann …«

»Außerdem muss ich keine Bank überfallen, sondern du.«

»Wieso ich?«

»Du wirst Geld brauchen, wenn du Schiller das alles hier abkaufen willst.«

»Wer sagt, dass ich kaufen will?«

»Schiller sagt das.«

Er sieht seinen Freund an, der schulterzuckend einen langen dunklen Ton auf der Öffnung seiner Bierflasche bläst und dann sein Schiller-Grinsen grinst, das ihn, wie so oft, jeglichen Kommentars enthebt.

»Na ja«, sagt Korbinian, »vielleicht hat er recht, und sechs Wochen Pause sind genug. Wollen mal sehen, was sich diesen Sommer noch so ergibt.«

Und dann geht er zur Kühlbox, zieht ein Sternburg zwischen Eisstücken, Fleischpackungen und Würsten heraus und hält es Billa zum Öffnen hin.

All das wäre vor neun Monaten noch absolut unvorstellbar gewesen.

Teil I
Das Fundmädchen

1

Ein kalter Herbststurm hatte die ganze Nacht über der Stadt getobt, und Korbinian Gerhard hatte schlecht und unruhig geschlafen. Dennoch schlug er wie an allen Werktagen der vergangenen Jahre auch an diesem Freitag um Punkt sieben die Decke zur Seite, sobald sein Wecker den ersten Ton von sich gegeben hatte. Er hob die Beine über die Bettkante, richtete sich langsam auf und blieb einen Moment still sitzen, damit der Kreislauf in die Gänge kam. Währenddessen glitten seine Füße in die Hausschuhe, die er am Vorabend bereitgestellt hatte: rechter Winkel zum Bett, parallel nebeneinander, exakt an der richtigen Stelle.

Er fühlte sich nur dann wohl, wenn alles um ihn herum verlässlich strukturiert war, wenn die Welt ihre Ordnung hatte, und sei es nur in Form perfekt positionierter Filzpantoffeln in der Morgenfrühe.

Der Tod seiner Frau Marie, die ihn von dem gerahmten Foto auf der Kommode im Flur verhalten anlächelte, lag sieben Jahre, elf Monate und neun Tage zurück, und er hatte sich so gut in der Gleichförmigkeit seines Witwer-Alltags eingerichtet, wie es eben möglich war.

Der einzige Mensch, der ihn noch gelegentlich auf einen Sonntagnachmittagstee besuchte, war seine jüngere Schwester Emilia, und das auch nur, weil es sich schlicht nicht verhindern ließ.

Nachdem seine Frau so völlig unerwartet gestorben war,

hatte er sich das Alleinsein wie einen Mantel umgelegt, der ihn vor dem Mitleid und der Anteilnahme anderer schützte. Die bedeutungsvollen Blicke, das hilflose Gestammel, die Verlegenheit, mit der die Leute ihm begegneten, all das hatte das Unfassbare nur schlimmer gemacht. Kurz nach der Beerdigung hatte er deswegen alles darangesetzt, die Kümmerer und Möchtegerntröster so schnell wie möglich loszuwerden. Er hatte den Anrufbeantworter unbeachtet auf Dauerbetrieb laufen lassen, Kondolenzbriefe direkt zum Altpapier gegeben, wohlmeinende Helfer so lange unter fadenscheinigen Gründen abgewiesen, bis sie es aufgaben. Als endlich Ruhe eingekehrt war, begann er damit, sein Leben ohne Marie in den Griff zu bekommen, was nur und ausschließlich im Alleingang möglich gewesen war.

Seine freien Stunden und Tage verbrachte er seither am liebsten in seiner Wohnung. Er mochte es, endlos in den Kunstbildbänden zu blättern, die seine Regale füllten, sich in Klassiker oder Künstlerbiografien zu vertiefen, die Zeitung ohne Unterbrechung von der ersten bis zur letzten Seite zu lesen, Naturdokumentationen im Fernsehen anzuschauen, all diese angenehmen Dinge zu tun, bei denen die Anwesenheit anderer Menschen nur gestört hätte. Allenfalls ein Gang durch den Park konnte ihn freiwillig aus der Wohnung locken, wobei er auch da nie jemanden direkt ansah oder grüßte, um der Gefahr auszuweichen, in ein Gespräch verwickelt zu werden.

Es genügte ihm völlig, dass er vormittags in der Schule dazu gezwungen war, unablässig mit Kindern, Kollegen und Eltern umzugehen, aber das ließ sich nun mal nicht ändern, wenn er nicht in Frührente gehen wollte.

Alleinsein und Ordnung, das waren die beiden Pfeiler, auf denen Korbinians Existenz als Witwer bis zu diesem vierzehnten November aufgestellt war, Alleinsein und Ordnung hielten ihn beieinander, und genauso wäre es bis an sein Lebensende geblieben, wenn er selbst zu bestimmen gehabt hätte.

Korbinian löste seinen Blick von dem Foto seiner Frau und ging ins Bad. Im Spiegel betrachtete er sein fahles Gesicht, die Tränensäcke unter den Augen, das schütter werdende Haar. Bis dass der Tod euch scheidet. Sie würden einander nie altern sehen.

»Alles um uns herum verändert sich. Nur du nicht«, hatte Marie wenige Tage vor der Katastrophe zu ihm gesagt, und er hatte das damals als Kompliment genommen. An diesem Morgen aber, als ihm ihre Worte und deren mögliche Bedeutung wieder einmal durch den Kopf gingen, war er sich nicht mehr hundertprozentig sicher, ob er sie richtig interpretiert hatte. Und diese Unsicherheit irritierte ihn mehr, als er für möglich gehalten hätte.

Er wusch und rasierte sich, ging danach in die Küche, um sich sein Frühstück zuzubereiten. Zwei Eier der Größe M in der Pfanne verrührt, eine Scheibe Graubrot mit Butter, zwei Tassen Filterkaffee, ohne Milch und ohne Zucker, wie an jedem einzelnen Morgen seit bald acht Jahren.

Als Marie noch am Leben gewesen war, hatte morgens immer sie den Tisch gedeckt, während er noch beim Rasieren gewesen war, und Eier hatte es nur sonntags gegeben wegen des Cholesterinspiegels. Vielleicht war auch der sich damals schon bei ihm abzeichnende Bauch der Grund gewesen, und seine Frau hatte es nur taktvoller auszudrücken versucht.

Während er darüber nachdachte, wandte er sich mit der Pfanne in der Hand vom Herd zum Küchentisch, um sein Ei neben das geschmierte Brot auf den Teller rutschen zu lassen, nahm dabei etwas zu viel Schwung und verfehlte den Teller knapp. Die Eiermasse klatschte mit einem unappetitlichen Schmatzen auf den Küchenboden.

Korbinian schüttelte den Kopf und griff zum Lappen. Wenn etwas durcheinandergeriet, musste man es eben wieder in die Ordnung zurückführen, und dieses kleine Missgeschick hier war leicht zu bereinigen.

Nachdem er die Eierreste in den Mülleimer entsorgt und den Boden gesäubert hatte, verließ er trotz des Malheurs pünktlich um sieben Uhr dreißig das Haus.

Korbinian stemmte sich gegen den immer noch mächtig wehenden Wind. Er drückte mit der einen Hand seine alte Aktentasche an die Brust, verhinderte mit der anderen, dass der Hut weggeblasen wurde, und war erleichtert, als er keine zwanzig Minuten später heil das Schultor passierte.

In den ersten beiden Stunden hatte er die 3b während einer Deutscharbeit zu beaufsichtigen, eine angenehm ruhige Tätigkeit. Im Anschluss war die 4a außerplanmäßig während der Pause davon abzuhalten, die Einrichtung des Klassenzimmers zu zerlegen, da aufgrund des stürmischen Wetters alle Schüler in den Räumen zu bleiben hatten. Eine notwendige Sicherheitsmaßnahme, wie im Auftrag von Direktorin Schmalenberg über die Lautsprecheranlage verkündet worden war. Korbinian ließ die Kinder ihre Frühstücksbüchsen auspacken, bat um Zimmerlautstärke und widmete sich selbst seinem täglichen Apfel.

Nach etwa sieben Minuten Sicherheitsmaßnahme kippte ein dickliches Mädchen mit strähnigem, aschblondem Haar seitlich mit seinem Stuhl um, knallte dabei gegen den Nachbartisch und blutete derart heftig aus der Nase, dass Korbinian sein bestes Stofftaschentuch opfern musste. Weil sich spontan kein Freiwilliger finden ließ, begleitete er die weinende Schülerin persönlich zur weiteren medizinischen Versorgung ins Sekretariat, obwohl das hieß, die Verantwortung für die im Raum verbleibenden Kinder dem zuständigen Klassensprecher zu übertragen, einem Professorensohn, den er für einen intriganten und gefallsüchtigen Streber hielt. Zehn Minuten später musste er dann die empörte Rede der herbeigeeilten und von verletzter Aufsichtspflicht faselnden Mutter über sich ergehen lassen. Die Frau war trotz des verkniffenen Gesichtsausdrucks von derart makelloser Eleganz, dass ihm das dicke hässliche Mädchen daneben selbst dann von Herzen leidgetan hätte, wenn es gerade nicht verheult und blutbeschmiert gewesen wäre. Sie sei Anwältin, verkündete die Mutter, und die Zustände an dieser Schule seien ihr schon lange ein Dorn ihm Auge, ihre Henriette sehe sie tagtäglich den übelsten Nachstellungen ausgesetzt, Mobbing sei das, ein ganz klarer Fall, aber niemand unternehme etwas zum Schutz des Kindes, ein Skandal, und so weiter. Korbinian ließ die Tirade an sich vorbeirauschen, während er sich auf etwas Angenehmes zu konzentrieren versuchte, eine Blumenwiese von Monet zum Beispiel.

Als der Dame angesichts seiner gleichbleibend lächelnden Gesprächsverweigerung nichts mehr einfiel, worüber sie sich beschweren konnte, verstummte sie jäh, und er sah seinen Einsatz gekommen. Mit wenigen, aber warmherzig und verständnisvoll klingenden Worten versprach er, in Zukunft ganz besonders auf das Wohlbefinden der lieben Henriette zu achten, und schickte mit dem nächsten Satz Mutter und Kind samt schuleigenem Eisbeutel in dessen Genick zur weiteren Genesung nach Hause. Die Anwältin nahm das indigniert, aber widerspruchslos hin, bejahte Korbinians Bitte, im Fall eines Arztbesuchs der Schule umgehend Meldung zu machen, und wünschte beim Hinausgehen halbwegs versöhnt einen guten Tag.

Die Sekretärin, vor deren Schreibtisch sich die Szene abgespielt hatte, seufzte auf und sagte: »Herr Gerhard, was hätte ich nur mit dieser grässlichen Person gemacht, wenn Sie nicht bei mir gewesen wären?!« Dabei flammte über ihre Wangen ein so tiefes Rot, dass Korbinian sich wunderte.

»Ach was, Frau Schütz, Sie hätten das auch gut ohne mich hingekriegt«, murmelte er und kehrte in seine Klasse zurück.

Nun reicht es für heute aber wirklich, sonst erwäge ich ernsthaft die Frührente, dachte er, nachdem er das Gepetze des Strebers ignoriert und die aufgeregte 4a mit einem Kurzdiktat, das um einiges über den allgemeinen Leistungsanforderungen lag, wieder zur Ruhe gebracht hatte.

Als er gegen vierzehn Uhr erschöpft, aber mit der Aussicht auf ein entspanntes, stilles Wochenende das Schulgebäude verließ, schlug Korbinian wie üblich den Weg zu Bolles Ochsenglück ein.

Er trat in den schlicht eingerichteten Schankraum, grüßte den glatzköpfigen Wirt mit Handzeichen und schob das »Reserviert«-Schild auf einem kleinen Tisch am äußersten Ende des Raums beiseite, um seinen angestammten Platz hinter einer mannshohen Zimmerlinde einzunehmen. Ohne dass er eigens bestellen musste, wurde ihm eine Viertelstunde später das Tagesgericht mit einer kleinen Apfelschorle serviert, Kassler, Kartoffelbrei, Sauerkraut, eine mittlere Portion.

»Guten!«, sagte der Wirt.

Korbinian senkte dankend den Kopf, nahm sein Besteck und aß.

Nach dem Essen legte er einen Schein unter das geleerte Glas, hob erneut die Hand zum Gruß und ging. Kein einziges Wort hatte er sagen müssen, um gut gesättigt den Heimweg antreten zu können. Das war einer der beiden Gründe, warum er dem Ochsenglück trotz der eher mittelmäßigen und wenig abwechslungsreichen Küche schon seit Jahren die Treue hielt. Der andere Grund war schlicht und einfach Dankbarkeit.

Das Datum, an dem Korbinian das Lokal zum ersten Mal betreten hatte, war tief in sein Gedächtnis gebrannt: Montag, der elfte Dezember 2006. Maries Familie hatte auf einem traditionellen Kuchenbuffet im Anschluss an die Beisetzung bestanden, und er war fest entschlossen gewesen, daran teilzunehmen, seine Pflicht als Schwager und frisch verwitweter Ehemann zu erfüllen, ganz gleich, wie schwer es ihm fiel. Als sich dann aber die Menge vom Friedhof wegbewegte, war er, nachdem er mechanisch unzählige Hände geschüttelt und gut gemeinte Sätze überhört hatte, noch einmal an das offene Grab getreten. Er hatte auf den Sarg hinuntergeschaut, der lose mit Erde und Blumen bedeckt war, und dabei war ihm alles entglitten. Ob jemand aus seiner oder Maries Familie ihn angesprochen oder zum Mitkommen aufgefordert hatte, wie lange er dort stehen geblieben war, er wusste es nicht mehr. Alles, woran er sich erinnerte, war, dass er, statt sich der Trauergemeinde anzuschließen, durch die Straßen gelaufen war, bis er am späten Nachmittag festgestellt hatte, dass er sich in einer Seitengasse nicht weit von seiner Wohnung befand. Er war stehen geblieben, hatte sich umgeschaut, und da war ihm das eigenartige Wirtshausschild aufgefallen, das er zuvor nie bewusst wahrgenommen hatte: Ein grinsender Kuhkopf aus Blech, grün und lila angepinselt, schaukelte an einem eisernen Winkel im Wind. Das Gebilde ähnelte eher einer Schülerarbeit als dem Werk eines professionellen Schmieds. Außer dem kahlen Wirt war nur ein einsamer Trinker an der Theke anwesend gewesen, als er, wie ferngesteuert, die Gastwirtschaft betreten hatte. Korbinian war mitten im Raum stehen geblieben, unschlüssig, was er jetzt tun sollte, und hatte auf die lebensgroße Gipsbüste gestarrt, die streng von einem Regal hinter der Zapfanlage herunterschaute. *Friedrich Schiller* hatte jemand mit einem dicken Filzstift auf den Gipssockel geschrieben, und Korbinian hatte sich aus einem für ihn unerfindlichen Grund darüber gefreut. Anscheinend eine dichterfreundliche Kneipe, hatte er gedacht, und dass diese Tatsache Marie gefallen hätte. Der Wirt hatte ihn währenddessen aufmerksam gemustert und dann mit ernster Miene gefragt, ob er ihm etwas zu essen bringen dürfe. Korbinian hatte genickt.

»Wusste ich's doch«, hatte der Wirt gesagt und mit ausgestrecktem Zeigefinger auf den Tisch in der rechten hinteren Ecke gedeutet, wo man sichtgeschützt hinter der üppig wuchernden Zimmerlinde sitzen konnte. Korbinian hatte stumm Platz genommen. Wenig später hatte der Kahlköpfige ohne vorherige Bestellung einen dampfenden Teller Bauernfrühstück und ein frisch gezapftes Bier an den Tisch gebracht, und Korbinian war sich, völlig erstaunt, der Tatsache bewusst geworden, dass er wirklich großen Hunger hatte.

»Pils geht heute aufs Haus«, hatte der Wirt gesagt und das Glas vor Korbinian hingestellt. Dann hatte er ihm kurz, aber energisch auf die Schulter geklopft und war wieder hinter die Theke verschwunden.

Warum auch immer, aber diese etwas raue Geste und der Duft des gebratenen Specks über den Kartoffeln waren das einzig wirklich Tröstliche an diesem zweitschlimmsten aller Tage gewesen, womöglich sogar die Rettung davor, direkt bis zum Kanal durchzumarschieren und dem Elend ein kaltes nasses Ende zu bereiten.

Als Korbinian tags darauf zur Mittagszeit im Ochsenglück erschien, hatte der Wirt ihm freundlich lächelnd denselben Platz wie am Vortag zugewiesen, als seien sie bereits alte Bekannte.

»Großen Hunger?«

»Mittel.«

»Gulasch mit Knödeln und Rotkraut?«

»Gern.«

»Heute musst du dein Bier selbst bezahlen.«

»Ab heute trinke ich Apfelschorle.«

»Auch gut.«

Das war das längste Gespräch, das bislang zwischen ihm und dem glatzköpfigen Wirt stattgefunden hatte, von dem er nicht einmal den Namen wusste. Seitdem war Korbinian Stammgast im Ochsenglück, wenn auch immer nur mittags, wenn nicht geraucht wurde und außer ihm sowieso kaum einer kam.

Aufgrund des rauen Wetters verzichtete Korbinian nach dem Essen auf einen Verdauungsspaziergang durch den Park, den er ansonsten zur Einleitung des Wochenendes gern unternahm. Stattdessen ging er direkt zum nahegelegenen Supermarkt. Er brauchte Butter und Fleischwurst für sein Abendbrot, auch die Äpfel gingen zur Neige. Um diese Zeit würde das Geschäft leer, der Einkauf somit vergleichsweise angenehm sein.

Scharfe Böen fegten schon wieder durch die Straßen, der Himmel erschien viel zu dunkel für die Tageszeit. Korbinian wollte sich beeilen, um zu Hause zu sein, ehe die Wetterlage sich weiter verschlechterte, und hastete auf den Eingang des Geschäfts zu.

Wahrscheinlich hätte er die zusammengekauerte Gestalt an der Hauswand hinter den Einkaufswagen gar nicht bemerkt, wäre nicht genau in diesem Moment ein dicker Ast nur einen halben Meter von ihr entfernt heruntergekracht, ohne dass sie sich nur einen Millimeter gerührt hätte. Korbinian blieb stehen und überlegte, ob man etwas für diesen Menschen tun musste. Hier war jemand anscheinend nicht mehr Herr seiner Sinne.

Was, wenn er das nächste Mal getroffen wurde? Es war auf den ersten Blick nicht zu erkennen, ob es sich um einen Mann oder eine Frau handelte, nur dass er oder sie sehr jung war, ahnte man. Der Kopf war mit einer Kapuze verhüllt, die Arme darüber verschränkt, das Gesicht auf die angewinkelten Knie gedrückt, als sollte die Außenwelt ferngehalten, jeder Annäherungsversuch abgewehrt werden. Für diesen Wunsch hatte Korbinian durchaus Verständnis, aber man hockte sich doch nicht einfach so vor einen Supermarkt, schon gar nicht bei diesem Wetter. Einige Sekunden blieb er stehen, unschlüssig, was er unternehmen sollte, dann zog er sein Portemonnaie unter dem Mantel hervor und suchte eine Euromünze heraus. Ein Spendenbecher oder etwas Ähnliches war aber gar nicht vorhanden. Vielleicht ist Geld nicht erwünscht, dachte Korbinian, so etwas gab es ja.

Eine Filmszene fiel ihm ein, wo die weibliche Hauptfigur durch New Yorks Straßen eilte und im Vorbeigehen einem alten Mann einen Dollar in den Pappbecher warf, den er in den Händen hielt. Empört protestierte der Alte, als Kaffee aus dem Becher schwappte, und die übereifrige Spenderin war blamiert. Marie hatte damals über diese Szene schallend gelacht; ihm selbst war es eher unangenehm gewesen, sich über so ein peinliches Missgeschick zu amüsieren.

Wo sollte er also jetzt mit seinem Euro hin? Korbinian räusperte sich. Keine Reaktion. Schließlich steckte er die Münze in den Schlitz des ersten von mehreren aufgereihten Einkaufswagen, zog ihn heraus, so leise es ging, und schob ihn in den Laden.

Als Korbinian nach seinem Einkauf aus dem Markt trat, war nicht erkennbar, ob sich das magere Häuflein Mensch inzwischen bewegt hatte. Die Haltung schien unverändert, nur auf der rechten Schulter war ein gelblich braunes Herbstblatt liegen geblieben wie auf einer Steinfigur.

Wahrscheinlich schläft er einfach seinen Rausch aus, dachte Korbinian und bemühte sich, den Einkaufswagen möglichst geräuschlos wieder an seinen Platz zu schieben. Jetzt war er sich sicher, dass er einen Mann, eher einen Jungen, vor sich hatte.

Der Junge trug eine viel zu große abgewetzte Motorradlederjacke über dem Kapuzenpullover, und seine Jeans war fleckig, die Segeltuchturnschuhe fielen auseinander, die aus den zerschlissenen Jackenärmeln ragenden Hände starrten vor Schmutz, sodass Korbinian sich unwillkürlich abgestoßen fühlte. Das Leben konnte einem leicht entgleiten, klar, aber dieser Mensch hatte offenbar keinen Funken Selbstachtung mehr, dass er derart zu verkommen schien.

Er erwog, die Marktleiterin zu informieren, verwarf die Idee aber gleich wieder. Seinetwegen sollte der jugendliche Penner dort seine Ruhe haben, was ging das ihn an?

Und so machte er sich auf den Heimweg, um sein wohlverdientes Wochenende einzuläuten.

Es war schon Viertel nach sieben, als Korbinian bemerkte, dass er vergessen hatte, Eier einzukaufen. Auch der Kaffee würde nicht bis Montag reichen, und das ärgerte ihn. Normalerweise achtete er darauf, dass mindestens ein oder zwei Packungen vorrätig waren, um genau solche Engpässe zu vermeiden. Aber anscheinend hatte er diesmal nicht rechtzeitig für Nachschub gesorgt.

Ich werde unachtsam, dachte Korbinian und beschloss, die fehlenden Dinge noch rasch zu besorgen, ehe der Supermarkt um zwanzig Uhr schloss.

Der junge Obdachlose saß noch genauso da wie vor einigen Stunden. Augenscheinlich war von niemandem ein Versuch unternommen worden, sich um ihn zu kümmern. Korbinian erschrak fast selbst, als er sich sagen hörte: »Entschuldigung, kann ich etwas für Sie tun?«

Lange rührte sich nichts. Dann ging durch den gebeugten Rücken eine wellenartige Bewegung, der Kopf hob sich wie in Zeitlupe von den Knien, und Korbinian bereute es augenblicklich, sich bemerkbar gemacht zu haben. Ein schmutziges, wie erwartet sehr junges, aber ganz eindeutig weibliches Gesicht wandte sich ihm zu. Hätte er gewusst, dass da eine Frau vor ihm hockte, wäre er nicht so schnell bereit gewesen, sie anzusprechen und seine Hilfe anzubieten. So etwas konnte leicht missverstanden werden.

Ihre Stimme war rau und brüchig, als hätte sie längere Zeit nicht gesprochen.

»Bringst du mir etwas zum Essen von drinnen mit? Geht das?« Fiebrige, aus dunklen Höhlen glänzende Augen, eingefallene Wangen. Die ganze Erscheinung sah angegriffen, geradezu elend aus.

»Äh … Ja … Schon«, stotterte Korbinian. »Was möchten Sie denn?« Bewusst erwiderte er das distanzlose Du nicht.

»Egal. Irgendwas.«

Noch bevor Korbinian einen weiteren Satz herausbrachte, war der Kopf des Mädchens wieder auf die Knie gesunken.

Während er an den Regalen entlangging, Ausschau nach etwas hielt, das er der hungrigen Bettlerin kaufen konnte, fragte er sich, warum er ihr nicht einfach eine Geldmünze gegeben hatte, wie es bereits am Nachmittag seine Absicht gewesen war. Jetzt musste er planlos hier herumirren, um einer Fremden *irgendwas* Essbares zu besorgen. Gab es dafür nicht Suppenküchen oder Sozialdienste, Leute, die dafür bezahlt wurden, das Richtige in solchen Situationen zu tun?

Im Kühlregal nahe der Käsetheke entdeckte er in Plastikboxen eingeschweißte Sandwiches und nahm kurz entschlossen drei davon mit: eins mit Lachs, das zweite mit Mozzarella und Tomaten, das letzte mit Gouda und Salat. Erleichtert steuerte er die Kasse an, musste dann aber noch einmal umdrehen, um den Kaffee zu holen, den er vor lauter Suchen beinahe wieder vergessen hätte. In der Getränkeabteilung nahm er spontan noch eine Flasche Limonade mit. Wer Hunger litt, hatte wahrscheinlich auch Durst. Draußen legte er die Sachen rasch vor dem Mädchen ab und beeilte sich, von ihr wegzukommen.

»Hey! Danke, Mann!«, hörte er sie noch hinter sich rufen, bevor er das Supermarktgelände verließ, im Grunde nicht viel mehr als ein Krächzen, beklagenswert wie das ganze Geschöpf. Er drehte sich nicht nach ihr um.

Eine gute Tat, dachte er, als er geradezu beschwingt die Straße entlangging, und schämte sich im nächsten Augenblick ein wenig, weil er sich als Wohltäter gefiel. Er hatte ja nichts weiter getan, als kostengünstige Fertigprodukte von zweifelhafter Qualität zu erwerben, sie vor jemandem abzuladen, dem es dadurch kaum, oder wenn, dann nur kurzfristig besser ging. Die junge Frau würde weiterhin in Regen und Kälte sitzen, und wahrscheinlich würde sie, schloss man den Supermarkt, sowieso vom Personal entdeckt und in die Obhut von Polizei, Jugendamt oder Obdachlosenhilfe gegeben werden. Aber das brauchte ihn nun endgültig nicht mehr zu interessieren. *Er* hatte geholfen, im Gegensatz zu all den anderen Leuten, die vorbeigegangen waren, ohne etwas zu unternehmen.

Bis zu seinem Haus war es nicht weit, ein Fußweg von wenigen Minuten, und wäre er dabei nicht so sehr mit seinen Gedanken beschäftigt gewesen, hätte er auch nur ein einziges Mal zurückgeschaut, wäre ihm wahrscheinlich trotz der Dunkelheit aufgefallen, dass ihm jemand folgte. So aber bekam er einen gewaltigen Schreck, als auf der Schwelle vor seinem Haus, während er noch in seiner Tasche nach dem Schlüssel kramte, etwas seinen Rücken berührte.

Korbinian fuhr derart heftig herum, dass das Etwas hinter ihm zurückwich, dabei die Stufenkante verfehlte, mit dem Rücken in das Rosenbeet neben der Haustür fiel und zunächst reglos dort liegen blieb.

»Scheiiiißeeee!«, stöhnte es nach endlosen Sekunden aus dem Beet. Korbinian fasste sich an die Brust, er konnte seinen Herzschlag deutlich spüren.

»Haben Sie sich verletzt?«, japste er. Gleichzeitig fiel ihm ein, dass er gerade knapp einem dieser Überfälle entgangen sein könnte, die sich in der letzten Zeit in der Gegend häufiger ereigneten. Da er aus prinzipiellen Erwägungen kein Mobiltelefon besaß, hätte er brüllen müssen, um auf sich aufmerksam zu machen. Aber so bedrohlich, dass er seine Nachbarn aufscheuchen und nach der Polizei schreien musste, schien die Lage doch nicht zu sein. Ein Ächzen drang aus dem Dunkel, das Knacken von Gehölz, ein weiterer Fluch … Wenn jemand Hilfe brauchte, dann eher die gestürzte Person im Beet.

Korbinian trug eine kleine Taschenlampe an seinem Schlüsselbund, die er alle halbe Jahre mit einer frischen Batterie versah, für den Fall, dass sie einmal gebraucht wurde. Tatsächlich funktionierte die Lampe jetzt tadellos, als er zwischen die Rosen leuchtete. Mit einer schnellen Bewegung nahm er den Lichtstrahl wieder weg. O Gott, bitte nicht!, dachte er, aber es änderte nichts an der Tatsache, dass das, was dort zwischen den dornigen Zweigen herumzappelte und sich schimpfend aufzurichten versuchte, die junge Bettlerin vom Supermarkt war.

Nicht lange nach ihrem Sturz saß sie im Souterrain des Hauses unter der Treppe zwischen einem Kinderwagen und einem Dreirad, und Korbinian, der ihr, noch halb starr vor Schreck, aufgeholfen und sie mit hineingenommen hatte, sah zu, wie sie in einer schäbigen Stofftasche kramte.

»Bisschen zerquetscht, kann man aber noch essen«, sagte sie, als sie fand, wonach sie gesucht hatte, wobei die letzte Silbe in einem Hustenanfall unterging. Sie trank etwas aus der Limonadenflasche, die sie ebenfalls aus der Tasche hervorgeholt hatte, während Korbinian sie wie eine Geisterscheinung anstarrte.

»Wird gleich besser«, krächzte sie. Von ihrem Handrücken lief etwas Blut aus einem frischen Kratzer.

»Bist du sicher, dass du keine ernsthaften Verletzungen davongetragen hast?« Das Mädchen weiter zu siezen fand er albern.

Sie hustete erneut, trank noch einen Schluck, öffnete dann eine der Sandwichpackungen und hielt sie Korbinian entgegen.

»Ich bin okay. Willst du was abhaben? Ist eh zu viel für mich.«

Er schüttelte den Kopf. »Nein danke. Heb dir den Rest lieber für später auf.«

Sie antwortete mit einem Schulterzucken, fasste das Brot mit beiden Händen und biss hinein. Korbinian hatte erwartet, dass sie das Essen heißhungrig herunterschlingen würde, aber sie nahm nur kleine Bissen, kaute zwischendurch lange, fasste sich mehrmals an den Hals, als würde ihr das Schlucken große Mühe bereiten. Immer wieder lehnte sie den Kopf an die Hauswand, schaffte es offensichtlich kaum, die Augen offen zu halten. Korbinian war es unangenehm, ihr bei diesem qualvollen Essen zuzusehen.

»Dann lasse ich dich mal in Ruhe«, sagte er. »Du machst keinen Unfug hier drinnen, oder?«

Das Mädchen sah ihn bloß mit schweren Lidern an.

Er wollte nur noch in seine Wohnung zurück, für niemanden zu sprechen, schon gar nicht verantwortlich sein. In den Sturm hinaus konnte man sie kaum guten Gewissens schicken, und wenn sie keinen anderen Platz zum Schlafen hatte, mochte für dieses eine Mal das Treppenhaus genügen. Sie war sowieso zu geschwächt, um irgendetwas anzustellen.

»Morgen früh bist du aber endgültig wieder verschwunden, ist das klar?«

»Ist klar.«

»Das hier muss die absolute Ausnahme sein, hörst du?«

Sie nickte schwach.

»Und dass du mir leise bist!«

»Ich will nur schlafen.«

Er zweifelte nicht daran, dass das stimmte.

»In Ordnung. Dann gute Nacht.«

»Danke, Mann! Du bist echt cool!« Ihr fielen die Augen zu, der Kopf sank zur Seite, während sie die Packung mit dem restlichen Sandwich noch immer in der Rechten hielt.

Korbinian sah auf das Mädchen hinunter, überlegte, was eine so junge Person wohl an einem derart ungemütlichen Tag allein, heruntergekommen und hungrig vor den Supermarkt getrieben haben mochte, fragte sich, warum sie um Himmels willen ausgerechnet ihm gefolgt war. Wegen dreier Brote und einem Getränk? Wohl kaum.

Langsam stieg er den unteren Treppenabsatz hinauf, blieb kurz vor der Aufzugtür stehen, lauschte. Nichts war zu hören. Sie würde sich ausruhen und dann weiterziehen, er hatte getan, was in seinen Möglichkeiten lag, jetzt hatte er Feierabend.

Die Aufzugtür schob sich auf, er trat in die Kabine, drückte den obersten Knopf und fuhr hinauf zu seiner Wohnung in den fünften Stock.

Es war immer das gleiche Unbehagen, wenn er diesen leichten Druck im Innenohr fühlte, sobald sich der Fahrstuhl in Bewegung setzte, aber zum Treppensteigen hatte er weder Lust noch Kraft. Marie hatte unbedingt unter dem Dach wohnen wollen. »Schau doch! Was für eine Aussicht! Der Himmel über Berlin könnte uns gehören!«, hatte sie euphorisch gerufen, als er ihr bei der ersten Besichtigung durch die noch unsanierten Räume gefolgt war. Viel zu groß für sie beide, hatte er gedacht, zumal zum Zeitpunkt des Wohnungskaufs bereits festgestanden hatte, dass sie keine Kinder bekommen würden. Aber Marie war nicht zu bremsen gewesen, und er hatte sie auch gar nicht ernsthaft bremsen wollen. Seine Meinung hatte er deshalb für sich behalten. Ihre Begeisterung hatte als Grund für den Wohnungskauf genügt. Noch am selben Tag waren sie zur Unterzeichnung des Vertrags im Maklerbüro gewesen, hatten einen Termin beim Notar gemacht, den Architekten kontaktiert, mit dem Bankberater einen Finanzplan für den Ausbau erarbeitet. In der darauffolgenden Nacht hatten sie sich so leidenschaftlich geliebt wie schon sehr lange nicht mehr. Am nächsten Morgen war Korbinian wie berauscht zur Arbeit gegangen, hatte Marie die Tasche bis zur Straßenbahnhaltestelle getragen, ihr nachgewunken wie ein liebeskranker Abiturient. Dass für sie beide nun ein neues, ein wunderbares Leben begann, hatte für ihn festgestanden, und den Preis, sich dafür täglich in den fünften Stock quälen zu müssen, zahlte er gern. An diesem Tag wäre er mit ihr widerspruchslos an den Südpol oder in den höchsten Wolkenkratzer von New York gezogen, wenn sie es gewünscht hätte. Es war Maries Geld gewesen, ihr Erbe, mit dem sie alles finanziert hatten. Es war Maries Traum, Maries Initiative, Maries »Herzensprojekt«, wie sie es bezeichnete. Er war mit allem einverstanden gewesen, hatte jeden ihrer Vorschläge freudig begrüßt, dass es Marie im Lauf der Sanierung gelegentlich sogar auf die Nerven gegangen war.

»Es wird genauso dein Zuhause sein wie meins, Korbinian, also engagiere dich gefälligst!«

»Du machst das alles so schön für uns, warum sollte ich mich einmischen?«

»Es kann dich nicht kaltlassen, wie wir leben werden!«

»Ist mir doch Wurst, wo und wie ich wohne, solange es nur mit dir ist.«

Da hatte sie ihn geküsst und einen »hoffnungslosen Fall« genannt.

Nicht einmal zwölf Monate hatten sie dann gemeinsam Maries Herzensprojekt bewohnt. Ohne Vorwarnung war von heute auf morgen Schluss gewesen. Zack. Aus. Vorbei. Seither hatte er eine aufwendig hergerichtete Sechszimmerwohnung plus Dachterrasse in guter Hauptstadtlage ganz für sich allein. Hundertsechzig ungeliebte Quadratmeter unter dem Himmel von Berlin, von denen er etwa ein Drittel seit fast acht Jahren nicht mehr betreten hatte. Seine Schule lag fußläufig, der Park in Sichtweite, die Einkaufsmöglichkeiten waren optimal, die Touristenströme noch nicht bis in die Straße, in der die Wohnung lag, vorgedrungen. Alles hätte perfekt gepasst, wenn nicht ein einziges, ein tragendes Detail vom herrlichen Plan schiefgelaufen wäre.

An diesem Punkt musste er seine Gedanken abbrechen, wenn er seinen inneren Frieden nicht gefährden wollte. Das Leben folgte eben keinem Plan. Alles Weitere war eine Frage der Haltung: Es ging ihm gut, es ging ihm gut, es ging ihm … Punkt.

Der Aufzug blieb mit einem nachfedernden Ruck stehen, und Korbinian betrat den Flur zu seiner Wohnung.

Während er in der Küche seine Einkäufe an ihren Platz räumte, Kaffee auf die Ablage über dem Gewürzregal, Eier in den Kühlschrank, ging ihm der letzte Satz des Mädchens noch einmal durch den Kopf. *Du bist cool,* hatte sie gesagt. Ausgerechnet ihm. Er war der uncoolste alte Knacker, den dieses Pennermädchen je gesehen hat.

Korbinian verließ die Küche, ging mit der festen Absicht ins Wohnzimmer, es sich endlich in seinem großen Lesesessel bequem zu machen, wie er es längst hatte tun wollen. Kaum hatte er aber die Füße hochgelegt und den Ausstellungskatalog mit Werken Frederic Lord Leightons aufgeschlagen, auf dessen ausgiebige Betrachtung er sich schon seit Tagen freute, sah er plötzlich, statt der viktorianischen Ölgemälde auf dem Papier, die junge Obdachlose im Souterrain vor sich. Sie hatte so erbarmungswürdig ausgesehen. Elender, als Dreck und Verwahrlosung allein es erklären konnten. Eventuell war sie ernsthaft krank und hockte nun ganz allein dort unten, wo es nicht viel wärmer war als draußen. Wie lange dauerte es eigentlich, bis im Treppenhaus automatisch das Licht ausging? Würde sie den Schalter finden, um die Beleuchtung wieder anzumachen, falls sie nicht im Dunkeln bleiben mochte? Wie kalt würde es dort im Lauf der Nacht werden? Was, wenn sich ihr Zustand verschlechterte?

»Ich kann nicht mehr für sie tun, als ich bereits getan habe«, versuchte er sich selbst zu entlasten.

Seufzend legte er den Katalog zur Seite, stand auf und trat ans Fenster. Zum Wind war heftiger Regen hinzugekommen, Wasser peitschte gegen die Scheiben, die Bäume in der Straße unten bogen sich, von einem Balkon auf der gegenüberliegenden Seite wurde ein Blumentopf heruntergeweht und zerschellte vor dem Zeitungskiosk. Die zweite schwere Sturmnacht in Folge stand bevor.

Er musste an seine Schwester denken. Normalerweise dekorierte Emilia den Bürgersteig vor ihrem kleinen Blumengeschäft üppig mit Pflanzenkübeln, bunten Töpfen, Sträußen und Gestecken. Korbinian, dessen Weg dort vorbeiführte, wenn er gelegentlich zum Schreibwarenladen ging, war dieser Urwald vor ihrem Laden suspekt. Was für ihn störende Unordnung war, nannte sie »kreative Freiheit«. Wenn seine Schwester ihr Chaos allerdings heute nicht vorsorglich weggeräumt hatte, würde sie es morgen früh ganz unkreativ auf der gesamten Länge der Straße einsammeln können, so viel war sicher.

Weitere Blumentöpfe zerschellten, Blätter und Äste flogen durch die Luft, ein Mann im dritten Stock gegenüber versuchte die Kübel auf seinem Balkon dichter an die Hauswand zu zerren, während eine Frau in der offenen Tür hinter ihm hektisch mit den Armen fuchtelte.

Emilia würde wissen, was man mit einer jungen Obdachlosen anfing.

Korbinian begann zu frieren und beschloss, sich seine Strickjacke aus dem Arbeitszimmer zu holen. Dort fiel sein Blick auf eine alte Decke, die zusammengefaltet auf dem Sofa lag. Er hatte das Stück sowieso längst zur Altkleidersammlung geben wollen, eine blassgrüne Scheußlichkeit, die eine Tante ihm vor mindestens fünfundzwanzig Jahren zu einem längst vergessenen Anlass geschenkt hatte. Er nahm die Decke und verließ damit die Wohnung.

Das Mädchen schlief fest, am Boden zusammengerollt wie ein kleines Tier. Es war fast ein bisschen anrührend, wenn sie nicht so ungepflegt gerochen hätte.

»Hallo?« Korbinian flüsterte.

Sie reagierte nicht. Vorsichtig breitete er die Decke über den schlafenden Körper, löste dann die kleine Taschenlampe von seinem Schlüsselbund und legte sie neben die Stofftasche, die sich das Mädchen als Kopfkissen untergeschoben hatte. Als er die Decke höher ziehen wollte, bemerkte er, dass ihre Wange auffallend heiß war. Er sah sich um, als befürchtete er, beobachtet zu werden, und legte schließlich ganz leicht zwei Finger auf ihre Stirn. Sie glühte. Korbinian rannte fast zurück zum Aufzug und fuhr in seine Wohnung hoch. Die Nummer seiner Schwester hatte er gewählt, noch bevor er sich überlegt hatte, was er ihr eigentlich sagen wollte.

»Korb! Was ist passiert?«

Er war froh, dass ihm die Einleitung damit abgenommen wurde. »Muss denn immer etwas passiert sein, wenn ich dich anrufe?«

»Beim letzten Mal, als du dich von dir aus gemeldet hast, das war vor vier Jahren, da hast du mich über Mutters Schlaganfall informiert. Beim Anruf davor hast du mir den Beerdigungstermin deiner Frau mitgeteilt. Also?«

Er zögerte, plötzlich unfähig, etwas zu sagen.

»Bin gleich bei dir.«

Und schon hatte sie aufgelegt.

Korbinian griff sich an die Brust. Was war nur mit ihm los? Warum hatte er ausgerechnet Emilia angerufen und nicht irgendeinen medizinisch-sozialen Dienst, der die Kranke abgeholt hätte? Die entsprechende Nummer hätte sich schon herausfinden lassen, notfalls über den Polizeiruf. Er hatte einfach reflexartig den Kontakt mit einer Behörde gescheut. Seit er am Abend von Maries Tod gezwungen war, zwei Polizisten völlig überflüssige Fragen zu beantworten, bevor er zum Leichnam seiner Frau vorgelassen wurde, und sich die folgenden Tage mit Papierkram hatte quälen müssen, machte er den größtmöglichen Bogen um Ämter. Selbst das Passamt war ihm ein Gräuel, und gegen den Schulinspektor, der gelegentlich während des Unterrichts die Klassenräume kontrollierte und den anwesenden Lehrkräften dämliche Ratschläge erteilte, war er geradezu allergisch.

Wie auch immer, seine Schwester war jetzt auf dem Weg. Sie konnte das Notwendige veranlassen, wenn sie schon ungebeten bei ihm antanzen musste.

Auf der Kommode, gleich neben dem Telefon, war das Lächeln seiner Frau konserviert hinter entspiegeltem Glas. Er ließ seinen Zeigefinger über den Rahmen gleiten, entfernte etwas Staub, schob das Bild parallel zur Wand und murmelte: »Ein einziges Durcheinander alles …«

2

Noch bevor der Aufzug im Erdgeschoss zum Stehen kam, drang die Stimme seiner Schwester zu ihm. Er glaubte seinen Namen zu hören, war versucht, sich die Ohren zuzuhalten, fand sich selbst kindisch und vollkommen lächerlich.

Er lehnte sich an die Kabinenwand, langte nach dem Haltegriff an der Seite, fühlte sich mit einem Mal zu müde, zu verbraucht, zu schwach und zu wehrlos. Er kannte das, auch wenn der letzte Anfall schon eine Weile zurücklag. Diese Art Zustände nannte er seine Panikmomente, Augenblicke, in denen die Kraft aus ihm herauslief wie Wasser und er sich kaum auf den Beinen halten konnte. Früher, in der ersten Zeit nach Maries Tod, hatte er sie öfter gehabt, manchmal mehrere am Tag, von den nichtigsten Begebenheiten ausgelöst. Ausgerechnet jetzt fiel ihn wieder einer an. Wieso hatte er ihn nicht vorausgesehen und sich entsprechend gewappnet? Schon als er Emilia über die Gegensprechanlage gehört hatte, »Ich bin's!«, frisch und kernig, war ihm flau geworden. Statt ihr mitzuteilen, er komme ihr im Fahrstuhl entgegen, hätte er oben bleiben, ihr sagen sollen, dass es ihm nicht besonders gut gehe und sie sich bitte um die junge Frau im Souterrain kümmern solle.

Während er gegen seine Panik ankämpfte, waren die stählernen Fahrstuhltüren vor ihm auf- und nach einigen Sekunden wieder zugefahren. Gerade wollte er auf den obersten Knopf drücken, um zurück in den fünften Stock zu gelangen, sich dem zu entziehen, was ihn jenseits der Kabine erwartete, da blieb mit einem Ruck die Aufzugtür hängen. Eine Fußspitze steckte unten in dem Spalt von etwa zehn Zentimetern, weiter oben schob sich ein Ellenbogen durch, zwei Hände drückten die Tür auf. Emilia stand vor ihm, vom Regen durchnässt, die Haare klebten ihr im Gesicht, den triefenden Wintermantel trug sie über einem Zweiteiler aus Nicki, von dem Korbinian annahm, dass es sich dabei um ihren Schlafanzug handelte. Unregelmäßige Dreiecke in Pink auf dunkelviolettem Grund zierten das Oberteil. In die an den Knien ausgebeulte Hose hätten locker zehn Kilo mehr gepasst, ein wollenes rosafarbenes Halstuch bildete den Höhepunkt der Geschmacksverirrung. Niemand, der seinen Verstand beisammenhatte, würde so das Haus verlassen. Aber seine durchgeknallte Schwester hatte mit solchen Äußerlichkeiten natürlich keine Probleme.

»Was stehst du hier im Fahrstuhl rum? Da unten ist jemand, um den wir uns kümmern müssen!«, blaffte Emilia ihn an.

Er hatte es selbst herausgefordert: einen Meter dreiundsechzig geballtes Helfersyndrom, angetrieben von überbordender Tatkraft. Kein Unwetter dieser Welt hielt sie auf, ein schwächelnder Bruder schon gar nicht.

Korbinian seufzte. »Ich weiß.«

Sie packte ihn am Ärmel, zerrte ihn, obwohl er mehr als einen Kopf größer war als sie, aus der Aufzugskabine wie ein bockiges Kleinkind. Bevor er auch nur den Versuch einer Erklärung machen konnte, zog sie ihn schon hinter sich die Stufen hinunter. Korbinian hüpfte mehr, als er ging, fürchtete zu stolpern, zu stürzen, schüttelte auf halber Treppe Emilias krallenartigen Griff von seinem Arm ab.

Das Mädchen saß aufrecht mit dem Rücken zur Wand und starrte mit aufgerissenen Augen die beiden Menschen an, die da die Treppe heruntergelaufen kamen. Als sie Korbinian im Lichtschein der Kellerbeleuchtung erkannte, sagte sie:

»Ach, du bist das. Tut mir leid, ich wollte leise sein, echt, aber gegen den Husten kann ich nix machen, der donnert einfach aus mir raus. Und die Frau hier«, sie deutete anklagend auf Emilia, »also, sie kommt dann gleich angerannt, fragt, was ich hier mache und so. Ich hab ihr gesagt, ich hätte die Erlaubnis, und sie soll mich in Ruhe lassen, aber …«

Der Rest ihres Satzes ging in einem Hustenanfall unter.

Emilia, die sich bei den ersten Worten zu ihrem Bruder herumgedreht hatte, wandte sich wieder der jungen Frau zu, ging dicht neben ihr in die Hocke und legte ihr eine Hand auf die Schulter. Korbinian schauderte. Diese ungepflegte Person roch auf zwei Meter Abstand schon so streng, wie stank das wohl, wenn man sie, wie Emilia gerade, halb im Arm hatte?

Das Mädchen hörte sich an, als würde sie die halbe Lunge auswerfen.

»Ruuuuuhig«, murmelte Emilia, »gaaaanz ruhig. Es wird alles gut!«

Sie schob der röchelnden und nach Luft schnappenden Kranken die Kapuze vom Kopf, strich ihr über das kurze, struppige Haar und gab dabei gurrende Laute der Beruhigung von sich. Korbinian kam das reichlich übertrieben vor. Sie hatten schließlich kein verängstigtes kleines Kind vor sich, sondern eine zumindest halbwüchsige Person, die nicht den Eindruck machte, dringend größere Nähe zu anderen Menschen zu suchen. Korbinian hielt die Luft an, bückte sich nach der Limonadenflasche, schraubte sie auf und hielt sie den beiden Frauen hin. »Wenn sie etwas trinkt, geht's besser. Das hat vorhin auch geholfen.«

Emilia runzelte die Stirn, griff aber widerspruchslos nach der Flasche und flößte dem Mädchen etwas Limonade ein. Tatsächlich schien ihr die Flüssigkeit gutzutun, der Anfall ließ ein wenig nach. Bald atmete sie sogar wieder annähernd geräuschfrei.

»Wir bringen sie nach oben«, sagte Emilia.

»Zu mir? Auf gar keinen Fall!«, widersprach Korbinian.

»Hier unten können wir sie nicht lassen, das wird sie umbringen.«

»Nicht in meine Wohnung! Wer weiß, was sie für Viren hat. Ich rufe einen Krankenwagen.«

»Nein!«, krächzte das Mädchen.

»Hast du ein Handy dabei?«, fragte Emilia ihren Bruder, obwohl sie die Antwort wissen musste.

»Wo ist denn deins?« Korbinian erwiderte mit einer Gegenfrage.

»Vergessen.«

»Ich fahre rauf und wähle den Notruf, das dauert höchstens zwei Minuten. Der Wagen braucht zehn, das macht zwölf Minuten, maximal eine Viertelstunde, so schnell stirbt sie nicht.«

Die junge Frau schlug Emilias Hand von ihren Schultern, schrie: »Keine Sanis! Die nehmen mich mit oder rufen gleich die Bullen …« Erneut wurde sie vom Husten geschüttelt.

Emilia raunte ihr etwas zu und ließ sie einen weiteren Schluck trinken. Dann reichte sie Korbinian die Plastikflasche zurück, der sie sorgfältig zuschraubte.

»Fieber hat sie auch«, stellte Emilia fest und schaute ihren Bruder an, als wäre das seine Schuld.

»Ob du nun willst oder nicht, wir müssen sie erst einmal zu dir schaffen. Dann sehen wir weiter.« Danach wandte sie sich an die Kranke. »Hörst du, Mädchen? Wir bringen dich ins Warme. Keine Sanitäter, keine Polizei, okay?«

»Wenn ihr mich meinem Vater ausliefert, schlägt er mich tot, ernsthaft! Lasst mich einfach wieder gehen, bitte!«

Korbinian hätte sie nur zu gern verschwinden lassen, aber Emilia dachte gar nicht daran, diese Möglichkeit auch nur in Erwägung zu ziehen. »Niemand wird dich schlagen oder umbringen, dafür sorgen wir schon. Korb, fass mit an!«

Er wollte protestieren, sich weigern, seine Schwester in die Schranken weisen, aber bevor er etwas Entsprechendes von sich geben konnte, sah er sich bereits den Arm des Mädchens stützen, damit sie auf die Beine kam.

»Geht's?«, fragte Emilia, die von der anderen Seite Hilfestellung gab.

Das Mädchen nickte, hauchte: »Ich würd trotzdem lieber abhauen.«

Ihr Atem rasselte, sie sah aus, als würde sie jeden Moment wieder zu Boden sacken. Emilia hielt sie fest, Korbinian etwas lockerer. Er kämpfte gegen seinen Ekel, versuchte durch den Mund zu atmen, um den Geruch von Schweiß und Vernachlässigung nicht wahrzunehmen.

»Na los!«, kommandierte Emilia. »Mit vereinten Kräften schaffen wir die paar Stufen zum Aufzug. Sie wiegt ja nicht mehr als ein Vögelchen.«

Korbinian und das Mädchen protestierten gleichzeitig, was Emilia jedoch nicht beachtete.

»Nur weiter so, wir schaffen das, ihr werdet sehen!«, schnatterte sie. Korbinian fand, dass die Stimme seiner Schwester erschreckend der ihrer Mutter ähnelte, wenn sie früher eine ihrer gefürchteten Reinigungsaktionen angekündigt hatte. Er hasste es, daran erinnert zu werden. Die Mutter hatte sich buchstäblich die Finger blutig geschrubbt, um den Familienfrieden herbeizuputzen und alle Streitigkeiten mitsamt dem Schmutz fortzuschaffen. Sie hatte sich und ihre Kinder dabei mit unerträglich launigen Sprüchen angefeuert: »Auf geht's! Ein bisschen Anstrengung, und schon werden wir uns alle viel wohler fühlen. Ihr werdet sehen, wie gut das wird …« Nichts wurde gut, nie.

Emilia hatte gegen die Mutter rebelliert, seit sie elf war. Statt die befohlenen Hilfsarbeiten auszuführen, war sie durchs Fenster geflüchtet, hatte den darauffolgenden Hausarrest und die Vorwürfe achselzuckend hingenommen. Korbinian war unfähig zum Widerspruch gewesen, hatte mit geschrubbt und sich trotzdem persönlich dafür verantwortlich gefühlt, wenn die permanent beschworene »wunderbare Atmosphäre« nicht einkehren wollte.

Von ererbtem Putzfimmel konnte bei seiner Schwester zwar nicht die Rede sein, aber diesen butterweichen Befehlston, der keinerlei Raum zum Widerspruch ließ, den hatte sie sich zu eigen gemacht. Eine Stimme mit Stahlkern im Plüschmantel. Korbinian war nicht der Mann, der dem etwas entgegenhalten konnte.

Er verfluchte sich für die unbedachten Wohltätigkeiten vor dem Supermarkt und an seiner Haustür, noch mehr für den unüberlegten Anruf bei Emilia, der ihm das alles eingebrockt hatte.

Wir werden uns anstecken, dachte er, wir werden ebenso virenverseucht wie verlaust sein, und was es mit dem mordlüsternen Vater auf sich hat, will ich mir gar nicht erst ausmalen.

Aber Korbinian gehorchte seiner Schwester. Er fasste mit an, ergab sich.

Sie schleppten und schoben das Mädchen die Stufen zum Erdgeschoss hinauf. Vor dem Aufzug stemmte es sich plötzlich mit so unerwarteter Kraft nach hinten, dass sie beinahe alle hingefallen wären.

»Was ist?«, fragte Emilia.

»Meine Tasche.«

»Ich hol sie«, sagte Korbinian, dankbar dafür, den Gestank für einen Moment aus der Nase zu bekommen. Die Tasche lag neben dem Kinderwagen auf dem Boden, er bückte sich, zögerte, nahm dann auch seine grüne Decke an sich, die dem Mädchen beim Aufstehen von den Beinen gerutscht war. Bewusst langsam ging er zurück und hoffte, dass die anderen in der Zwischenzeit ohne ihn hinaufgefahren waren.

Fürs Erste war sie wohl zu geschwächt, um eine Gefahr darzustellen. Aber angesichts ihrer Angst vor der Polizei drängte sich die Frage auf, ob sie es tatsächlich nur mit einer einfachen Obdachlosen zu tun hatten. Emilia und er wären nicht die Ersten, die unter Vortäuschung falscher Tatsachen und Ausnutzung von Hilfsbereitschaft ausgeraubt und brutal ermordet wurden. Vorsichtig fühlte er von außen, ob etwas Hartes, potenziell als Waffe Taugliches in der Stofftasche versteckt war. Anschließend warf er einen kurzen Blick hinein, sah aber oben nur Sandwichpackungen und darunter ein undefinierbares Durcheinander.

Was hab ich erwartet? Einen Revolver mit Schalldämpfer, geladen und schussbereit? Er machte sich lächerlich.

»Wo bleibst du denn? Beeil dich!«, schallte Emilias Stimme durchs Treppenhaus. Sie waren nicht vorausgefahren, warteten noch immer im Erdgeschoss. Die Situation war unausweichlich. Emilia hielt mit der Hand vor der Lichtschranke die Tür auf, das Mädchen hockte zusammengesunken auf dem Kabinenboden, blickte aber aufmerksam zu Korbinian hinauf, als er neben sie trat.

»Super! Danke!«

Zu seiner Überraschung griff sie zuerst nach der Decke, die er sich über den Arm gehängt hatte, und warf sie sich um die Schultern, dann erst nahm sie die Tasche.

»Das warst doch du vorhin, der mir noch was zum Zudecken gebracht hat, als ich geschlafen habe?«, fragte sie mit verblüffend klarer Stimme.

Korbinian nickte und knöpfte sich umständlich die Strickjacke zu.

»Darf ich die behalten?«, fragte das Mädchen.

Korbinian nickte erneut.

Emilia starrte ihn an. »Korb, woher kennst du diese junge Frau? Und warum finde *ich* sie krank und allein zurückgelassen vor der Kellertür in *deinem* Haus?«

»Ich kenne sie nicht! Im Übrigen sage ich dir schon seit über vierzig Jahren, dass ich es nicht mag, wenn du mich *so* nennst, ich bin kein Korb!« Es wunderte ihn selbst, wie ärgerlich sein Ton war.

Der Aufzug hielt, Emilia schnaubte etwas, das sich wie »du mich auch« anhörte, bückte sich und zog das Mädchen unsanfter in die Senkrechte, als es nötig gewesen wäre.

»Wie heißt die Kleine denn?« Sie wandte sich mit ihrer Frage an Korbinian.

»Keine Ahnung, ich hab dir doch gesagt, dass ich sie nicht kenne.«

»Billa.«

»Wie war das?«

»Sie hat gesagt, dass sie Billa heißt.«

»Das soll ein Name sein?«

»Herrje, jetzt hustet sie schon wieder.«

»Dann lass sie doch einfach in Ruhe.«

Als sie Korbinians Wohnung betraten, ging Emilia mit dem Mädchen namens Billa geradewegs zur Wohnzimmertür und sagte abermals in dem Mutterton: »Wir legen sie erst mal aufs Sofa.« Über die Schulter sah sie dabei ihren Bruder an, der entsetzt hinter ihnen stehen geblieben war. »Machst du bitte Tee? Der wird uns guttun.«

Korbinian war froh, etwas tun zu können, was ihn auf Abstand zu der Kranken hielt. Er eilte in die Küche, füllte den Kessel mit Wasser, stellte ihn auf die Gasflamme und ließ sich schließlich auf einen Stuhl fallen.

Sie mussten wieder hier raus, alle beide, seine ihn an mütterlichen Terror erinnernde Schwester und noch viel mehr diese von weiß Gott wem verfolgte kranke Gammlerin. Der Störung seiner Feierabendruhe, der Okkupation seines Refugiums und diesem ganzen übergriffigen Irrsinn musste ein Ende bereitet werden, und zwar so schnell wie möglich.

Während er noch darüber nachdachte, wie er sie am besten und schnellsten wieder loswurde, kam Emilia leise herein und nahm ungebeten auf dem Stuhl ihm gegenüber Platz.

»Das arme Kind ist völlig fertig. Kaum liegt sie, fallen ihr die Augen zu.«

»Ein *Kind* ist sie ja nun keins mehr.«

»Sie sieht so mickrig aus.«

»Ja, mickrig, habe ich auch gedacht.«

»Wie alt ist sie denn?«

»Emilia, wie oft soll ich es dir noch sagen? Mir ist diese junge Frau vollkommen unbekannt, folglich weiß ich auch ihr Alter nicht. Name, Herkunft, Familiensituation oder was immer sie in diese Lage gebracht hat, ich habe keinen blassen Schimmer von alldem.« Sie sah ihn skeptisch an. »Und es wäre mir lieber, du würdest diese Fremde nicht unbeaufsichtigt in *meinem* Wohnzimmer zurücklassen«, schob er nach.

Emilia war nicht überzeugt. »Vorhin hatte es aber den Anschein, ihr kennt euch.«

»Ich habe sie heute zum ersten Mal in meinem Leben gesehen. Sie saß bettelnd vor dem Supermarkt, und ich habe ihr etwas zu essen gegeben. Daraufhin ist sie mir gefolgt, und ich war dumm genug, sie in den Hausflur zu lassen. Das ist die ganze Geschichte.«

»Deswegen hast du mich vorhin angerufen, wegen diesem armen Ding, dem du helfen wolltest?« Emilia klang nun so gar nicht mehr wie ihre Mutter.

Korbinian zuckte mit den Schultern. »Ich weiß selbst nicht, warum, hab einfach spontan deine Nummer gewählt.«

»Die kannst du auswendig?«

»Tut mir leid, dass ich dich da hineingezogen habe.«

»Das hast du gut gemacht.«

Korbinian fiel nichts ein, was er erwidern konnte. Entgegen ihrer sonstigen Gewohnheit wurde auch Emilia still. Sie berührte seine Hand, die auf dem Tisch lag, ganz leicht, wie der Flügelschlag eines kleinen Vogels, wären ihre Fingerspitzen nicht so rau gewesen. Das kommt vom vielen Wühlen in der Blumenerde, dachte Korbinian und zog seine Hand zurück.

Emilia lachte. »Wie früher, wenn wir *Händeschnapp* gespielt haben. Weißt du noch? Ich hab immer so getan, als würde ich es nicht merken, dass du mich gewinnen lässt.«

»Ich glaube nicht, dass jetzt die passende Gelegenheit für Erinnerungen an Kinderspiele ist.«

»Hast ja recht«, sagte Emilia. »Ich gehe mal wieder zu ihr. Und mach dir keine Sorgen um dein Wohnzimmer. Dieses Mädchen hat im Moment ganz sicher nicht genug Kraft, deinen kostbaren Büchern Schaden zuzufügen.«

Eigentlich wollte Korbinian ihr sagen, dass er trotzdem die sofortige Entfernung dieser Person aus seiner Wohnung wünschte, aber dann, als er seine Schwester so ansah, fiel ihm auf, dass sie noch immer nass bis auf die Haut war.

»Du wirst zuerst etwas Trockenes anziehen«, sagte er, »sonst fängst du dir auch noch was ein, und ich kann hier eine Siechenstation aufmachen.«

Emilia kicherte. »Jetzt klingst du genau wie Mama!«

Korbinian fand das kein bisschen lustig. Mürrisch bedeutete er ihr, ihm zu folgen.

Im Schlafzimmer schoss ihm ein Gedanke durch den Kopf, der ihm fast physischen Schmerz bereitete: Maries Sachen. Sie waren alle noch da, lagen gestapelt hinter den Türen ihres Kleiderschranks, unberührt seit Jahren. Das letzte Mal war der hölzerne Knauf zum Öffnen der Schranktür herumgedreht worden, als er versucht hatte, der Bitte der Bestatterin nachzukommen, für die Tote etwas Passendes zum Anziehen herauszusuchen. »Wählen Sie was Schönes für den Sarg«, hatte sie gesagt, wörtlich, und Korbinian war völlig verwirrt gewesen. »Vielleicht ein Lieblingskleid? Sachen, die Ihre Frau gerne getragen hat?«, hatte sie zu helfen versucht, als ihr sein Schweigen am anderen Ende der Leitung zu lang geworden war. Er hatte daraufhin aufgelegt und die folgenden drei Stunden damit verbracht, auf der Bettkante zu sitzen und den Schrank anzustarren, bevor er die Kraft hatte, ihn zu öffnen. Für nicht einmal dreißig Sekunden. Der Lavendelgeruch, der ihm entgegengeweht war, hatte ihm den ersten heftigen Panikmoment beschert.

Als er später wieder in der Lage war zu telefonieren, hatte er der Bestatterin die Anweisung erteilt, selbst etwas für seine Frau zu besorgen und es einfach mit auf die Rechnung zu setzen, was immer es koste. Nach diesem Anruf begab er sich zu Maries Arbeitszimmer und versperrte es von außen, ebenso machte er es bei ihrem Lese- und Nähzimmer. Die Schlüssel zog er ab und deponierte sie im Safe hinter dem Stillleben im Wohnzimmer. Seitdem hatte er die privaten Dinge seiner Frau nicht mehr angesehen. Sie waren aus seinem Bewusstsein geschoben worden, schwarze Löcher in einer lebensfeindlichen Galaxie. Korbinian war täglich an den verriegelten Türen vorbeigegangen, schließlich ohne sie überhaupt noch wahrzunehmen. Stück für Stück hatte er auch den mit Intarsien verzierten Biedermeierschrank in seinem Schlafzimmer aus seinem Bewusstsein gedrängt.

Aber jetzt war seine Schwester hier, triefend nass, möglicherweise unterkühlt. Sie brauchte dringend etwas Trockenes zum Anziehen, und direkt vor ihm befand sich dieses riesige Möbel, bis oben vollgepackt mit Frauenkleidung. Sommerblusen, Winterpullover, alles vorhanden. Man brauchte nur hineinzugreifen. Es war eigentlich ganz einfach, und es war absolut undurchführbar. Korbinian stand da, konnte nichts tun, nichts sagen, fühlte sich furchtbar und dem nächsten Anfall sehr nahe.

Doch dann hörte er hinter sich Emilias Stimme, und diesmal kam der Befehlston einer Erlösung gleich.

»Hör auf, diesen Schrank anzustarren! Ich weiß, wem der gehört. Du glaubst doch nicht, dass ich mich in die schicken Klamotten deiner superschlanken Frau quetsche, um nachher auszusehen wie eine Wurst auf Urlaub?«

Lediglich ein tonloser Laut kam aus seiner Kehle.

»Gib mir gefälligst was von *deinen* Sachen, sonst wickele ich mich in ein Bettlaken!«

Der Satz war kaum beendet, da hatte sie schon seinen Kleiderschrank auf der anderen Seite des Zimmers aufgerissen und holte mit schnellen, entschiedenen Bewegungen ein wollenes Unterhemd heraus. Dann nahm sie eine Anzughose vom Bügel und deutete auf das Fach mit den Pullovern. »Welchen darf ich?« Mit gespielter Ungeduld ließ sie ihre Fingerspitzen über die säuberlich gefalteten Kleidungsstücke wandern, und Korbinian hätte seine zart gebaute kleine Schwester, die selbstverständlich ohne Probleme in Maries Sachen gepasst hätte, vor Erleichterung und Dankbarkeit beinahe umarmt. Er ging zu ihr, zog einen ungetragenen roten Kaschmirpullover, den Emilia selbst ihm vor Jahren zu Weihnachten geschenkt hatte, aus einem Fach und übergab ihn ihr fast ein bisschen zu überschwänglich. »Nimm den hier! Die Farbe wird dir stehen, passt gut zu deinem Haar.«

Sie lächelten einander an, und Korbinian überlegte, ob das, was er gerade im Gesicht seiner Schwester las, mehr mit Mitleid oder mehr mit Zuneigung zu tun hatte. So oder so wusste er nicht genau, wie er damit umgehen sollte.

Sie waren einander nie besonders nahe gewesen. Schon als Kinder hatten sie – bis auf seltene Momente, wie die *Händeschnapp*-Erinnerung Emilias bewies – nicht wirklich viel miteinander anzufangen gewusst. Das hatte nicht nur, aber auch am Altersunterschied gelegen. Korbinian war mit knapp einundzwanzig zum Studium aus dem Elternhaus ausgezogen, da war Emilia gerade vierzehn gewesen, ein frühreifes, aufsässiges Gör, dessen quirlige Aufgeregtheit ihm meistens auf die Nerven gegangen war. Als Erwachsene hatte dann jeder sein Leben gelebt, ohne den anderen zu behelligen, obwohl es sie schließlich beide nach Berlin getrieben hatte. Er war auf Maries Wunsch und weil dort Lehrer gebraucht wurden, in die Stadt gezogen; Emilia hatte es eines Liebhabers wegen in die Hauptstadt verschlagen. Und nach dem Ende dieser Liebe war sie »hier hängen geblieben«. Obwohl sie sogar im selben Viertel wohnten, hatten sie sich, solange Marie noch lebte, meist nur auf Familienfeiern gesehen, aber auch da kam es lediglich zu eher kühl-förmlichen Begegnungen. Marie und Emilia waren einander ziemlich fremd gewesen. Einen offenen Streit hatte es nie gegeben, aber jedes Mal, wenn sie aufeinandertrafen, hatte sich eine so eisige Atmosphäre im Raum ausgebreitet, dass es kaum auszuhalten war. Vielleicht hätte er zwischen ihnen vermitteln sollen, aber da es sich wohl um eine grundsätzliche Charakterverschiedenheit gehandelt hatte, wäre es vermutlich sowieso danebengegangen. Nach Maries Tod war Emilia mit sanfter Hartnäckigkeit zu gelegentlichen Sonntagsbesuchen bei ihm aufgetaucht, doch auch das hatte sie ihm nicht unbedingt vertraut gemacht. Korbinian war zwar inzwischen besser darüber informiert, auf welche Art Emilia ihr kleines Blumengeschäft führte, wie aber ihr Leben jenseits dessen aussah, jenseits der Oberflächlichkeiten, mit denen sie ihn zu unterhalten versuchte, davon hatte er nicht die geringste Ahnung.

Und jetzt befanden sie sich hier, in seinem Schlafzimmer, in dieser eigenartigen Situation von ungewohnt geschwisterlicher Intimität, für die zumindest er keine Verhaltensmuster parat hatte.

Als hätte sie erneut seine Gedanken gelesen, schüttelte Emilia sich plötzlich wie eine nasse Katze und witzelte die Unsicherheit einfach weg: »Ich schusselige Blumenfrau werde mich jetzt in die Klamotten meines braven großen Bruders werfen, ein heimlicher Traum wird wahr!« Danach verließ sie mit den Kleidungsstücken über dem Arm tänzelnden Schrittes das Zimmer und winkte ihm kokett über die Schulter zu. »Ich benutze mal dein Bad, ja?« Sie sagte das, als wäre es das Normalste der Welt.

Bevor er in die Küche zurückkehrte, machte Korbinian einen kleinen Umweg und lugte durch den schmalen Spalt ins Wohnzimmer. Nichts war zu sehen, nichts rührte sich. Leise trat er ein. Das Mädchen lag still und kerzengerade auf der Couch, die Augen geschlossen, den Kopf auf einem von Maries handbemalten seidenen Sofakissen gebettet, den Körper in seine beste Kamelhaardecke gewickelt. Korbinian rümpfte die Nase. Die Sachen würde er anschließend reinigen lassen oder gleich ganz wegschmeißen. Niemand konnte ihn dazu verpflichten, das eigene Wohnzimmer in ein Obdachlosenasyl zu verwandeln. Wie hatte er sich bloß so überrumpeln lassen?

Während er dabei war, sich in Ärger und Besorgnis hineinzusteigern, schlug Billa die Augen auf.

»Habt ihr die Bullen angerufen?« Die Angst, die in ihrer

Stimme mitschwang, war unüberhörbar. Sie sah winzig aus, wie sie da so spitzgesichtig aus ihrer kokonartigen Ummantelung herausschaute.

»Noch nicht«, antwortete Korbinian in einem freundlicheren Ton, als er ihn eigentlich beabsichtigt hatte. »Hätten wir denn Grund dazu?«

»Ich hab niemandem was getan. Ehrlich! Ich bin abgehauen, aber da hatte ich keine andere Wahl. Wenn ihr mich nicht hierhergeschleppt hättet, wäre ich längst wieder weg.«

»Wieso bist du mir überhaupt gefolgt?«

Das Mädchen stützte sich mit den Ellenbogen auf dem Sofa ab, versuchte den Oberkörper hochzustemmen. »Keine Ahnung. Du warst nett zu mir, ohne was zu wollen, und du sahst okay aus.«

»Und warum fürchtest du dich jetzt so sehr davor, dass wir die Polizei rufen?«

»Hab ich dir doch gesagt. Weil die mich zu meinem Vater bringen werden, minderjährig, verstehste? Aber nicht mehr lange. Doch was nützt mir das jetzt? Da fackeln die Bullen nicht groß, der Alte kriegt mich mit grüner Schleife drum herum zurück.«

»Wäre es denn so schlimm, wenn sie dich zu deinem Vater bringen?«

»Das ist kein Vater, das ist ein Arschloch!« Blanker Abscheu stand in ihrem Gesicht.

Jemanden ins Kreuzverhör zu nehmen, war normalerweise nicht seine Art, aber er glaubte herausfinden zu müssen, was er sich da aufs Sofa geholt hatte.

»Sag mal … Billa, ja?«

Sie nickte.

»Also, Billa, dürfte ich mal deinen Ausweis sehen?«

Sie ließ sich wieder auf das Kissen fallen, schloss die Augen und verzog das Gesicht wie unter Schmerzen. »Hab ich nicht dabei. Mir geht's beschissen, Alter, absolut!«

Korbinian glaubte ihr, und mit einem Mal tat sie ihm sogar wieder leid.

»Na gut, ruh dich aus. Meine Schwester wird gleich nach dir schauen.«

Als er sich im Hinausgehen noch einmal nach ihr umdrehte, lag sie abermals steif und still da. Korbinian war jetzt endgültig klar, dass er sie zumindest in dieser Nacht nicht mehr loswurde.

Die Badezimmertür öffnete sich gerade in dem Moment, als er daran vorbeigehen wollte. Emilia trat einen Schritt auf ihn zu und hielt die übergroße Anzughose mit der rechten Hand vor dem Bauch zusammen. Eines seiner Handtücher hatte sie sich um den Kopf gewickelt und war in den roten Pullover geschlüpft, dessen Ärmel sie zu dicken Wülsten umgekrempelt hatte. Er konnte nicht anders, als über diesen Anblick zu schmunzeln.

»Ja, lach nur«, sagte sie. »Hast du etwas, womit ich dieses Zelt von einer Hose an mir befestigen kann?«

Korbinian überlegte. Kein einziger seiner Gürtel wäre für die schlanken Hüften seiner Schwester geeignet. Sanft schob er sie zur Seite, betrat das Bad und holte eine seiner Krawatten, die er dort am Nachmittag abgelegt hatte, eine besonders schmale, braun und orange gestreift. Wortlos hielt er sie Emilia hin. Sie zog sie durch die Gürtelschlaufen, band mit raschen Bewegungen einen Knoten kurz unter ihrer Brust und streckte beide Arme von sich. »Hält!« Sie sah aus wie ein ungeschminkter Clown.

»Schlag dir die Hosenbeine um, sonst stolperst du«, sagte Korbinian, der sich nicht sicher war, ob er weiterhin amüsiert oder genervt sein sollte. In diesem Aufzug konnte er seine Schwester jedenfalls nicht auf die Straße schicken.

Missmutig machte er sich auf den Weg in die Küche, wo aus dem Kessel bereits Dampf stieg.

Während Korbinian heißes Wasser in die Teekanne füllte, hörte er seine Schwester draußen im Flur sprechen. Er rief: »Sie soll bitte nur das Gästeklo benutzen«, erhielt aber keine Antwort. Ärgerlich stellte er den Kessel ab, lief zur Tür, wo er beinahe mit Emilia zusammenstieß.

»Mit wem hast du gesprochen?«, fragte er.

»Hab mir erlaubt, dein Telefon zu benutzen. Martin wird bald hier sein.«

Korbinian, der weder die leiseste Ahnung hatte, wer Martin war, noch warum eine weitere Person in seiner Wohnung empfangen werden musste, stand kurz davor, die Fassung zu verlieren.

»Schön. Ein Martin kommt also auch. Sollen wir ein Spanferkel bestellen, vielleicht ein Fass dazu? Willst du nicht gleich deine ganzen Stammkunden zu mir einladen?«

»Reg dich mal wieder ab! Martin ist zwar ein Kunde von mir, aber außerdem ist er Arzt und ein freundlicher, hilfsbereiter Mensch noch dazu.«

»Und du bist nicht der Meinung, man hätte das erst einmal mit mir besprechen können, bevor ein Arzt einbestellt wird?«

»Ich hab ihn nicht *einbestellt*, er tut uns einen riesigen Gefallen. Das Mädchen ist krank und hat Angst, einer offiziellen Stelle übergeben zu werden. Vielleicht ist dir das aufgefallen?«

Korbinian nickte.

Emilia fuhr fort: »Da kannst du froh sein, dass ich einen netten Arzt kenne, der die Lage einschätzen kann. Ist es dir lieber, wenn die Kleine auf dem Sofa stirbt? Oder willst du sie vor die Tür setzen und auf der Straße verrecken lassen, damit du hier drin deinen Frieden hast?«

Korbinian wurde blass. »So habe ich's nicht gemeint.«

»Weiß ich«, entgegnete Emilia milder. »Ich bin genauso ratlos wie du. Martin kann uns helfen, das Richtige zu tun, damit der Schlamassel nicht noch schlimmer wird.«

Korbinian murmelte etwas Zustimmendes und ging, um eine weitere Teetasse aus dem Schrank zu holen.

»Was für ein Sauwetter!«

Doktor Martin Meyerhoff war ein hochgewachsener schlanker Mann mit silbergrau gelocktem Haar, das ihm bis auf die Schultern fiel. Korbinian schätzte ihn etwa in seinem Alter. Auf den ersten Blick wirkte er wie ein Mensch, der nicht viel Aufhebens um sich machte, gleich zum Wesentlichen kam. Das gefiel ihm. Bemerkenswert fand er außerdem, dass Emilias Kostümierung vom Doktor mit keinem Wort oder Blick kommentiert wurde, obwohl beide offensichtlich enger befreundet waren, als die Bezeichnung »Kunde« es beschrieb. Der Arzt umarmte Emilia geradezu liebevoll, küsste sie auf beide Wangen, ließ sich dann aber gleich zu der Patientin führen. Billa begrüßte er ebenso höflich wie förmlich, als bedürfe sowohl die Tatsache ihrer Anwesenheit in Korbinians Wohnung als auch der hygienische Zustand ihres Körpers keinerlei Erklärung. Mit konzentrierter Ruhe begann er die Untersuchung, während Korbinian aus dem Zimmer flüchtete.

Eine halbe Stunde später nahm Meyerhoff ohne Umstände am Küchentisch Platz und ließ sich dankend Tee einschenken.

»Tja«, sagte er, als Korbinian ihm die Zuckerdose hinschob, »ich habe Ihrer Schwester schon gesagt …«

»Du brauchst meinen Bruder nicht zu siezen«, fiel ihm Emilia ins Wort.

Der Doktor lächelte Korbinian zu, erhob sich leicht von seinem Stuhl und streckte ihm die Hand entgegen: »Ich bin Martin. Freut mich, dich kennenzulernen.«

»Korbinian.«

»Billa hat sich vermutlich einen Virus eingefangen«, fuhr der Arzt fort, »der sollte dringend richtig auskuriert werden. Gut, dass sie jetzt im Warmen ist, ihr Zustand hätte sonst schnell kritisch werden können.«

»Was wird jetzt mit ihr?«, fragte Korbinian.

»Sie ist ein junger, vitaler Mensch trotz des Untergewichts«, antwortete Martin Meyerhoff. »Wir behandeln die Symptome und lassen ihr ein bisschen Zeit. Paracetamol, etwas gegen den Husten, Bettruhe, drei bis fünf Tage Essen und Pflege, maximal eine Woche, dann ist sie wieder fit für die Straße.«

Korbinian fuhr ihn an: »Eine Woche?«

»Fit für die Straße?« Emilia griff den entsetzten Tonfall ihres Bruders auf. »Seit wann bist du zynisch, Martin?«

»Ich bin nicht zynisch, sondern realistisch. Wenn jemand in diesem Alter auf der Straße leben will, kann man ihn kaum davon abhalten. Sie macht das übrigens noch nicht allzu lange, vermute ich.«

»Wer sagt denn, dass sie das will?«, echauffierte sich Emilia, und Korbinian erwischte sich dabei, seiner Schwester beizupflichten.

Meyerhoff blieb gelassen: »Vielleicht braucht sie auch mehr als eine Woche, bis sie selbst entscheiden kann, was sie will. Ich möchte mich da nicht festlegen. Falls ihr euch so lange um sie kümmern wollt, wäre sehr bald ein Bad angebracht, wenn ich das mal so direkt sagen darf.«

»Auch das noch«, stöhnte Korbinian.

Emilia fuhr sich nervös durchs Haar. »Martin, ich weiß nicht …«

»Wir können auch das Jugendamt einschalten«, sagte der Arzt. »Die sind in so einem Fall verpflichtet, noch für heute Nacht eine Unterkunft zu finden. Aber in diesem Zustand …«

»Auf keinen Fall!«, fiel ihm Emilia ins Wort. »Ich weiß, wie diese Unterkünfte aussehen.«

»Nimm du sie doch mit zu dir in deine Wohnung und pfleg sie da«, ereiferte sich Korbinian.

»Du kennst die Behausung deiner Schwester nicht?«, fragte der Doktor.

Die Frage war Korbinian unangenehm. Er wusste zwar, wo Emilia wohnte, im selben Haus, in dem auch der Laden war, dritter oder vierter Stock, aber er hatte sie nie dort besucht. Sie war immer zu ihm gekommen, hatte nie von ihrer Wohnung gesprochen, ihn nie gebeten vorbeizuschauen.

Emilia lachte. »Wieso hätte ich ihn denn in mein Wohnklo lassen sollen, Martin, wo er doch so eine riesige Luxusbude hat? Ich wäre ja blöd gewesen.«

Korbinian hatte das Bedürfnis, sich zu verteidigen: »Ich wäre schon gekommen, wenn du mich eingeladen hättest.«

»Ist doch in Ordnung so, mach dir keine Gedanken darum.«

Ihre Warmherzigkeit verunsicherte ihn mehr, als wenn sie einen bissig-ironischen Kommentar abgegeben hätte.

»Damit eins mal klar ist: Auf keinen Fall werde ich über Nacht alleine mit einer minderjährigen weiblichen Person in meiner Wohnung bleiben!«, sagte er bestimmt, halb um von seiner Ignoranz hinsichtlich der Lebensumstände seiner Schwester abzulenken, halb, weil er tatsächlich befürchtete, dass ihn Billas Anwesenheit in Schwierigkeiten bringen konnte. »Ich unterrichte Kinder!«, fügte er mit Nachdruck hinzu.

»Wenn es dich beruhigt, kann ich heute Nacht hier schlafen«, sagte Emilia.

Korbinian überlegte, ob es irgendein kleineres Übel gab, doch ihm fiel nichts ein.

Sobald der Doktor und Emilia fort waren, um Medikamente und Nachtzeug zu holen, schlich sich Korbinian noch einmal zum Wohnzimmer. Eigentlich wollte er schauen, ob sich dort etwas rührte. Im letzten Moment schreckte er jedoch davor zurück, erneut ohne Beistand den Raum zu betreten, in dem Billa hoffentlich nur schlief.

Stattdessen zog er sich, in Ermangelung anderer Lektüre, mit der Zeitung von gestern hinter den Küchentisch zurück und starrte auf Nachrichten von weltpolitischer Bedeutung, ohne ein einziges Wort davon aufzunehmen. Wie sollte er sich angesichts der Situation, in der er sich befand, auch konzentrieren können? Am liebsten hätte er seiner Schwester und diesem kranken Findelkind das Feld überlassen und sich ein Hotelzimmer genommen, bis in seiner Wohnung alles wieder leer und ruhig war.

Noch einmal wandte er sich der Zeitung zu, schlug den Lokalteil auf. Drei brennende Autos der Luxusklasse allein in der Nacht von Dienstag auf Mittwoch, eingeschlagene Fensterscheiben bei einem Elektro-Großhandel, und gleich um die Ecke von seiner Schule hatte jemand die Außentische eines Edelrestaurants mit Fäkalien beschmiert. Es wurde immer schlimmer in dieser Gegend.

Korbinian faltete die Zeitung zusammen und überlegte, was er tun könnte, um die Zeit bis zu Emilias Rückkehr sinnvoll zu nutzen. Statt sich über die Zustände in dieser Stadt aufzuregen, könnte er zum Beispiel das kleine Gästezimmer herrichten. Dort müsste gelüftet und Staub gewischt, wahrscheinlich auch das Bett neu bezogen werden. Genau konnte er es nicht sagen. Er wusste es einfach nicht. Das Gästezimmer war ein weiteres Stück seiner Wohnung, das er seit Jahren nicht betreten hatte. Er hatte es nicht verschlossen wie die beiden Räume von Marie oder ihren Kleiderschrank. Es war einfach nicht nötig gewesen, in das Zimmer hineinzugehen, und deshalb hatte er es bleiben lassen. Selbst während des knappen Jahres, das seine Frau und er gemeinsam in der Wohnung verbracht hatten, war nicht ein einziges Mal jemand zu Gast bei ihnen gewesen, obwohl Marie darauf bestanden hatte, stets ein Zimmer für Besucher bereitzuhalten. »Das ist der Luxus, den wir uns mit diesem schönen neuen Zuhause gönnen: immer einen Platz für liebe Menschen zu haben, die uns besuchen möchten!«

Korbinian war die Vorstellung, regelmäßig Freunde, Verwandte oder ehemalige Studienkolleginnen zu beherbergen, ein Gräuel gewesen, aber glücklicherweise war Maries Bedürfnis nach der Anwesenheit Dritter bereits mit der Einrichtung eines Raums, der das potenziell möglich gemacht hätte, befriedigt worden. Jedenfalls hatte sie, soweit er wusste, nie eine konkrete Einladung ausgesprochen. Oder hatten Maries ausbleibende Gästeunterbringungen etwas mit seiner verhaltenen Unwilligkeit zu tun gehabt? Zu spät, sich darüber den Kopf zu zerbrechen, zu spät für so vieles. Er sollte jetzt dieses Gästezimmer benutzbar machen und mit dem Grübeln aufhören.

Emilia lief allen Ernstes noch immer in diesem clownesken Aufzug herum, als sie zurückkehrte. Aber die Montur, die sie bei ihrer ersten Ankunft an diesem Abend angehabt hatte, war ja auch nicht gerade Haute Couture gewesen. Was andere von ihr hielten, kümmerte sie nicht im Geringsten, hatte sie noch nie gekümmert.

Am sechzigsten Geburtstag von Emilias und Korbinians Mutter hatte Marie ihre ansonsten unerschütterliche Contenance für einen Moment verloren, als Emilia in orangefarbener Latzhose und Holzfällerhemd mit einem riesigen Blumenstrauß ins exklusive Chez Valerie gerauscht kam, wo die ganze Familie sich zu einer gediegen-vornehmen Feier versammelt hatte. Dem französischen Oberkellner, der seiner Schwester mit dem energischen Hinweis auf eine geschlossene Gesellschaft in den Weg getreten war, hatte sie die etwa zwanzig von Birkenzweigen umrahmten Sonnenblumen in die Arme gedrückt, mit dem Befehl, er solle sie in einer passenden Vase für den Tisch ihrer Frau Mama arrangieren, die das ganze Brimborium hier schließlich bezahlen werde, derweil könne er auch gleich an seinen Höflichkeitsformen arbeiten. Selbstverständlich hatte Korbinian Marie später zugestimmt, dass der Auftritt von Emilia unpassend, anmaßend und peinlich für die gesamte Familie gewesen war, aber einen Augenblick lang hatte er tatsächlich seine stille, heimliche Freude an dieser Showeinlage gehabt.

Jetzt, wo seine Schwester in seiner von einer alten Krawatte zusammengehaltenen Anzughose und dem tomatenroten XXL-Pullover in die Küche trat, dachte er plötzlich, dass es nur sehr wenige Menschen auf dieser Welt gab, die in einem derart lächerlichen Aufzug ihre Würde bewahren konnten.

Emilia grinste ihn gut gelaunt an, kippte den Inhalt einer kleinen Apothekentüte mit Schwung auf den Tisch und sagte: »Na, was macht unser Pflegefall?«

»Ich bin mir nicht sicher«, erwiderte Korbinian, »ob mein Gästezimmer überhaupt zu bewohnen ist.«

3

Am Samstagmorgen glitten Korbinians nackte Füße nicht über Teppichboden in die Pantoffeln, sondern über kühles Parkett ins Leere. Schlagartig wurde ihm bewusst, dass seit dem vergangenen Abend rein gar nichts mehr so war, wie es sein sollte.

Er legte eine Hand rechts und eine links neben sich auf die Kante der Couch, auf der er genächtigt hatte, und hielt sich fest, als befürchtete er vornüberzukippen. Wenn er ein wenig länger sitzen blieb und sich die Geschehnisse vom Vortag ganz langsam, Szene für Szene, noch einmal vor Augen führte, würde er vielleicht dem, was ihn jenseits der Tür erwartete, besser gewachsen sein.

»Denken, strukturieren, Ordnung schaffen«, murmelte er wie ein Mantra vor sich hin, aber das gewünschte Ergebnis, die Klarheit, von der er sich Handlungsfähigkeit versprach, wollte sich nicht einstellen. Er fühlte sich nichts und niemandem gewachsen. Er hatte Kopfschmerzen, der Rücken tat ihm weh, seine Arme und Beine fühlten sich an wie mit Blei beschwert. Das Schlimmste aber war: Er war nicht allein. Da konnte er sich noch so gut selbst sortieren, Tatsache blieb: Im Gästezimmer lagerte eine minderjährige Person mit schwerer Virusgrippe, und im Schlafzimmer wartete seine jüngere Schwester, die unter einem akuten Helfersyndrom litt, auf ihren Einsatz.

Kaum hatte er den Gedanken zu Ende gebracht, schämte er sich dessen. Sozialromantik hin oder her: Er musste zugeben, dass Emilias Verhalten im weiteren Verlauf des gestrigen

Abends beeindruckend gewesen war. Souverän und dennoch mit unaufdringlicher Liebenswürdigkeit hatte sie sich der Patientin angenommen, hatte ihr Medikamente verabreicht, Tee eingeflößt, war mit ihr zum Waschen ins Bad gegangen und hatte die Wunden und Kratzer versorgt, die vom Sturz ins Rosenbeet stammten. Danach hatte sie im Gästezimmer ein provisorisches Krankenlager hergerichtet und mit kalten Umschlägen Billas Fieber bekämpft.

Während all dieser Mühen hatte sie kein einziges Wort darüber verloren, dass er, der Gastgeber und Wohnungseigentümer, zu nichts anderem als zur Zubereitung von Tee und der Herausgabe von frischen Handtüchern zu gebrauchen war.

»Sie wird jetzt erst mal lange und fest schlafen, das arme Kind«, hatte Emilia gesagt, als sie sich nach zwei Stunden Dauerfürsorge zu Korbinian an den Küchentisch gesellt hatte.

»Gut«, hatte er geantwortet und war sich blöd wie ein Besenstiel vorgekommen.

»Hast du einen Wein da?«, hatte Emilia gefragt.

»Nein, tut mir leid.«

»Bier vielleicht?«

»Auch nicht. Du kannst Kräutertee haben, willst du?«

Das Glucksen, mit dem sie geantwortet hatte, war schwer einzuschätzen gewesen, irgendwie erstaunt und belustigt zugleich, vielleicht auch ein bisschen spöttisch, aber in jedem Fall wohlwollend. Korbinian hatte mitlachen müssen. Später hatte er sich gefragt, wie lange es her war, dass er sich in der Nähe eines anderen Menschen so entspannt gefühlt hatte.

Bis weit in die Nacht hatten sie in der Küche gesessen, dabei wenig bis gar nicht gesprochen, aber das Schweigen zwischen ihnen war unverkrampft gewesen, eigentlich fast angenehm. Es hatte Korbinian gefallen, derart friedlich mit seiner Schwester beisammen zu sein, erst eine, dann eine zweite Kanne Kräutertee zu leeren, dazu Honigbrote zu essen, die er zu später Stunde noch für sie beide zubereitet hatte.

Wie er aber jetzt, am Morgen danach, den beiden Frauen begegnen sollte, die bei ihm einquartiert waren, das machte ihn ratlos. Was reden, was tun? Immerhin hatte sich Emilia nicht als die schreckliche Plage erwiesen, die er erwartet hatte. Nicht einmal Fragen nach den verschlossenen Türen hatte sie gestellt. Korbinian war nicht entgangen, dass sie auf dem Weg zwischen Bad, Wohn- und Gästezimmer nacheinander die beiden Klinken von Maries Zimmern heruntergedrückt hatte. Im Anschluss daran war er eine ganze Weile auf der Hut gewesen, da er befürchtet hatte, sie könnte den Grund erfahren wollen, warum die Zimmer nicht zu öffnen waren, warum sie nicht eines von ihnen für die Nacht beanspruchen konnte. Was hätte er dann sagen oder erklären sollen? Doch nichts dergleichen war passiert. Sie hatte Korbinians Angebot, ihr sein Bett zu überlassen und selbst auf der Couch im Arbeitszimmer zu übernachten, dankend angenommen.

Gegen halb zwei hatten sie sich dann eine gute Nacht gewünscht. Kaum hatte Korbinian sein Arbeitszimmer betreten, war ihm eingefallen, dass er vergessen hatte, neben seinem Bettzeug auch Pyjama und Morgenmantel aus dem Schlafzimmer mitzunehmen. Aber es war ihm zu umständlich und zu peinlich gewesen, Emilia deswegen noch einmal zu stören.

Was ihn mehr verunsicherte, die plötzliche ungewohnte Nähe zu seiner Schwester oder der dubiose Pflegefall, den er sich aufgehalst hatte, konnte er gar nicht sagen.

So saß er also an diesem Morgen da, in Unterhose, auf der Kante seiner alten Couch, und wusste beim besten Willen nicht, was er tun sollte.

Die Uhr an der Wand neben seinem Schreibtisch zeigte kurz

nach halb neun, von draußen drang das Heulen einer Polizeisirene zu ihm hoch. In seiner Wohnung schien noch alles ruhig.

Für gewöhnlich begann Korbinian den Tag auch am Wochenende bereits um sieben Uhr. Er hasste es, die Morgenstunden im Bett zu verbummeln. Marie und er hatten das früher gelegentlich mit Vergnügen getan, aber seit er allein lebte, vermied er diese Art Trödelei und Nichtstun. Eine solche Zeitvergeudung hinterließ ein Gefühl von Leere und Vergeblichkeit, das er dann bis zum Abend nicht mehr loswurde. Ein Tagesablauf mit festen Eckpunkten und verlässlichen Strukturen war das beste Mittel, Anwandlungen von Schwermut gar nicht erst aufkommen zu lassen, darum hielt er sich normalerweise eisern an seine bewährte Ordnung.

Dafür war es heute allerdings bereits eineinhalb Stunden zu spät, und wie sich der weitere Tag gestalten würde, war eine Frage, auf die er nichts zu sagen wusste.

Korbinian beschloss, sofort aufzustehen, um weder Verdruss noch Panik aufkommen zu lassen, zumal der Druck auf seiner Blase allmählich unangenehm wurde.

Barfuß schlurfte er zu seinem Schreibtischstuhl, wo er in der Nacht Hemd und Hose abgelegt hatte, kleidete sich unwillig an und machte sich auf den Weg zum Bad.

Seine Stimmung wurde nicht besser, als er die Tür verschlossen fand. Er klopfte, hörte Wasser rauschen, klopfte noch einmal lauter, rief »Hallo?«, erhielt keine Antwort. Er musste dringend pinkeln, konnte unmöglich warten, bis der Mensch, der sein Bad blockierte, fertig war. Ärgerlich wandte er sich ab, eilte zur Gästetoilette und dachte: So weit ist es also gekommen, ich bin Besucher in meinen eigenen vier Wänden.

Das kleine Klo neben der Eingangstür war zwar eine regelmäßige Station auf seinem Putzplan, aber benutzt hatte er es noch nie. Fremd und fehl am Platz fühlte er sich, als er jetzt so dasaß, das geometrische Muster der Kacheln betrachtete und sich fragte, ob man das Plätschern seines Strahls wohl auf dem Flur hören würde.

Die Frage wurde nebensächlich, als plötzlich jenseits der Tür Porzellan klapperte, ein Stuhl quietschend über die Bodenfliesen gezogen, das Radio angeschaltet wurde. Jemand machte sich an seinen Sachen zu schaffen. Rasch knöpfte er die Hose zu, betätigte die Spülung und ging in die Küche.

Emilia stand auf Zehenspitzen vor dem offenen Geschirrschrank, um den Kopf ein Handtuch zum Turban geschlungen, bekleidet mit einem T-Shirt, das ihr knapp über den Po reichte und das sein Aussehen wahrscheinlich einem missglückten Batikexperiment verdankte. Schlammbraun mit rosa und weißen Schlieren. Korbinian verbot sich sämtliche Assoziationen und sagte so laut, wie es ihm gerade noch angebracht schien:

»Guten Morgen!«

Emilia wirbelte herum.

»Korb! Auch schon wach? Ich wollte gerade Kaffee kochen. Wo hast du das Pulver versteckt?«

»Vor deiner Nase, aber lass mich das machen, du willst dir doch bestimmt erst mal etwas anziehen.«

Sie stutzte, verzog dann das Gesicht zu einem Grinsen, murmelte: »Ach herrje …« und huschte an ihm vorbei aus der Küche.

Ein launiger Radiosprecher vermeldete Entspannung der Wetterlage und warb anschließend für ein Rockkonzert: »Die Godmother of Punk tritt heute Abend im Tempodrom auf!« Korbinian trat an das Gerät, suchte seinen gewohnten Sender, fand ihn nur wenige Frequenzen weiter: »Die internationale

Presseschau. Folgende Themen stehen im Fokus der weltweiten Berichterstattung …«

Während er Kaffee in den Filter gab, überlegte er, was Emilia wohl zum Frühstück essen mochte. Als Kind hatte sie beim Anblick von Croissants begeisterte Quietscher ausgestoßen. Allerdings hatte es höchstens im Urlaub welche gegeben und nur, wenn der Vater zum Bäcker gegangen war. Die Mutter hatte Croissants als »zu fettig und zu krümelig« abgelehnt, ähnlich wie später Marie, die allerdings mehr Sorge um ihre Figur als um die Sauberkeit des Frühstückstischs gehabt hatte.

Korbinian öffnete den Kühlschrank und sah hinein: Fleischwurst, ein halbes Glas Cornichons, Butter, Eier, Löwensenf. Keine Marmelade, keine Milch, kein Saft, nichts, womit man Frühstücksgäste anständig bewirten konnte. Der Honigtopf war gestern Nacht leer geworden.

»Von wegen Gäste …«, brummte Korbinian, fuhr sich mit den Fingern durchs Haar und ging zurück in sein Arbeitszimmer, um Socken und Schuhe anzuziehen.

Auf den Straßen war kaum jemand unterwegs. Überall lagen Zweige, Scherben, Plastiktüten herum, umgekippte Mülltonnen ließen den Bürgersteig zum Hindernisparcours werden. Man konnte nur hoffen, dass die Stadtreinigung trotz des Wochenendes arbeitete.

Auch im Supermarkt waren nur wenige Kunden. Die Leute blieben lieber daheim im Warmen. Korbinian machte einen großen Bogen um die Einkaufswagen, nahm stattdessen einen der Plastikkörbe vom Stapel an der Kasse, ging durch die Regale und griff nach Dingen, die ihm für ein ordentliches Frühstück passend erschienen. Er war es nicht gewohnt, ohne sorgfältig vorbereiteten Zettel Einkäufe zu erledigen, fühlte sich aber, nachdem er sich für Erdbeermarmelade und Pflaumenmus entschieden hatte, schon etwas sicherer. Er tat Nutella hinzu, weil er annahm, dass junge Leute so etwas mochten, und ging dann zu den Kühlregalen, um Wurst und Käse auszuwählen.

Gerade legte er einen Sechserpack Fruchtjoghurt in seinen Einkaufskorb, da entdeckte er weiter hinten im Geschäft, bei dem Regal mit den Zeitschriften, das Profil der Anwältin-Mutter, direkt daneben ihre Tochter Henriette. Das bedauernswerte Mädchen ließ den Kopf hängen, wirkte verschlafen, fast stumpf, während seine Mutter die Klatschpresse sichtete. Mit einer schnellen Kehrtwende Richtung Kasse verhinderte Korbinian, dass er gesehen wurde. Schon weil er sich nicht an den Namen der Frau erinnern konnte, wollte er ihr auf keinen Fall begegnen und sie begrüßen müssen. Irgendwas mit einem I, ein Dreisilber, Frau Doktor I-dingsdings; er kam einfach nicht drauf. Der Anstand hätte es außerdem erfordert, sich nach dem Befinden des Kindes zu erkundigen, ob es den gestrigen Sturz und das Nasenbluten gut verwunden hätte und so weiter … All das samstags in der Frühe, ohne einen Tropfen Kaffee im Bauch.

Während Korbinian seine Einkäufe aufs Band legte, die Kassiererin höflich bat, sich ein wenig zu beeilen, hielt er unauffällig Ausschau, ob Frau Doktor Dings und Tochter hinter ihm im Anmarsch waren, um gegebenenfalls in Deckung zu gehen. Kaum hatte er das letzte Stück aus seinem Korb genommen, hörte er es in seinem Rücken plärren: »Wenn der Herr Gerhard Nutella hat, dann will ich auch welches!«

Er tat so, als hätte er nichts gehört.

»Dein Lehrer ist schon ein älterer Mann, er darf essen, was er möchte, auch wenn es offensichtlich nicht gut für ihn ist, Schatz«, ätzte es hinter ihm, ein wenig zu laut, als dass es ausschließlich für Henriettes Ohren bestimmt gewesen sein konnte.

Korbinian fuhr fort, seine Sachen in die Plastiktüten zu stopfen, zahlte hastig und ging stracks zum Backshop neben dem Ausgang.

»Drei Croissants und drei Schrippen, bitte!«

Ein sichtlich genervter Mitarbeiter in schwarz-weiß karierter Schürze reichte ihm das Gewünschte über die Theke. Korbinian schaffte es, gerade so rechtzeitig durch die automatische Glastür zu huschen, dass er vorgeben konnte, den Ruf hinter sich überhört zu haben.

Was wohl die Sekretärin, Frau Schütz, die so viel von seinen diplomatischen Fähigkeiten hielt, sagen würde, wenn sie ihn bei seiner Flucht beobachtet hätte?

Beim Öffnen der Wohnungstür wehte ihm der Duft von frisch gebrühtem Kaffee entgegen, untermalt von Klaviermusik. Der verdammte Satie hat mir gerade noch gefehlt, dachte Korbinian, während er sich an den Hals griff, wo ein undefinierbarer Druck ihn am Atmen hinderte, die Tränen in die Augen trieb. Er fasste sich, zog sein Taschentuch aus der Hosentasche, schnäuzte geräuschvoll hinein.

»Du lieber Himmel, Korbinian! Du hast dich doch nicht etwa angesteckt?«, tönte die Stimme seiner Schwester aus der Küche, heiter und frei von jeglicher Besorgnis.

»Wahrscheinlich mein Heuschnupfen«, antwortete Korbinian mit belegter Stimme.

»Im November?«

»Was weiß ich denn?« Er hatte gar nicht so aggressiv klingen wollen.

Emilia stand in der Küchentür, inzwischen trug sie eine Jeans und wieder diesen riesigen roten Pullover. Anscheinend hatte sie Gefallen an ihm gefunden.

»Deswegen musst du nicht gleich so unwirsch werden. Wo warst du eigentlich? Ich hab schon gedacht, du bist abgehauen.«

Statt einer Antwort deutete Korbinian auf die Supermarkttüten, die er zu seinen Füßen abgestellt hatte. Emilia strahlte. »Prima! Deine Vorräte waren nicht gerade üppig.«

»Das dachte ich auch.«

Sie stutzte, machte einige Schritte auf ihn zu, sah ihm direkt ins Gesicht, und einen kleinen Moment lang dachte er, sie würde ihn umarmen. Zu seiner Erleichterung ließ sie aber unmittelbar vor ihm den Blick sinken, ging leicht in die Knie, schnappte sich die Einkäufe und verschwand in der Küche. Korbinian folgte ihr, und so sah er, wie sie gerade ihre Nase in die Papiertüte vom Backshop steckte. »Du hast Croissants mitgebracht!«

»Früher hast du sie so gerne gemocht, und da habe ich gedacht … also …«, stotterte er. Seine Verlegenheit war ihm ein wenig peinlich.

»Das weißt du noch?«, fragte sie.

»Du hast dich immer so gefreut, wenn es welche gab.«

»Selten genug, oder?«

Und dann hatte er tatsächlich ihre Arme um seinen Hals. Er hielt still, wagte kaum zu atmen, erst recht nicht, die Umarmung zu erwidern. Ich muss mir schon wieder die Nase putzen, dachte er und wartete reglos, bis sie ihn wieder losließ.

Als wäre alles ganz normal, wandte sich Emilia von ihm ab und machte sich daran, die Einkäufe aus den Supermarkttüten zu holen.

»Wie geht es Billa?«, fragte er.

»Schläft tief und fest. Sie fühlt sich auch schon längst nicht mehr so glühend an. Am besten, wir lassen sie in Ruhe.«

Korbinian schwieg. Das war durchaus in seinem Sinne, obwohl ihn auch brennend interessiert hätte, was mit dem Mädchen geschehen sollte, wenn es mit der Ruhe vorbei war.

»Hast du ein Tablett?«

Er reichte ihr eins aus dem Schrank unter der Spüle, danach

holte er drei Teller von der Anrichte. Fragend sah er zu seiner Schwester herüber, die dabei war, Dinge auf dem Esstisch anzuordnen, als täte sie das jeden Morgen. Sie nahm ihm die Teller aus der Hand, stellte den obersten auf das Tablett, die beiden anderen auf den Tisch.

»Billa soll einfach nur liegen. Frühestens morgen, noch besser übermorgen kann sie dann damit anfangen, ein bisschen durch die Wohnung zu gehen. Meinst du nicht auch?«

Nein, das meinte er nicht.

»Emilia, sie kann nicht hierbleiben, wir wissen nicht einmal, wer sie ist.«

»Fürs Erste wissen wir genug.«

»Ach ja?«

»Ja.«

»Und das wäre?«

Sie drehte den Wasserhahn auf und begann, drei Äpfel zu waschen.

»Billa ist ein nettes Mädchen, dem es zurzeit nicht besonders gut geht. Sie braucht ein bisschen Hilfe, um ihr Leben wieder in den Griff zu bekommen, und anscheinend können wir ihr für den Moment diese Hilfe geben. Glaub mir, sie ist in Ordnung, ich habe ein Gefühl für Menschen.«

Korbinian wollte etwas sagen, verzichtete letztlich aber auf den Kommentar, der ihm auf der Zunge lag. Ihre angebliche Menschenkenntnis war jedenfalls zweifelhaft. Wenn er allein an ihre missglückten Liebesgeschichten dachte … Und mit Sicherheit kannte er nur einen sehr kleinen Teil von den Affären, die es in ihrem bisherigen Leben gegeben hatte. Abgesehen davon hätte er gern gewusst, was die Aussage *Wir können ihr für den Moment diese Hilfe geben* konkret bedeuten sollte.

Korbinian seufzte.

»Was?«, fragte Emilia.

»Nichts«, sagte er so neutral wie möglich. »Es wird wirklich das Beste sein, wenn du ihr nachher das Essen ans Bett bringst. Dann sehen wir weiter.«

Genau da tat sich allerdings das nächste Problem auf: Emilias Geschäft hatte auch samstags geöffnet, natürlich, denn an diesem Tag wurden die meisten Blumen gekauft. Sie würde es sowieso kaum schaffen, pünktlich den Laden aufzuschließen. Und das teilte sie auch ihrem Bruder mit.

»Hat denn keine von deinen Aushilfen einen Schlüssel?«, startete Korbinian einen letzten Versuch, seine Schwester davon abzuhalten, ihn mit einer grippekranken Halbwüchsigen allein zu lassen.

»Beide sind übers Wochenende nicht in der Stadt«, antwortete Emilia, während sie den Filter von der Kanne nahm.

»Kaffee?«

Ohne Korbinians Antwort abzuwarten, goss sie eine Tasse Kaffee ein und schob sie ihm hin. »Schau nicht so entsetzt. Du wirst doch wohl noch dem Mädchen sein Frühstück ans Bett bringen können, oder? Reingehen, Tablett abstellen, rausgehen, ganz einfach. Du hast sicher schon größere Schwierigkeiten gemeistert.«

Er trank einen Schluck, verbrühte sich dabei den Gaumen, weil der Kaffee viel zu heiß war, und wünschte sich irgendwo anders hin, Hauptsache, weit weg von seiner Küche, seiner Schwester, von aufgezwungenen Verantwortlichkeiten für pflegebedürftige Sozialfälle, von allen, die auch nur seinen Namen kannten.

Zum ersten Mal in seinem Leben überkam Korbinian Gerhard der Wunsch, so früh eine Kneipe aufzusuchen, aber Bolles Ochsenglück war um diese Zeit noch nicht geöffnet, und eine andere Gaststätte kam nicht in Frage.

Zwanzig Minuten später fiel die Wohnungstür hinter Emilia ins Schloss. Sie hatte noch das Tablett für Billa fertig gemacht, das jetzt auf dem Tisch stand wie eine Mahnung. Thermosflasche, Milchkännchen, eine Kaffeetasse, ein Glas mit Saft, Croissant, Brötchen und Marmelade waren hübsch arrangiert, dazu mit Frischhaltefolie abgedeckte Apfelstücke. First-class-Service für eine arme, heimatlose Bettlerin.

Korbinian starrte abwechselnd auf die Küchenuhr und das Tablett, stand dann auf, schlich über den Flur und legte das Ohr an die Tür des Gästezimmers, die dabei etwas nachgab. Vorsichtig drückte er mit dem Finger dagegen, schaute durch den Spalt, sah nichts als eine Ecke des bunten Webteppichs, den Marie dort ausgelegt hatte. Er schob die Tür noch etwas weiter auf. Da war ein Fuß. Ein zarter, nackter, heller Frauenfuß, der aus einem Knäul weißen Lakens herausschaute und sich jetzt leicht bewegte. Als hätte er einen Schlag bekommen, wich Korbinian zurück, zog mit der Klinke die Tür ins Schloss und eilte ins Wohnzimmer. Wie ein flüchtiger Dieb, dachte er, während er die Sofakissen wieder in die richtigen Positionen brachte: hübsch hintereinander aufgereiht, genau wie Marie es gern gehabt hatte. Er schnüffelte an jedem der Kissen, sie rochen wie immer, sahen auch sauber aus. Das schmutzige Mädchen hatte weniger Spuren hinterlassen, als zu befürchten gewesen war. Obwohl auch die Kamelhaardecke augenscheinlich nichts abbekommen hatte, beschloss er, sie zum Auslüften nach draußen zu hängen.

Soweit Korbinian das beurteilen konnte, hatte der Sturm keine Schäden am Haus und auf der Dachterrasse angerichtet. Bis auf einen dünnen Ast, der sich am Geländer verfangen hatte, war alles in Ordnung. Möbel, die hätten kaputtgehen können, hatte er sowieso nicht draußen stehen, nur die Holzbohlen am Boden waren noch feucht und etwas rutschig. Der Himmel sah klar und nicht nach weiterem Regen aus, hatte die Sicht wieder auf den Park, das Meer von Häusern und den Fernsehturm freigegeben.

Gerade war Korbinian dabei, die Decke über die auf der Terrasse gespannte Leine zu drapieren, als er hinter sich ihre Stimme hörte, erstaunlich kräftig und beschwerdefrei: »Krass! Hier sieht's ja aus wie auf dem Werbeplakat für diese neue Kippensorte.«

Billa stand in der offenen Tür, barfuß, die grüne Polyacrylscheußlichkeit um die Schultern geschlungen, darunter ein Nachthemd, das seine Existenz eindeutig dem gleichen Batikunfall verdankte wie das T-Shirt, das Emilia vor dem Frühstück getragen hatte.

»Guten Morgen. Geht es Ihnen besser?«, fragte Korbinian förmlich, weil ihm nichts anderes einfiel. Sie machte nicht den Eindruck, als ob es ihr gut ging. Sauberer als gestern, das schon, aber die Augen lagen noch immer glasig in dunklen Höhlen. Die Blässe ihres Gesichts war beinahe geisterhaft, und die Art, wie sie sich am Türrahmen abstützte, zeugte entweder von akuter Schwäche oder von ausgesprochenem schauspielerischen Talent.

»Hättest du vielleicht mal 'ne Zichte für mich?«, fragte sie.

»Eine was?«

»Zigarette.«

»Sollten Sie in Ihrem Zustand überhaupt rauchen?«

»Wieso? Ich bin doch nicht schwanger. Siezt du mich jetzt wieder?«

»Meiner Ansicht nach bist du zu krank zum Rauchen. Außerdem befindest du dich in einer Nichtraucherwohnung.«

»Aber das hier«, sie trat einen Schritt auf die Holzbohlen und ließ ihren Blick umherschweifen, »ist so ziemlich der geilste Platz zum Rauchen, den ich je gesehen habe. Wieso gibt's hier keine Stühle?«

»Ich benutze die Terrasse nur, um Wäsche aufzuhängen.«

»Mann, du kannst direkt auf den Alex gucken! Ich erkenne sogar das Scheißhotel, wo sie einen aus der Lobby schmeißen, selbst wenn's Eimer regnet.«

Sein Blick folgte ihrem Zeigefinger.

»*Wie* aus Eimern!«

»Hä?«

»Man sagt: Es regnet *wie* aus Eimern, nicht, es regnet Eimer.«

Sie sah ihn verständnislos an. »Ja und?«

»Egal. Hast du Hunger?«

»Weiß nicht. Wo ist deine Frau? Wie heißt sie noch mal?«

»Emilia. Meine Schwester. Sie musste zur Arbeit, kommt aber bald wieder. Also: Frühstück?«

Sie nickte mit einer plötzlichen Wachsamkeit im Blick. Korbinian ging mit gebührendem Abstand an ihr vorbei ins Wohnzimmer und bedeutete ihr, ihm zu folgen. Als er sich im Flur umsah, stellte er fest, dass sie sich an der Wand neben Maries Arbeitszimmer festhielt und schwer atmete. Er ging zu ihr.

»Ich bin krank«, röchelte sie.

»Ja«, sagte Korbinian. »Deswegen solltest du auch nicht barfuß hier herumlaufen.«

Er fasste sie am Arm und führte sie bis zum Gästezimmer, wo sie keuchend aufs Bett fiel.

»Du tust mir doch nichts, oder?«, schnaufte sie.

»Nein, bewahre, ich bin froh, wenn ich dich wieder los bin.«

Sie grinste gequält und sagte: »Danke, gleichfalls.«

Korbinian konnte nicht anders, als das Grinsen zu erwidern. »Da sind wir uns also einig. Ich bring dir mal dein Frühstück.«

Nachdem er das Tablett auf dem Nachttisch abgestellt und die Tür zum Krankenlager hinter sich geschlossen hatte, fand Korbinian, dass die Situation fürs Erste halbwegs unter Kontrolle war.

Er kehrte ins Wohnzimmer zurück, nahm in seinem Lesesessel Platz und griff nach dem Katalog, den er sich am Abend vergeblich anzusehen versucht hatte. Bevor er auch nur das Vorwort zu Ende gelesen hatte, war er schon eingenickt.

Er wusste nicht, wie lange er geschlafen hatte, als ihn etwas aus dem Sessel hochfahren ließ. Der Katalog rutschte ihm vom Schoß und knallte aufs Parkett. Das, was ihn geweckt hatte, hörte abrupt auf. Korbinian überlegte schlaftrunken, was es gewesen war, ein Zischen und Wispern, dann war er ganz wach und seiner Sache sicher: Im Flur hatte jemand geflüstert.

»Emilia?«, rief er.

Es dauerte, bis eine Antwort kam: »Nee, ich bin das bloß.«

Bloß ist relativ, dachte Korbinian und sah nach, was Billa trieb. Sie stand im hinteren Teil des Flurs, mit dem Rücken zur Kommode, und schaute ihn mit einem schwer einzuschätzenden Ausdruck im Gesicht an. Ertappt, war sein spontaner Eindruck, als hätte er sie bei etwas erwischt, von dem sie nicht wollte, dass er es mitbekam.

»Was machst du da?«

»Ich muss mal und habe vergessen, wo das Klo ist.«

Sie log ihn dreist an. Und sie wusste, dass er es wusste, daran hatte er keinen Zweifel.

»Die Toilette ist immer noch schräg gegenüber von dem Zimmer, in dem du geschlafen hast.«

»Ach ja, klar.«

Sie schlug sich übertrieben theatralisch mit der flachen Hand auf die Stirn. »Ich verlauf mich echt überall, hab so eine beschissene Orientierung, typisch Frau, was? Haha …«, witzelte sie und verschwand im Gästeklo. Korbinian ging zu der Stelle, wo er Billa vorgefunden hatte. Die Schubladen der Kommode sahen unberührt aus, obendrauf war auf den ersten Blick auch alles so, wie es sich gehörte: Die Schale mit Maries Wohnungsschlüsseln war nicht angetastet worden, die kleine rote Vase mit den drei vertrockneten Rosen ebenfalls nicht, der Bilderrahmen stand richtig, das Telefon … Mit dem Telefon stimmte etwas nicht. Es stand leicht schief in der Ladeschale, nur ein klein wenig, aber auf eine Art, dass er sicher war, es nicht selbst so hinterlassen zu haben. Das konnte, aber musste nicht unbedingt etwas heißen, denn Emilia hatte am Vorabend ihren Doktorfreund damit angerufen. Er griff nach dem Mobilteil, hatte eigentlich nur die Absicht, es geradezurücken, nahm es dann aber doch in die Hand und drückte die Wahlwiederholung. Eine männliche Stimme meldete sich, blaffte »Was is'n noch?«, so übellaunig und aggressiv, dass Korbinian, obwohl er genau wusste, dass er es mit jemand anderem zu tun hatte, fragte: »Martin? Doktor Meyerhoff?«

»Hier ist kein Doktor, du hast dich verwählt.«

»Verzeihung. Darf ich mal fragen, wer Sie sind?«

Es klickte in der Leitung. Der Mann hatte aufgelegt. Fast im gleichen Moment öffnete sich die Tür zur Gästetoilette, ohne dass die Spülung zu hören war, und Billa erschien, klapprig und blass, so mager, dass man sie umpusten konnte. Korbinian dachte, dass er mit dieser schwächlichen Person fertigwerden würde, was immer sie im Schilde führte – vorausgesetzt, sie hatte keine Verstärkung angefordert.

»Du hast telefoniert«, stellte er fest.

»Spionierst du mir nach?«, fragte sie patzig.

Statt einer Antwort sah er sie argwöhnisch über den Rand seiner Brille an.

»Ich hätte dich um Erlaubnis fragen sollen«, sagte Billa, mit einem Schlag derart zerknirscht, dass Korbinian ihr nicht einen Funken Reue abnahm.

»Das sowieso«, sagte er. »Außerdem möchte ich wissen, mit wem du gesprochen hast.«

»Warum willst du das wissen?«

»Den Namen der Person – oder du fliegst raus, und wenn ich dafür die Polizei rufen muss.« Drohend hielt er ihr das Telefon entgegen.

Sie fuhr sich nervös durch die Haarstoppeln.

»Ron«, hauchte sie, nun wieder das personifizierte Elend.

»Wer ist Ron?« Er hatte nicht vor, sich erweichen zu lassen.

»Ein Freund.«

»Was für ein Freund?«

»Ein Freund eben. Weißt du nicht, was ein Freund ist? Ich wollte ihm nur sagen, dass ich okay bin. Damit er sich keine Sorgen macht und so.«

»Wenn dein Freund sich solche Sorgen um dich macht, warum hängst du dann allein und krank auf der Straße herum, sodass wildfremde Leute sich um dich kümmern müssen?«

»Ich … Ron ist … ach, Scheiße, Mann!«

Sie ließ sich an der Wand herunterrutschen, faltete sich zusammen wie ein Klappmesser, bis sie wieder so dahockte wie am Vortag beim Supermarkt: gekrümmt, die Arme um den Kopf geschlungen, ein jämmerlicher Anblick, der jetzt auch noch von leisem Schluchzen untermalt wurde.

Nein, dieses Mal lasse ich mich nicht einseifen, dachte Korbinian, und laut sagte er so energisch, wie es ihm möglich war: »Reiß dich zusammen und antworte gefälligst!«

Das Schluchzen verstummte. Sie hob den Kopf, zeigte ihr tränennasses Gesicht, in dem sich sämtliche Facetten von Kummer, Verzweiflung, Schwäche und Enttäuschung abwechselten. Korbinian musste seine Augen von ihr abwenden, dabei fiel sein Blick unglücklicherweise auf sein Spiegelbild. Im Spiegel an der Garderobe sah er einen dicklichen älteren Mann bedrohlich aufgeplustert vor einer sich am Boden krümmenden Gestalt stehen, die erschrocken zurückwich. Abermals schaute er Billa an.

»Ron ist so ein Idiot«, schluchzte sie. »Der würde lieber verrecken, als mir zu helfen.«

»Warum rufst du ihn dann an?«, fragte er leise, obwohl er eigentlich gar nichts mehr sagen wollte.

»Wegen Manni.«

»Wer ist das nun wieder?«

»Manni ist mein Freund. Er ist weg, und Ron weiß bestimmt, wo er ist, wie ich ihn erreichen kann und so. Aber der Arsch will nicht damit rausrücken. Ich hab bei ihm gewohnt, also bei Manni, meine ich. Aber der ist weg, und ich weiß nicht, wohin.«

Korbinian hätte gern gewusst, was die Gründe für das Verschwinden dieses Freundes waren und warum Billa nicht – oder nicht mehr – in dessen Wohnung sein konnte. Doch sie legte erneut ihre Stirn auf die Knie und heulte hemmungslos – es war kaum auszuhalten.

Zaghaft streckte er eine Hand nach ihr aus, verharrte aber in der Bewegung, weil er merkte, dass er noch immer das Telefon umklammert hielt. Bloß nicht in den Spiegel schauen, dachte er, tat es dann aber doch. Ekelhaft.

Fast rannte er ins Wohnzimmer, um Abstand zwischen sich und das weinende Mädchen zu bringen, dabei schob er fluchend das Telefon in seine Hosentasche. Krachend warf er die Tür hinter sich zu, anschließend ließ er sich schwer atmend in seinen Sessel fallen.

»Verdammt! Verdammt! Verdammt noch mal!«

Hier war etwas im Gange, das ihm die Kontrolle über sein eigenes Leben zu entreißen drohte. Dagegen musste dringend etwas unternommen werden, bevor er vollständig entmachtet war. Korbinian hatte jedoch nicht die geringste Idee, was das sein könnte.

Ein Teil von ihm war der Meinung, dass er nachschauen sollte, um zu sehen, wie es Billa ging und was sie tat. Er beschimpfte sich selbst als Feigling und Unmensch, trotzdem konnte und wollte er mit diesem heulenden Elend, egal ob schuldig oder unschuldig, nicht konfrontiert sein.

Er starrte die Wand an, nahm mehrfach das Telefon aus der Hosentasche und steckte es jedes Mal wieder ein, ohne eine Nummer gewählt zu haben – Emilia oder die 110, er konnte sich nicht entscheiden. Also tat er nichts, achtete nur auf die Geräusche, die aus dem Flur kamen. Doch es war still. Zu still. Kein Schluchzen oder Weinen mehr. Umso besser. Oder auch nicht. Er schaute nicht nach.

Eine zähe Ewigkeit später, die höchstens eine Viertelstunde gedauert haben konnte, klingelte es. Korbinian sah auf die Uhr: kurz vor eins. Zu früh für Emilia. Er stemmte sich aus dem Sessel und verließ nach kurzem Zögern das Zimmer. Billa hockte nicht mehr im Flur, und die Wohnungstür am anderen Ende stand ein wenig offen. Korbinian schaute nach draußen. An der gegenüberliegenden Wand blinkte das kleine rote Licht neben der Aufzugtür. Der Fahrstuhl war in Betrieb. Fuhr er herauf oder hinunter? Letzteres hätte Billas Verschwinden bedeuten können, was, trotz der Erklärungsnot, in der er dann gegenüber seiner Schwester gestanden hätte, eine Erleichterung gewesen wäre. Sorgen machte ihm die zweite Möglichkeit, nämlich dass der Aufzug jemanden zu ihm nach oben beförderte, der telefonisch vor Kurzem herbeigeordert und dem die Wohnungstür geöffnet worden war, um … Ja was? Ihn zu bedrohen, auszurauben, zu überfallen?

Korbinian zog blitzartig die Tür ins Schloss, positionierte sich direkt dahinter, sodass er durch den Spion spähen konnte. Rasch holte er das Telefon aus seiner Tasche. 110. Eben wollte er die Wahltaste drücken, als sich die Aufzugtür öffnete und drei flache Pappkartons sichtbar wurden, die sich auf seine Tür zubewegten. Dahinter erkannte Korbinian den schwarz gelockten Haarschopf Emilias. Hektisch und wütend riss er die Tür auf.

»Herrgott, Emilia, ich hätte beinahe die Polizei gerufen!«

»Wegen mir?«, fragte sie belustigt, während sie die Kartons an ihm vorbei in die Wohnung trug.

»Das ist nicht witzig!«, brüllte Korbinian hinter ihr her. »Das ist hier alles ganz und gar nicht mehr witzig!«

Emilia blieb stehen, drehte sich zu ihm um und fragte, jetzt doch etwas verwundert: »Was ist nicht witzig?«

»Hast du gerade geklingelt?«

»Ja, sicher, wer sonst?«

»Die Wohnungstür stand offen, und ich dachte, dieser Mann ist im Anmarsch.«

Sie sah ihn an, als hätte er nicht mehr alle Tassen im Schrank. »Welcher Mann, Korbinian?«

»Was weiß ich denn? Ein Komplize vielleicht.«

Emilia starrte ihn noch immer an wie einen Wahnsinnigen, der gerade einen paranoiden Schub erleidet, und allmählich kam er sich vor, als würde er selbst nicht weit davon entfernt sein. Er rang nach Luft.

Ein kräftiger Geruch aus Pappe und Gewürzen wehte ihn an, er las »PIZZA ITALIA« auf den Kartons, in roten und grünen Großbuchstaben, darunter streckte ein Männchen mit Kochmütze und dicken Pausbacken einen Riesenteller gen Himmel. Auf einmal verloren die Buchstaben an Schärfe, verschwammen vor seinen Augen, ein dunkles Gewaber machte sich breit, dazu ein anschwellendes Dröhnen in seinem Schädel, ein Schmerz hinter dem linken Augapfel, dann kippte die Wand. Er versuchte sich festzuhalten, stieß dabei an den Schirmständer, der scheppernd zu Boden ging. Von sehr weit entfernt hörte er seinen Namen.

Als die Konturen langsam wieder schärfer wurden, seine Umgebung klare Gestalt annahm, fand er sich auf dem Boden sitzend, genau dort, wo vorhin Billa gehockt und geweint hatte. Zwei Frauengesichter hatten sich über ihn gebeugt, viel zu nah an seinem Gesicht, er konnte ihren Atem riechen.

»Korb, bist du wieder bei dir?« Emilias Stimme klang schrill und panisch.

Er nickte, dachte, was für eine bescheuerte Frage das doch war, und sagte laut: »Jajaja. Mir war nur kurz schwindelig.«

Erst jetzt bemerkte er, dass Emilias Hände auf seinen Schultern lagen und ihn so fest drückten, dass er jeden ihrer Finger in seinem Fleisch spürte. Billas Gesicht hatte sich dankenswerterweise aus seinem unmittelbaren Blickfeld entfernt.

»Ich hab das manchmal, wenn ich zu viel Kaffee trinke«, log er. »Ist schon wieder vorbei.«

»Aha«, sagte Emilia skeptisch.

»Mir fehlt nichts.«

Er versuchte, wenigstens ihre Hände abzuschütteln.

»Du bist umgekachelt, als wärst du hacke, Alter, wir haben uns voll erschrocken«, sagte Billa.

Mit welchem Recht erschrickt sie?, dachte Korbinian. Mit welchem Recht gebraucht sie dieses »Wir«? Und warum tut sie so, als hätte ich ein Problem und nicht sie? Er wollte weg von hier, weit weg vom Klammergriff und der Sorgenmiene seiner Schwester, raus aus dieser Besatzungszone, an die frische Luft und zu seinem Mittagstisch – ins Ochsenglück. Dort gehörte er um diese Zeit hin, an seinen Platz im Schutz der Zimmerlinde, der für ihn freigehalten wurde, an dem alles war, wie es sich gehörte.

Dass er zumindest einen Teil seiner Gedanken nicht nur gedacht, sondern auch ausgesprochen hatte, merkte er erst, als Emilia ihm heftig widersprach:

»Vergiss es, du gehst nirgendwo hin. Du bleibst hier und isst erst mal was. Kannst du essen? Wenn nicht, rufe ich den Notarzt.«

»Mensch, lass ihn doch erst mal zu sich kommen«, sagte Billa.

»Wo hattest du dich eigentlich seit deiner Heulattacke versteckt?«, fragte er. Einerseits, weil er es wirklich wissen wollte, andererseits, um von seiner eigenen Person abzulenken.

Billa zuckte verständnislos mit den Schultern. »Nirgends. Wieso?«

»Die Wohnungstür stand offen, und du warst verschwunden. Warst nicht mehr im Flur.«

Sie deutete verständnislos auf Emilia: »Na, sie hatte doch geklingelt, und da hab ich den Öffner gedrückt und die Tür aufgemacht. War das falsch? Danach bin ich in mein Zimmer zurückgegangen. Und dann hat es so gerumpelt, als wär was passiert.«

Mein Zimmer? Er wollte protestieren, sagen, dass es nicht ihr Zimmer war, ließ es aber. Stattdessen machte er für einen winzigen Moment noch einmal die Augen zu und beschloss, genau das zu tun, was dieses anmaßende Mädchen vorgeschlagen hatte: Er würde erst mal zu sich kommen.

4

Korbinian hatte Pizza gegessen. Pizza Tonno mit Kapern und Zwiebeln, direkt aus dem Pappkarton, und es war gar nicht so übel gewesen – lauwarm und ein bisschen labberig, aber nicht schlecht.

»Hätte ich bloß auf Helmut gehört«, sagte Emilia. »Der wollte mir den Thermobehälter mitgeben, dann wäre die Pizza heiß geblieben. Aber wer konnte denn ahnen, dass wir dich vor dem Essen vom Boden aufsammeln mussten?«

Sie kicherte, was Korbinian befremdete. Vor kaum zwanzig Minuten hatte sie ihn noch voller Sorge in die Notaufnahme schaffen wollen. Trotzdem war es ihm lieber, dass sie kein Gewese mehr um seinen Schwächeanfall machte.

Sie saßen um den Küchentisch, jeder einen fettigen Karton vor sich. Billa hatte sich zu ihnen gesellt, ohne dass sie eigens dazu aufgefordert worden war.

»Wer ist Helmut?«, fragte Korbinian, um die Gelegenheit zu nutzen, Interesse an Emilias Leben zu zeigen.

»Helmut ist der Pizzabäcker aus dem kleinen italienischen Imbiss neben meinem Laden.«

»Seit wann heißen Italiener Helmut?«

»Er stammt aus Cottbus.«

»Aber die Pizza ist superlecker«, sagte Billa, die bereits nach dem zweiten Stück den Karton von sich weggeschoben hatte, aber blass und mit verquollenen Augen bei ihnen sitzen geblieben war.

»Schmeckt wirklich ganz gut. Ich habe schon ewig keine Pizza mehr gegessen, seit neun Jahren nicht.«

Der letzte Satz war ihm eher unabsichtlich herausgerutscht. Einen Wimpernschlag zu spät wurde ihm bewusst, dass er dabei war, Erinnerungen heraufzubeschwören, die er besser nicht zuließ, schon gar nicht in Anwesenheit anderer. In dem eigenartigen Zustand, in dem sein Hirn sich noch immer befand, ließ es sich nicht mehr wegdrängen, er konnte sie sogar riechen, diese Mischung aus Zitronenduschbad und Schweiß … »Pause!«, hatte Marie gerufen, und er war neben ihr auf eine Umzugskiste mit nicht ausgepackten Büchern gesunken. Sie hatten Seite an Seite gehockt, ihre verschwitzten Körper aneinandergedrückt, obwohl das nicht unbedingt nötig gewesen war. Mindestens siebzehn weitere Bücherkisten hatten noch im Zimmer herumgestanden, auf jede hätte er sich setzen können. Aber Marie sah in diesem Moment unwiderstehlich aus mit ihren vor Aufregung geröteten Wangen und dem rot-weiß karierten Baumwolltuch, das zum Schutz vor frischer Wandfarbe und Umzugsstaub lässig um ihren Kopf geschlungen war. So schön, so leuchtend und so gesund hatte sie ausgesehen. Unbesiegbar. Wie eine Frau, die sich soeben in ein neues Abenteuer aufgemacht und mindestens noch weitere fünfundvierzig Jahre dafür zur Verfügung hatte.

»Ich habe Hunger«, hatte Marie gesagt, »so einen Mordshunger hab ich, dass ich einen halben Ochsen vertilgen könnte.«

Der Herd war noch nicht angeschlossen, der Kühlschrank nicht rechtzeitig geliefert worden. Das einzig Essbare, das sie in der Wohnung gefunden hatten, war eine angebrochene Packung trockener Butterkekse gewesen.

»Dann werde ich mich eben mit denen zufriedengeben müssen«, hatte Marie gesagt und gelacht.

Korbinian war aufgestanden und hatte feierlich erklärt: »Ich besorge dir einen Ochsen!«

Anschließend war er losgezogen, um in dieser für ihn damals noch fremden Gegend etwas Warmes zum Essen aufzutreiben. Eine halbe Stunde später hatte Marie ihn umarmt, als er mit zwei Pizzakartons aufgetaucht war, die denen, die jetzt vor ihm lagen, ähnlich gewesen waren. »Ochse war leider alle!«, hatte er gewitzelt, und sie waren erst über die Pizza, dann über eine Flasche Chianti und schließlich übereinander hergefallen. Die Umzugskartons hatten sie an diesem Abend nicht weiter beachtet.

»Korbinian?«

Sein Schädel fühlte sich dumpf, wie unter abklingender Betäubung an. Erst nach einigen Sekunden bekam er mit, dass Billa ihn etwas gefragt hatte.

»Ja?«

»Du hast ernsthaft neun Jahre lang kein einziges Stück Pizza gegessen?«

Er nickte, wollte aber in seiner Erinnerung bleiben.

»Wieso das denn?«

Billas Stimme zwang sich zwischen ihn und das Bild seiner nackt daliegenden Frau und holte ihn dorthin zurück, wo er nicht sein wollte – in eine von Marie für immer verlassene Küche, die damit ihren Sinn eingebüßt hatte. Darüber durfte er aber auf keinen Fall weiter nachdenken.

»Korb, rede! Billa hat dich etwas gefragt.« Emilias Stimme hatte wieder diesen besorgt-übergriffigen Ton, den er überhaupt nicht mochte.

Das geht euch beide einen feuchten Kehricht an, dachte Korbinian und suchte nach einer netteren Formulierung.

»Die Gelegenheit hat sich einfach nicht ergeben«, sagte er bemüht lässig.

Emilias Hand näherte sich seiner, er verschränkte die Arme vor der Brust, um einer Berührung zu entgehen.

Billa machte sich über ihn lustig: »Nicht ergeben? Alter, hier ist an jeder Ecke 'ne Pizzeria.«

Korbinian zuckte mit den Schultern. »Na und? Man ist nicht verpflichtet zu essen, was es an jeder Ecke gibt, oder? Ich habe ein gutes Stammlokal, da esse ich täglich.«

»Immer?«

»Immer.«

»Und du gehst nie woandershin?«

»Niemals.«

»Obwohl es auch Tage geben könnte, an denen du eine Pizza bevorzugen würdest?«

»Ja«, antwortete Korbinian unwirsch, weil sie so hartnäckig nach der blöden Pizza fragte.

Billa strahlte ihn auf einmal an, als hätte er einen besonders originellen Witz gemacht »Auf deine Art bist du echt schräg, alter Mann, kann das sein?«

Emilia sprang sofort darauf an: »Und ob das sein kann. Komplett schräg.«

Beide Frauen lachten, was Korbinian äußerst unpassend fand. Gestern Abend war dieses Gör noch zu krank gewesen, um den Weg zum Jugendamt anzutreten, tags darauf, gegen Mittag, hatte sie einen Nervenzusammenbruch in Szene gesetzt, und jetzt machte sie es sich in seiner Küche gemütlich, beleidigte ihn als *alter Mann* und stellte ihm respektlose Fragen, um sich mit seiner Schwester auf seine Kosten zu amüsieren.

Er schlug mit der flachen Hand so heftig auf den Tisch, dass Emilia und Billa erschrocken zusammenfuhren.

»Es reicht! Wir sind hier nicht beim Kaffeekränzchen. Ich will wissen, was es mit diesem mysteriösen Freund auf sich hat, und zwar sofort.«

»Wovon, um Himmels willen, sprichst du eigentlich?«, fragte Emilia irritiert.

»Billa weiß genau, wovon ich rede«, antwortete er, ohne Emilia auch nur eines Blickes zu würdigen.

Doch so schnell ließ sie sich nicht abwimmeln: »Wenn hier schon kein Kaffeekränzchen stattfindet, mein Lieber, möchte ich wenigstens erfahren, was das für ein dramatischer Empfang gewesen ist, den du mir vorhin geliefert hast. Warum wolltest du die Polizei rufen?«

Er ignorierte sie, konzentrierte sich weiterhin auf Billa, die mit hochgezogenen Schultern dasaß, die Arme um den Oberkörper geschlungen, und ihn verängstigt anstarrte. Ob das inszeniert war oder echt, ließ sich schwer einschätzen – trotzdem verfehlte es seine Wirkung nicht. Als ob ich ihr jeden Moment an die Gurgel gehen würde, dachte er. Es verstörte ihn, dass der Ausdruck in ihren Augen ihn derart traf. Was schaute sie so weidwund? Hatte er in den vergangenen Stunden nicht bewiesen, dass von ihm keine Gefahr für ein junges Mädchen ausging?

»Das hab ich dir doch schon gesagt.« Billa redete mit stockender Stimme und richtete ihre Aufmerksamkeit auf einen der Pizzakartons, in dessen Seitenrand sie mit dem Fingernagel kleine Kerben drückte.

»Du hast lediglich Andeutungen gemacht, die dies und das bedeuten könnten.« Korbinian wollte sich nicht mit ihrer früheren Erklärung abspeisen lassen.

»Mein Freund ist verschwunden, und ich versuche ihn zu finden. Das ist die ganze Geschichte.« Billa drückte eine zweite Reihe Fingernagelkerben unter die erste und zog geräuschvoll die Nase hoch.

»Ich kaufe dir nicht ab, dass das alles ist.«

»Korb, mach ihr nicht so einen Druck! Sie sieht immer noch sehr geschwächt aus«, mischte sich Emilia ein.

»Sie ist gut genug beieinander, um in meiner Wohnung herumzuschleichen und hinter meinem Rücken ihre Leute zu verständigen. Ich lasse mich weder ausnutzen noch beklauen, wenn ich es verhindern kann.«

Billa rutschte auf ihrem Stuhl herum, riss jetzt kleine Stückchen aus dem Karton, schnippte sie über den Tisch. »Ich verarsche dich nicht, ehrlich, und ich hab auch niemanden verständigt. Ich habe nur Ron angerufen und ihn nach Manni gefragt. Das ist wahr, ich schwör's!«

»Spar dir die Schwüre!« Er war sich nicht sicher, ob er in der Lage gewesen war, die nötige Strenge in seine Stimme zu legen. Billa zuckte zusammen, als befürchtete sie, geschlagen zu werden.

»Okay, okay, ich erzähle euch alles. Aber ihr müsst versprechen, nicht die Bullen zu rufen!« Billa räusperte sich, schniefte. Korbinian trommelte mit den Fingern auf der Tischplatte, wofür er einen tadelnden Blick von seiner Schwester erntete.

»Anfang des Sommers«, begann Billa, »genau gesagt am zweiten Juni, bin ich von zu Hause abgehauen, nachdem mein Vater mich in der Nacht zuvor brutal verprügelt hatte. Das hatte er schon mindestens hundertmal gemacht, aber dieses Mal hat es endgültig gereicht. Mir tat alles weh, überall hatte ich blaue Flecken, auch ein Stück vom Zahn war abgebrochen.« Zum Beweis zog sie ihre Lippe hoch und präsentierte einen Schneidezahn, dem tatsächlich eine Ecke fehlte.

»Beim nächsten Mal hätte er mich totgeschlagen«, fuhr Billa fort. »Auf keinen Fall konnte ich nur einen Tag länger bei ihm bleiben. Also bin ich nicht zur Schule, sondern zu meinem Freund gegangen, zu Manni. Ihm hab ich gesagt, dass ich nicht mehr zurück zu meinem Vater kann. Wir sind noch gar nicht lange zusammen, aber Manni hat mich bei sich wohnen lassen, ohne was dafür zu verlangen. Ich musste nicht mal bitten. ›Dann bleib bei mir‹, hat er gesagt und dass er dem Alten den Arsch aufreißt, wenn er sich noch einmal in meine Nähe traut.

Manni hat sich um mich gekümmert, hat alles für mich bezahlt, mir total viele teure Sachen geschenkt und so. Ich hatte es echt gut da.« Billa schaute in die Runde, als erwartete sie Beifall für ihren fabelhaften Retter.

»Wie alt ist er denn, dein Manni?«, fragte Emilia.

»Vierundzwanzig. Aber er sieht jünger aus.«

Emilia zog die Brauen enger zusammen. »Und was macht er beruflich, dass er dir so viele tolle Geschenke kaufen kann?«

Die Verzögerung, mit der Billas Antwort erfolgte, ließ sowohl Korbinian als auch Emilia aufhorchen.

»Irgendwas mit Autos.«

»Irgendwas?« Emilias Stimme klang überraschend scharf. »Du wirst doch wohl wissen, was dein Freund von Beruf ist.«

»Klar weiß ich das. Manni ist Autoschlosser.«

»Du meinst Kfz-Mechaniker?«

»Ist doch egal. Jedenfalls kann er Autos reparieren, absolut jede Karre. Er kriegt sie alle wieder hin, und sie laufen hinterher noch viel besser als vorher. Habt ihr ein Auto?«

»Nein«, brummte Korbinian ungehalten, weil ihm die Wendung, die das Gespräch nahm, nicht gefiel.

»Ich habe einen kleinen Lieferwagen, uralt und dauernd kaputt. Aber ich würde gern noch etwas mehr über deinen Freund erfahren.«

Billa reckte trotzig ihr Kinn vor. »Wenn du ein Problem mit deinem Wagen hast, kann Manni da auf jeden Fall was machen. Umsonst natürlich. Ihr habt mir geholfen, dann hilft er auch euch.«

»Vorausgesetzt, er taucht wieder auf«, sagte Emilia.

Billas Augen schimmerten plötzlich abermals feucht. Eine Träne löste sich, rann die Wange hinunter, verlief sich am Hals. Das Mädchen wischte sich mit dem Ärmel des gebatikten Nachthemds, das sie noch immer trug, durchs Gesicht.

Korbinian stöhnte halb genervt, halb hilflos auf, er hatte das Schmierentheater allmählich satt.

»Erzähl weiter!«

Billa nickte, straffte die Schultern, fasste sich. »Also, nachdem ich von meinem Alten weg war, bin ich, wie gesagt, bei Manni geblieben. Aber ich hab auch was getan dafür: Hab sauber gemacht, gekocht und so weiter. Auch für den rothaarigen Idioten, der einen auf Mannis bester Freund macht, hab ich oft Essen gekocht. Ron konnte mich am Anfang nicht leiden. ›Was sollen wir mit der?‹, hat er Manni gefragt. Aber der hat ihm gesagt, dass er nett und respektvoll zu mir sein soll – wörtlich: ›respektvoll‹! Ich wäre jetzt seine Frau, würde zu ihm gehören, und jedem, der etwas dagegen hat, würde er eins aufs Maul geben. Ron hat da natürlich ganz schön blöd geguckt, weil er das von Manni so gar nicht kannte.«

Korbinian suchte vergeblich Blickkontakt zu Emilia, während Billa ihre Erzählung fortsetzte. »Wenigstens hatte ich jetzt ein Zuhause, wo mein Vater nicht an mich herankam, dafür hat Manni gesorgt. Aber nicht nur das, wir hatten auch total viel Spaß zusammen, Manni und ich. Es war perfekt. Zum ersten Mal in meinem Leben. Ich war glücklich. Wisst ihr, was das heißt? Komplett wunschlos glücklich zu sein, nirgendwo anders hinzuwollen als da, wo man gerade ist? Das ist das Größte überhaupt. Wäre es nach mir gegangen, hätte es ewig so bleiben können – absolut ewig, bis ich alt sein werde, von mir aus bis hundert, mit tausend Falten.«

»Und was ist passiert, dass du nicht mehr bei Manni bleiben konntest?«, fragte Emilia, jetzt etwas freundlicher.

Korbinian versuchte unauffällig, einen Kloß herunterzuschlucken und seinen Atem flach zu halten. *Bis ich alt sein werde, von mir aus bis hundert* – das hätte er bis vor acht Jahren ebenfalls unterschrieben. Faktisch hatte er das ja auch.

Billas Augen huschten von Korbinian zu Emilia und wieder zurück, hielten sich an ihm fest, bekamen für den Bruchteil einer Sekunde etwas seltsam Wissendes, das nicht zu ihrem Alter passte und ihn an einer weichen Stelle traf.

»Vor etwas mehr als drei Wochen war ich nachmittags in der Stadt zum Shoppen. Manni und ich wollten abends ausgehen, in ein richtig edles Restaurant. Es gäbe was zu feiern, hatte er beim Frühstück gesagt, und ich hatte ihn gefragt, was ich anziehen soll. Da griff er in seine Hosentasche, holte zwei Hunderter raus, drückte sie mir in die Hand und meinte: ›Hol dir was Schönes, ich will, dass du an diesem Abend ganz besonders toll aussiehst!‹ Dabei hatte er mir auch vorher schon eine Menge Sachen geschenkt. Könnt ihr euch das vorstellen, zwei fette Scheine, einfach so? Aber das ist Manni: Wenn er richtig Geld gemacht hat, teilt er es mit seinen Freunden, und dann ist Party angesagt.«

Was versteht ein Autoschrauber wohl unter *richtig Geld machen?*, überlegte Korbinian, fragte aber nicht weiter nach, sondern lauschte der Fortsetzung von Billas Geschichte.

»Ich bin also gerade im Ringcenter und will eine Hose anprobieren, so ein geiles Lederteil mit Nieten, als mein Handy klingelt. Ron ist dran, brüllt total hektisch: ›Wo steckst du? Haben sie dich erwischt?‹ Ich sage: ›Nee. Wer soll mich erwischt haben?‹ Und Ron dann: ›Bleib bloß von Mannis Wohnung weg, die Bullen sind da, wühlen alles durch.‹ Ich hab erst gar nicht gewusst, wovon Ron überhaupt spricht. Hab verlangt, dass er mir sofort Manni ans Telefon holt. Aber Ron hat was davon gefaselt, dass das gerade nicht geht und dass ich auf keinen Fall von mir aus anrufen oder mich blicken lassen soll, er würde neue Handys mit anderen Nummern besorgen und mir später Bescheid geben. Ron sagte dann noch, am besten sei es, wenn auch ich mein Telefon wegschmeißen würde, vielleicht würden wir alle abgehört. Als ich wissen wollte, wie er oder Manni mich erreichen würden, wenn ich mein Handy in den Müll werfe, hatte er schon aufgelegt. Von einem Moment auf den anderen stand ich dann da, ohne jeden Plan. Erst dachte ich: Das renkt sich ein, Manni wird mir irgendwie eine Nachricht zukommen lassen und mitteilen, dass ich wieder zu ihm kommen kann. Aber keiner hat sich mehr bei mir gemeldet, und obwohl ich Ron heute endlich von dieser Wohnung aus erreicht habe, weiß ich noch immer nicht, was Sache ist.«

Sie schluchzte leise.

Emilia legte ihre Hand auf Billas Arm und sagte sanft, aber bestimmt: »Du hast die vergangenen drei Wochen doch nicht im Ringcenter verbracht, oder?«

»Nein. Kurz vor acht haben sie mich rausgeschmissen. Dann bin ich erst mal zum Alex gefahren, weil ich da ein paar Leute kenne. Zwar nur flüchtig, aber mit denen konnte ich eine Weile abhängen. Und Geld hatte ich zu dem Zeitpunkt auch noch.«

»Was für Leute waren das?«

»Punks, aber wie gesagt: Ich kannte sie nur flüchtig. Manche sind in Ordnung, andere wieder nicht. Und abends wollte ich sowieso wieder zu Hause bei Manni sein.«

Korbinian sah zu seiner Schwester hinüber. Er hatte damit gerechnet, dass Emilia sich noch genauer erkundigen würde, wie sie sich denn Mannis Beschäftigung vorzustellen habe. Doch offenbar verfolgte sie eine defensivere Strategie: »Du bist aber abends nicht nach Hause zu Manni gegangen, oder?«

»Nein. Ich hab auf die Meldung gewartet, die mir sagt, dass die Luft rein ist.«

»Wie hätte das ohne Telefon gehen sollen?«

»Ich hatte meins doch lieber behalten, und Ron besorgt schneller ein neues Handy, als du das Wort buchstabieren kannst, die Jungs haben da so ihre Quellen.«

Korbinian schüttelte nur den Kopf.

»Bist du nicht mal zu Mannis Wohnung gegangen, um nachzusehen?«, fragte Emilia.

»Doch, klar, gleich am nächsten Tag.«

»Und?«

»Die Tür war mit zwei blauen Papierstreifen verklebt. ›Der Polizeipräsident in Berlin‹ stand drauf und dass man sich strafbar macht, wenn man es ablöst oder beschädigt. Wie beim *Tatort*, echt krass. Natürlich konnte ich da nicht so einfach reinspazieren. Deswegen habe ich mich vor die Tür gehockt und gewartet, um zu sehen, ob Manni vielleicht auftaucht. Irgendwann kam ein Mädchen aus der WG gegenüber die Treppe rauf und hat zu mir gesagt: ›Verschwinde am besten, gestern war hier die Hölle los, und zwei Polizisten haben heute Morgen auch schon nach dir gefragt.‹ Da bin ich dann sofort abgehauen, aus Angst, sie könnten mich erwischen und mich meinem Alten ausliefern. Das könnt ihr euch ja denken …«

»Ich kann mir eine Menge denken«, sagte Emilia. »Aber vielleicht erzählst du mal, warum die Polizei eure Wohnung durchsucht und versiegelt hat.«

Sie sprach ziemlich gelassen, was Korbinian ebenso aufbrachte wie verwirrte. Wie konnte Emilia so ruhig bleiben, wo es sich doch gerade ein entlaufenes Mädchen aus dem kriminellen Milieu bei ihnen – nein – in seiner Wohnung gemütlich machte?

»Weiß ich nicht so genau«, murmelte Billa.

»Und ungenau?«

»Die müssen ihn verwechselt haben.«

»Komm schon!«

»Manni hat nix Schlimmes getan!«

»Aber?«

»Na ja. Es gibt da ein paar Typen, die verticken das harte

Zeug: Schnee, Speed, Weißes, den ganzen Pillen-Scheiß, selbst an Kinder. Das würde Manni nie tun, im Gegenteil, der nimmt den Kids das Zeug ab und bläst ihnen obendrein den Marsch.«

»Was für *Zeug* nimmt er Kindern ab? Drogen etwa?«, fragte Korbinian.

Emilia blaffte ihn an: »Ja, was glaubst du denn? Gummibärchen wären weder für die Kinder noch für die Polizei ein Problem. Die Frage ist: Was genau gedealt wird – falls dir der Ausdruck etwas sagt, Bruderherz.«

Korbinian fand das keiner Erwiderung würdig.

Billa zupfte ein neues Pappstückchen aus dem Pizzakarton, betrachtete es ausführlich, bevor sie es über den Tisch schnippte.

»Ich hab damit nichts zu tun. Ich bin sauber. Ich nehme nix Hartes!«

»Das glaube ich dir sogar. Martin, der Arzt, hätte das im Übrigen sonst gestern bei der Untersuchung gemerkt. Gegen das bisschen Gras in deiner Stofftüte habe ich prinzipiell nichts einzuwenden, das ist bekömmlicher als Saufen. Aber was ihr in der Wohnung habt und womit dein entschwundener Superheld dealt, das wüsste ich schon mal gern genauer, denn schließlich hängen wir fast mit drin, wenn wir dich hier verstecken.«

Korbinian stellte fest, dass er seine Schwester noch viel weniger kannte, als ihm bewusst war.

»Manni dealt nicht, der repariert Autos! Ron übrigens auch. Vielleicht geht das manchmal ein bisschen an den Vorschriften vorbei, aber das ist noch kein Verbrechen«, sagte Billa aufgebracht. »Die Bullen sind bestimmt hinter diesen fiesen Typen her, mit denen er manchmal abhängt, deshalb haben die unsere Wohnung hochgenommen. Wahrscheinlich haben die Manni was untergejubelt, um ihm eins auszuwischen, weil er ihren Scheiß nicht mitmacht. Die von der Drogenfahndung haben ihn dann irrtümlich für den Boss gehalten und gleich das ganz große Programm abgespult. So könnte es gewesen sein, schätze ich.«

»Deswegen versiegeln sie aber keine Wohnung, ein Siegel bedeutet: Da ist ein Tatort. Und eine denkbare Verwechslung hätte sich inzwischen auch längst aufgeklärt.«

»Ich weiß aber nicht, wo und wie ich Manni finden soll! Zur Wohnung traue ich mich nicht, die könnte noch überwacht werden. Anrufen kann ich ihn aber auch nicht, sein Handy ist tot.«

»Du hast heute vom Anschluss meines Bruders aus telefoniert, oder?«

»Trotzdem stehe ich noch genauso dumm da wie vorher. Ich wusste nur die Nummer von Rons Arbeit, aber der will mir am Telefon nichts sagen.«

»Kein Hinweis darauf, wo sich dein Justizopfer von Freund befinden könnte? Möglicherweise ist er verhaftet worden. Schon mal darüber nachgedacht?«

»Das versuche ich ja herauszufinden, aber Ron hat mich abgefertigt, als wäre ich Abfall. Seine Scheißhündin behandelt er besser als mich.«

Ihre Empörung wirkte aufrichtig, und Korbinian erwischte sich erneut bei so etwas wie Anteilnahme, während Emilia ihr Verhör unbeeindruckt fortsetzte.

»Was haben sie in der Wohnung gefunden?«

»Nichts!«

»Billa!«

»Na gut. Ein paar Stangen geschmuggelte Zigaretten und ein bisschen Gras. Kein Drama, oder?«

»Habt ihr eine Indoor-Plantage da betrieben?«

»Was für'n Ding?«

»Stell dich nicht dümmer als du bist!«

»Nur ein paar Pflanzen, nicht viel, wirklich jetzt.«

»Und wo hast du dich überall herumgetrieben, bevor du hergekommen bist?«

»Am Alex, in der U-Bahn, im Park, in den Rathauspassagen. Das klappte schon irgendwie, war ja noch nicht so kalt die ganze Zeit. Aber es ging mir jeden Tag schlechter. Ich hab mich immer elender gefühlt und mich dann nur noch in irgendeine Ecke zum Pennen geschleppt – bis Korb mich gefunden hat …«

»Korbinian. Mindestens. Außerdem hab ich dich nicht *gefunden,* sondern du bist mir hinterhergelaufen.«

Emilia überging Korbinians Einwand ebenso wie Billa. »Was ist mit dem Geld passiert, das du von Manni bekommen hattest?«

»Wurde geklaut, als ich auf der Bank in einer U-Bahn-Station geschlafen habe.«

»Einfach so?«

»Ich hatte Fieber und konnte mich nicht wehren. Mein Handy wurde mir auch weggenommen.«

»Und das Gras haben sie dir gelassen?«, fragte Emilia scharf.

»O Mann, spül das Zeug doch einfach im Klo runter, wenn es dich stört, ist mir total egal. Ich habe mit Drogen nix am Hut, ehrlich. Dein Freund, dieser Doktor, kann gerne einen Bluttest machen. Ihr könnt mich auch rauswerfen, aber nicht die Polizei rufen, bitte! Wenn die mich zu fassen kriegen, bringen sie mich zu meinem Vater.«

Billa sah so ehrlich verzweifelt aus, dass es Korbinian beinahe zu Herzen ging, obwohl er davon ausgehen musste, neben einer minderjährigen Obdachlosen auch noch Drogen in seiner Wohnung und Dealer auf den Fersen zu haben.

Emilia sagte: »Mädchen, wir haben dir bereits geholfen, und wir werden dir auch weiterhin helfen. Aber ich lasse mich nicht für dumm verkaufen und meinen Bruder auch nicht, denn das haben wir beide nicht verdient. Spiel mit offenen Karten! Wir sind nicht deine Feinde, verstanden?«

Billa schrumpfte wieder in sich zusammen. »Ich fühl mich so mies.«

Emilia stand auf, umrundete den Tisch und nahm sie am Arm. »Du gehst jetzt ins Bett, und da bleibst du, bis ich wieder hier bin. Keine heimlichen Anrufe, keine Tricks, ist das klar?«

Der klägliche Laut, den Billa von sich gab, konnte alles Mögliche bedeuten. Aber sie wehrte sich nicht, als Emilia sie zurück ins Gästezimmer brachte.

Korbinian sah ihnen hinterher und fragte sich, was seine Schwester mit *bis ich wieder hier bin* gemeint hatte. Stellte sie sich vor, dass er den ganzen Tag den Babysitter spielte? Und überhaupt konnten sie nach dem, was sie gerade gehört hatten, nicht einfach zur Tagesordnung übergehen.

»Von wegen Tagesordnung …«, wiederholte er laut murmelnd und begann damit, den Tisch aufzuräumen. Er konnte besser denken, wenn er etwas Sinnvolles tat.

Billas Geschichte wies dermaßen viele Lücken auf, dass er sich keinen rechten Reim darauf machen konnte. Vor allem war seine Sorge im Verlauf ihrer Erzählung eher größer als kleiner geworden. Der Vater mochte tatsächlich gewalttätig sein, solche Fälle kannte er aus der Schule. Aber was war zum Beispiel mit der Mutter? Lebte sie noch? Wenn ja, wo wohnte sie? Und warum kümmerte sie sich nicht um ihre Tochter? Sollte es wirklich keine anderen Freunde oder Verwandte geben, zu denen sie hätte gehen können, außer dem flüchtigen oder inhaftierten Drogendealer, einigen Punkern am Alexanderplatz und diesem ungehobelten Ron, der bei seinem Anruf dermaßen rüde aufgelegt hatte? Was war mit Schulfreunden, was mit dem Schulbesuch an sich? Wer sollte diese obskure Razzia-Geschichte glauben? Außerdem: Schlief man mit zweihundert Euro in der Tasche in einer U-Bahn-Station? Und wie war es zu erklären, dass dieses Mädchen nicht mal im Ansatz so angezogen gewesen war wie eine, der man unlängst angeblich kostspielige Kleider geschenkt hatte? Korbinian konnte sich nicht vorstellen, dass seine Schwester sich mit diesen Widersprüchlichkeiten zufriedengab.

Er kippte die Pizzareste in den Müll, sammelte die Pappschnipsel vom Tischtuch, klappte die Kartons zu und stapelte sie aufeinander. Danach versuchte er die Schachteln zusammenzudrücken, trat mit dem Fuß drauf, aber sie waren immer noch zu sperrig für den Altpapierbehälter.

So viel Abfall für ein einziges Mittagessen, dachte Korbinian ärgerlich. Er griff nach dem Altpapiermüll und klemmte sich die Pizzakartons unter den Arm. Bis Emilia im Gästezimmer fertig war und sie das weitere Vorgehen abstimmen konnten, wollte er noch ein wenig weiter Ordnung schaffen, da sah man wenigstens Fortschritte.

In der zweiten Etage wurde der Aufzug angehalten, und die alte Dame, deren Namen ihm nie einfiel, stieg zu. Sie wohnte schon länger als er in diesem Haus, hatte sich kurz nach seinem und Maries Einzug sogar bei ihnen vorgestellt. Sie war zugewandt und trotzdem unaufdringlich gewesen, das hatte ihnen gefallen. Gutwillig waren Einladungen zum Kaffee in Aussicht gestellt worden, die dann nie erfolgt waren. Schon damals hatte dieser Helm von weißen Löckchen ihr pausbäckiges Gesicht eingerahmt. »Sie sieht aus wie Margaret Rutherford in dünn«, hatte Marie gesagt, und von da an nannten sie die Nachbarin heimlich »Jane Marple«, »Jane Marple aus dem zweiten Stock«. Wahrscheinlich hatte Korbinian deswegen vergessen, wie sie wirklich hieß.

»Guten Tag, Herr Gerhard.«

Er grüßte verlegen zurück.

»Haben Sie Besuch?«

»Wie bitte?«

Die Nachbarin deutete auf die Pizzakartons.

»Ach so, ja, meine Schwester«, sagte Korbinian, erstaunt, dass sie ihn so direkt ansprach. Das hatte sie lange nicht mehr getan. Genau genommen seit dem Tag, an dem Maries Sarg in den Leichenwagen geschoben worden war. Korbinian hatte vor dem Haus gestanden und wie paralysiert den Männern vom Beerdigungsinstitut zugesehen, als die Nachbarin mit ihren Einkäufen zurückgekommen war. »Um Himmels willen, was ist passiert?«, hatte sie gefragt. Irgendjemand, der ebenfalls in der Nähe war, hatte deutlich hörbar etwas von einem plötzlichen Todesfall gezischt, dabei Maries Namen genannt, als ob Korbinian nicht unmittelbar danebengestanden hätte. Jane Marple hatte etwas geantwortet, woran er sich jedoch nicht mehr erinnerte, nur dass es zornig geklungen hatte, das wusste er noch. Als der Leichenwagen weggefahren war, hatte sie ihn wie ein Kind bei der Hand genommen und zurück ins Haus, die Treppe hinauf bis vor seine Wohnungstür geführt, die noch offen war. »Kommen Sie klar, oder soll ich mich einen Moment zu Ihnen setzen?«, hatte sie gefragt. Und Korbinian hatte gesagt: »Lassen Sie mich in Ruhe!« Sie war daraufhin wortlos gegangen.

Seitdem war es ihm unangenehm, sie zu treffen. Glücklicherweise hatte sie ihn nie wieder auf diesen Moment oder auf Maries Tod oder sonst etwas angesprochen.

Auch jetzt nahm die Frau seine Antwort nicht zum Anlass für eine weitere Unterhaltung, sodass sie schweigend das Erdgeschoss erreichten, wo sie ihm freundlich einen schönen Tag wünschte und schließlich zur Vordertür hinaushuschte. Weil er sie unmöglich Jane Marple nennen konnte, falls sie ihn noch einmal ansprach, ging Korbinian zu den Briefkästen und las die Namen, die für den zweiten Stock in Frage kamen: Beyer, Schlüter, Schmidt-Severin. Schlüter könnte passen, Beyer aber irgendwie auch, einen Doppelnamen hätte er sich zumindest als solchen eingeprägt.

Während er noch die Briefkästen studierte, erschien hinter der Milchglasscheibe der Eingangstür ein Schatten, eine nur undeutlich erkennbare Gestalt. Korbinian wollte keinem weiteren Nachbarn begegnen, den er nicht namentlich begrüßen konnte, und eilte deshalb zur Hintertür.

Im Innenhof hatte der Sturm während der vergangenen Nacht beträchtliche Verwüstungen angerichtet: Blätter, Äste, Plastiktüten und Papierfetzen lagen überall verstreut, Fahrräder waren umgekippt. Man musste den Hausmeister verständigen, wenn das nicht im Lauf des Tages weggeräumt wurde.

Eben hatte er die zusammengedrückten Pizzakartons dem Altpapier in die entsprechende Tonne hinterhergeworfen, als er ein röchelndes Grunzen hörte, das sich rasch näherte. Wie ein asthmatisches Nilpferd mit Schluckauf, dachte Korbinian beunruhigt und blickte, als er sich dem Geräusch zuwandte, in die blutunterlaufenen Augen des hässlichsten fetten Hundes, den er je gesehen hatte. Das Gesicht war zerfurcht und zerknautscht, die Nase platt gedrückt, das riesige Maul, aus dem rechts und links ein schleimiger Sabberfaden rann, schien wie zu einem hämischen Grinsen verzerrt, und eine gigantische rosafarbene Zunge hing abartig weit heraus. Das grauenhafte Vieh schnaubte Korbinians Schienbeine an, als wäre noch nicht entschieden, ob es erst noch zubeißen oder gleich an seinem Sabber ersticken würde.

Korbinian überlegte, was er zu seiner Verteidigung unternehmen konnte: schreien oder wegrennen oder dem Monster seinen Altpapierbehälter in den Rachen stopfen? Seine Hand zitterte, und er zwang sich, ruhig zu bleiben. »Hunde können

Angst riechen«, hatte er einmal gelesen. Ob dieses Exemplar mit seiner verunstalteten Nase etwas anderes als schnaufen konnte, schien zwar fraglich, aber die Zähne sahen zu intakt aus, als dass er etwas riskieren wollte.

»Braaaaver Hund«, presste er hervor. Das fette Hinterteil begann zu wackeln, das Grunzen wurde lauter. In diesem Moment brüllte eine männliche Stimme aus dem Hausflur: »Angie!«

Das Tier drehte sich überraschend wendig um seine eigene Achse und setzte sich mehr hoppelnd als rennend in Bewegung. Gerade hatte es die drei Stufen zur Hintertür genommen, als ein dunkel gekleideter junger Mann mit fuchsrotem Haar in der Türöffnung erschien. Herr und Hund begrüßten einander überschwänglich. Hoffentlich kein neuer Mieter, dachte Korbinian, der Hunde selbst dann nicht mochte, wenn sie netter aussahen als dieses gruselige Exemplar. Hunde stanken, sie waren unberechenbar, belästigten Menschen im Park, kackten die Bürgersteige voll. Mit Entsetzen beobachtete Korbinian, wie der junge Mann beidhändig den riesigen Kopf der Bestie umfasste, sein Gesicht auf das des Hundes drückte und mit erstaunlich hoher Stimme juchzte: »Da ist ja mein Baby!«

Korbinian ließ angewidert den Deckel der Papiermülltonne zuknallen. Erst jetzt schien ihn der junge Mann zu bemerken. Er ließ von seinem Hund ab und schaute argwöhnisch zu ihm hinüber.

»Darf ich fragen, was Sie hier suchen?«, rief Korbinian, der deutlich machen wollte, dass es viel mehr an ihm, dem langjährigen Hausbewohner, war, Misstrauen zu zeigen.

»Hab's schon gefunden«, sagte der Mann knapp und verschwand mitsamt seinem Köter aus Korbinians Blickfeld.

Abgesehen von dem Schreck, den ihm der Hund eingejagt hatte, gefiel ihm noch etwas an dieser Szene nicht, aber er konnte es nicht recht benennen. Korbinian verließ den Hof und ging ins Haus hinein. Dort war niemand mehr zu sehen. Er kontrollierte zuerst den Keller, dann die Tür zur Straße. Beide waren ordnungsgemäß verschlossen. Auch im Treppenhaus war nichts zu hören, und der Aufzug befand sich immer noch unten. Wahrscheinlich ein Bote, der etwas zugestellt hat und dann weitergegangen ist, überlegte Korbinian und beschloss, sich nicht weiter den Kopf darüber zu zerbrechen. Aktuell hatte er genug Probleme zu lösen, da brauchte er sich nicht noch ein weiteres aufzuhalsen. Warum sollte ein Zusteller nicht seinen Hund mit sich führen? Man brauchte deswegen nicht gleich paranoid zu reagieren und ans Ausspionieren des Hauses für künftige Einbrüche zu denken. Trotzdem nahm er sich vor, in den kommenden Tagen besonders wachsam zu sein.

Gedämpfte Stimmen drangen aus dem Gästezimmer, als er seine Wohnung betrat. Die beiden Frauen waren also in ein Gespräch vertieft. Wahrscheinlich war es sowieso das Beste, wenn Emilia dem Mädchen ins Gewissen redete.

Zehn Minuten später wartete Korbinian noch immer darauf, dass seine Schwester endlich auftauchte und ihn über den Stand der Dinge informierte, als es an der Haustür klingelte.

»Mach bitte auf, Korb! Das wird Martin sein«, rief Emilia aus dem Gästezimmer.

Sie benimmt sich, als ob sie hier wohnt, konstatierte Korbinian im Stillen und sagte laut: »Hast du jetzt etwa doch noch den Arzt bestellt? Mir fehlt nichts.«

»Er kommt wegen Billa«, erklärte seine Schwester. »Aber wenn er schon mal hier ist, kann er auch gleich deinen Blutdruck messen.«

Wann hatte sie angefangen, in diesem Ton mit ihm zu sprechen?

Korbinian betätigte den Türöffner.

Jeweils zwei Stufen auf einmal nehmend kam Martin Meyerhoff die Treppe herauf, eine Demonstration beneidenswerter Kondition, die Korbinian leicht gegen ihn aufbrachte.

»Na, was macht das Sorgenkind?«, fragte der Doktor, ohne besonders außer Atem zu sein.

»Ein Fall von spontaner Wunderheilung, wenn Sie mich fragen«, entgegnete Korbinian.

Der Doktor grinste und sagte: »Du.«

»Wie bitte?«

»Wir waren beim Du. Aber schön, wenn es Billa besser geht.«

Eigentlich hatte Korbinian die Möglichkeit ansprechen wollen, das Mädchen woandershin zu schaffen, aber noch bevor er sich die passenden Formulierungen zurechtgelegt hatte, war der Doktor dem Ruf Emilias gefolgt und im Gästezimmer verschwunden.

Korbinian fing an, sich daran zu gewöhnen, dass er in seiner eigenen Wohnung die Rolle des Statisten übernahm. Spielte es für irgendjemanden noch eine Rolle, was er persönlich dachte oder wünschte?

Nach fünf Minuten kam Emilia aus dem Zimmer gestürmt, riss ihre Jacke vom Garderobenhaken und lief mit den Worten »Bis später, Korb, ich muss noch mal zum Laden, da sieht's immer noch aus wie nach einem Erdbeben« davon. Im Abstand von wenigen Sekunden folgte ihr Meyerhoff und zog die Tür hinter sich zu.

»Ist ja auch völlig unnötig, mich einzuweihen, ich bin ja hier nur der Blödmann, über dessen Lebensraum ihr nach Gutdünken verfügt«, brüllte er die geschlossene Wohnungstür an. Niemand hörte oder beachtete ihn. Aus dem Gästezimmer kam kein Mucks, und sein Blutdruck war auch vergessen worden.

Die ganze Zeit über hatte er sich seine ruhige, wohlgeordnete Einsamkeit zurückgewünscht, aber die Stille, die sich jetzt ausbreitete, war genauso wenig das, was er wollte. Korbinian ärgerte sich: über Emilia, die ihn einfach ignoriert hatte, über sich selbst, weil ihn das aufbrachte, über den Doktor, weil der heute nur Augen für Emilia hatte, über Billa, deren Auftauchen den ganzen Schlamassel verursacht hatte.

Den Rest des Nachmittags verbrachte er schlecht gelaunt in seinem Wohnzimmer mit offener Tür und einem wachsamen Ohr Richtung Flur. Aber es blieb still, niemand kam, keiner rührte sich, Billa ging nicht einmal aufs Klo.

Gegen fünf gab er den Versuch auf, sich auf eines seiner Bücher zu konzentrieren. Er schaltete den Fernseher ein, obwohl das eindeutig gegen die Regeln verstieß. Das Nachmittagsprogramm laufen zu lassen, war ein Indiz für Verwahrlosung. Vor Beginn der *Tagesschau* saßen nur arbeitslose Trinker, verzweifelte Hausfrauen oder einsame alte Männer vor dem Bildschirm, die die Leere ihrer Existenz auf diese Weise zu übertönen versuchten. Gleich in der zweiten Woche seines Witwerdaseins hatte Korbinian sich umfangreiche »Antiverwahrlosmaßnahmen« auferlegt, an die er sich bislang eisern gehalten hatte. Eine davon lautete, dass das verblödende TV-Programm am Nachmittag tabu war. Gleichwohl konnten gelegentliche Ausnahmen die Regel bestätigen. Besonders bei einem Ausnahmezustand – und dass ein solcher herrschte, war offensichtlich.

Korbinian zappte durch die Programme, bis er auf eine Sendung stieß, wo gerade einer betäubten Löwin Blut abgenommen wurde. Irgendwie berührt von der Hilflosigkeit der schlaff auf dem Behandlungstisch des Zootierarztes liegenden Raubkatze schaute er dem weiteren Verlauf ihrer Genesung mit einer gewissen Gespanntheit zu. Anschließend verfolgte er einen Beitrag über Wildtiere in der Großstadt und hätte gern noch gesehen, wie die Nachtsichtkamera den Fuchs in seinem Bau aufspürte, als dreimal hintereinander die Klingel schellte. Erstaunt stellte Korbinian fest, dass es bereits kurz nach sieben und draußen stockdunkel war. Vielleicht würde er seine Ansichten über das Nachmittagsfernsehen überdenken müssen, denn die Sendungen, die er geschaut hatte, waren sowohl informativ als auch unterhaltsam gewesen.

Emilias Stimme in der Gegensprechanlage klang schrill und abgehetzt: »Ich bin's. Tut mir leid, dass es so lange gedauert hat, aber ich musste noch …«

Mit dem Summen des Türöffners schnitt er ihren Satz ab, öffnete die Wohnungstür und schaltete den Fernseher aus.

Als er aus dem Wohnzimmer zurückkam, sah er Emilia im Flur stehen, jeweils eine Reisetasche rechts und links neben sich auf dem Boden. »Da bin ich.«

Ja, da war sie. Und sie hatte Gepäck dabei, Gepäck für mehrere Tage.

Die Tür des Gästezimmers öffnete sich jetzt auch, und Billas schmale Gestalt erschien. Ehe er weiter darüber nachdenken konnte, war Korbinian in seine Straßenschuhe geschlüpft, hatte sich Hut und Mantel gegriffen und war an Emilia vorbei zur Wohnungstür gegangen. Die Klinke in der Hand, drehte er sich noch einmal um: »Du bist nicht die Einzige, die etwas zu erledigen hat. Bedient euch aus dem Kühlschrank, macht, was ihr wollt, aber dass das Mädchen nicht unbeaufsichtigt in meiner Wohnung bleibt!«

»Gut. Versprochen«, sagte Emilia verblüfft, während Korbinian bereits den Aufzug betrat.

Nur wenige Minuten nachdem er das Haus verlassen hatte, stieß Korbinian den Eingang von Bolles Ochsenglück auf und fühlte sich, als hätte er im letzten Moment die rettende Insel erreicht. Die Tür schwang hinter ihm zu, federte noch etwas nach, fiel dann mit einem letzten leisen »Wusch« wieder in ihre Ausgangsposition. Allein dieses Geräusch war tröstlich und beruhigend. Er blieb mit dem Rücken zur Tür stehen und schnappte nach Luft, weil er so schnell gelaufen war.

Außer ihm waren nur wenige Gäste anwesend. An einem Tisch unweit jenem, an dem er immer saß, hockten vier Männer und spielten Karten. Weiter links, auf der Fensterseite, schwieg sich ein mürrisch dreinblickendes Paar mittleren Alters über zwei halbleere Cognacschwenker hinweg an, vor dem Spielautomaten stand ein schlaksiger Mittzwanziger in Jeans und Trainingsjacke. Keiner von ihnen schien sein Eintreten bemerkt zu haben. Nur der glatzköpfige Wirt hinter dem Tresen schaute über die Zapfanlage hinweg zu ihm hin.

»Mensch, ich hab mir schon Sorgen gemacht. Wo haste denn heute Mittag gesteckt?«

Korbinian kam es vor, als wäre er seit Wochen nicht mehr im Ochsenglück gewesen, und auch der Wirt schien es so zu empfinden. Gegen seine sonstige Gewohnheit hatte er ihn wie einen Freund begrüßt, und was gestern noch ein Grund zum Rückzug gewesen wäre, war heute eine Wohltat. Korbinian durchquerte mit großen Schritten den Raum, ging direkt zur Theke und streckte dem Wirt die Hand hin: »Korbinian, Korbinian Gerhard.«

Ohne das leiseste Anzeichen von Erstaunen ergriff der Wirt Korbinians Hand, schüttelte sie und sagte: »Wurde aber auch Zeit! Ich bin Schiller.« Er zeigte auf die Gipsbüste im Regal: »Wie der Kollege da oben.«

»Friedrich Schiller?«

»Nee, Hans-Werner, aber meine Freunde nennen mich einfach nur Schiller.«

Korbinian hing Mantel und Hut an die Garderobe, dann nahm er zum ersten Mal in all den Jahren, die er nun schon herkam, am Tresen Platz. Unaufgefordert bekam er ein frisch gezapftes Bier hingestellt.

»Heute ist kein Tag für Apfelschorle. Richtig?«, sagte der Wirt, während er ein weiteres Pils für sich selbst zapfte.

»Richtig«, erwiderte Korbinian.

»Hab ich gleich gesehen.« Der Wirt hob sein Glas. »Prost, Korbinian!«

»Prost, Schiller!«

Sie stießen die Gläser aneinander, und jeder nahm einen tiefen Schluck. Anschließend leckten sie sich synchron den Schaum von der Oberlippe.

»Die zweite Runde geht dann aber auf mich«, sagte Korbinian.

Schiller nickte. »Wenn's der Wahrheitsfindung dient.«

5

Bad ist frei!«

Jemand hämmerte so laut an die Tür seines Arbeitszimmers, dass Korbinian vor Schreck beinahe samt Bettdecke vom Sofa gefallen wäre. Gerade hatte er sich noch durch eine dschungelartige Landschaft gekämpft, hatte verworrenes Grün und flirrendes Gelb überwunden, war orientierungslos zwischen Alb und Traum herumgeirrt, weil irgendwo hinter dem Dickicht Marie gesteckt hatte, die von ihm abgeholt und nach Hause gebracht werden musste. Es war dringend gewesen, denn sonst würde sie verloren sein, und das konnte er auf keinen Fall zulassen. Wild wucherten die Gewächse, aber er war ihr bereits dicht auf den Fersen, hatte sie fast eingeholt – und dann hatte es mit Buschtrommelbegleitung »Bad ist frei!« in den Urwald geschallt. Das Grün verschwamm im städtischen Morgenlicht, die Ahnung von Maries Aufenthaltsort löste sich auf, und er fand sich keuchend auf der Sofakante wieder.

Das Erste, was Korbinian an diesem Sonntagmorgen als konkreten Gedanken fassen konnte, war: Kopfweh, das Zweite: Zur Hölle mit Emilia!

Er hatte einen Kater. Zwar nur einen leichten, denn die drei Pils und der kleine Getreidekümmel als Absacker, die er in der vergangenen Nacht getrunken hatte, konnten nicht einmal ansatzweise als Besäufnis bezeichnet werden, aber die Symptome waren trotzdem eindeutig: Kopfschmerzen und leichte Übelkeit, sobald er sich bewegte. Seit Maries Beerdigungstag hatte er Alkohol gemieden, um jeder Form von Kontrollverlust vorzubeugen. Wie es aussah, vertrug er inzwischen rein gar nichts mehr. Wahrscheinlich erklärte das auch seine aktuelle Überempfindlichkeit gegen den Lärm. Ungeachtet dessen musste man am Sonntagmorgen aber auch nicht strunzfröhlich durch den Flur trällern und ihn aus dem Bett trommeln, als ob man ihm einen Lottogewinn überreichen wolle.

Wenn es wenigstens sein eigenes Bett gewesen wäre, aus dem er eben fast gekippt war, wenn er doch auf seiner Sieben-Zonen-Taschenfederkern-Matratze hätte liegen dürfen statt auf diesem brettartigen Folterinstrument von einem Polstermöbel, auf dem er nun schon die zweite Nacht in Folge verbracht hatte. Es eignete sich nicht einmal für einen kurzen Mittagsschlaf. Austauschen sollte er es, wegwerfen und sich ein neues, komfortableres Sofa kaufen. Andererseits hatte er es schon in Maries und seiner ersten gemeinsamen Bude gehabt …

Es klopfte noch einmal.

»Korb?«

»Was?«

»Ich wollte nur hören, ob du wach bist.«

»Jetzt schon.«

»Frühstück ist fertig, du Langschläfer. Kommst du?«

»Gleich.«

Er sah auf die Uhr, es war nach halb zehn.

Ich verwildere, ich verwahrlose, und wenn ich nicht sofort das Ruder herumreiße, werden meine bewährten Überlebensstrategien in Chaos zerfallen. Korbinian drehte sich nach diesem Gedanken zur Wand und machte keinerlei Anstalten aufzustehen.

Erschöpft, aber durchaus heiter war er kurz vor Mitternacht nach Hause gekommen. Beim Öffnen der Wohnungstür hatte er leises Fernsehgedudel gehört und war ins Wohnzimmer gegangen, wo er Emilia unter der Kamelhaardecke schlafend vorgefunden hatte, während auf der Mattscheibe ein einsamer Rächer Amok lief und viele amerikanische Autos zu Bruch gingen. Eine Weile war er geblieben und hatte zugesehen, wie der tragische Held samt seinen Verfolgern in den Hudson River gestürzt war, dann hatte er den Apparat ausgeschaltet und Emilia geweckt.

»Wo warst du so lange?«, hatte sie schlaftrunken gemurmelt.

»Bei einem Freund«, hatte er geantwortet, und das war die Wahrheit gewesen.

Schiller und er hatten zuerst in aller Ruhe ihr Pils genossen, dann hatten die Kartenspieler am hinteren Tisch eine neue Runde geordert. Als Schiller wieder zurück am Tresen war, hatte Korbinian von sich aus das Gespräch begonnen:

»Nicht viel los für einen Samstagabend, oder?«

»Nee.«

»Wie kommt's?«

»Keine Ahnung. Wahrscheinlich wegen dem Länderspiel. Gestern war's brechend voll.«

»Ich mag's ja, wenn's leer ist.«

»So siehst du auch aus.«

Daraufhin hatten sie beide gelacht. Es war schon das zweite Mal innerhalb von vierundzwanzig Stunden, dass Korbinian gemeinsam mit jemandem gelacht hatte. Beinahe hätte er das laut gesagt, aber Schiller war sofort wieder ernst geworden.

»Darf ich dir eine Frage stellen?«

»Mach.«

»Als du das erste Mal hier reingekommen bist …« Schiller hatte eine Pause eingelegt und es Korbinian überlassen, den Satz zu vervollständigen, was er auch umgehend getan hatte: »Da kam ich gerade von der Beerdigung meiner Frau.«

Schiller rieb sich über den blanken Schädel und sah dabei so traurig aus, als hätte er selbst den Verlust erlitten.

»So was hab ich mir gedacht. Kind oder Frau verloren, war mein erster Gedanke, als ich dich gesehen habe – nicht nur wegen dem schwarzen Schlips und so. Du sahst aus wie jemand, dem man den Boden unter den Füßen weggezogen und dazu noch eine Axt ins Herz gehauen hat.«

»So habe ich mich auch gefühlt: Boden weg und Axt ins Herz. Das hat nur noch nie jemand so formuliert.«

Korbinian hatte in die Schale mit Pistazien gegriffen, die Schiller zu ihm herübergeschoben hatte, dankbar, dass seine Hände etwas zu tun bekamen. Stumm hatte er einige Nüsse aufgeknackt und gegessen, dann hatte er Schiller angesehen.

»Warum fragst du mich das erst jetzt?«

»Bislang hatte ich den Eindruck, dass du mit dem Kummer alleine klarkommen musst«, sagte Schiller. »Aber heute war etwas anders, heute konnte ich mir zum ersten Mal vorstellen, dass es passen könnte, dich zu fragen. Deshalb.«

»Ja, stimmt, heute passt es.«

»Wie alt war deine Frau?«

»Fünfundvierzig.«

»Scheiße!«

»Kann man so sagen. Am elften Dezember werden es acht Jahre, dass sie beerdigt wurde und dass ich das erste Mal bei dir im Ochsenglück war. Ich hab die Beerdigungsgesellschaft versetzt, bin von der Feier abgehauen, durch die Stadt geirrt und schließlich hier gelandet. Zufall, aber auch ein Glück.«

»Ich glaube ja nicht an Zufälle. Und noch was: Ich erkenne einen Guten, wenn er vor mir steht, auch wenn er erst mal jahrelang schweigen muss. In diesem Sinne, Prost!«

Schiller hob erneut sein Glas, obwohl es fast leer war. Korbinian tat es ihm nach und begann zu erzählen:

»Es war am fünften Dezember, als Marie starb. Ganz plötzlich. Beim Frühstück sagte sie noch zu mir, dass ihr übel ist und dass ihr der Kopf höllisch wehtut, und als ich am späten Nachmittag von der Schule nach Hause komme, ist die Polizei schon da, um die Leiche zu untersuchen. Die Putzfrau hat sie gefunden. Marie hatte neben ihrem Schreibtisch gelegen, musste vom Stuhl gekippt sein. Sie konnte keine Hilfe mehr holen. Und ich war nicht da, war nicht bei ihr, wie es hätte sein sollen. Wegen einer dämlichen Kunstexkursion kam ich später als sonst. Deswegen musste meine Frau alleine sterben. Kannst du dir das vorstellen?«

»Will ich mir gar nicht vorstellen!«

»Andernfalls hätte ich sie vielleicht retten können.«

»Blödsinn!« Schiller war auf einmal richtig energisch geworden. »Lass solchen Quatsch. Bringt nix!«

»Das sagt sich leicht ...«

»Nee, nee, mein Freund, das sag ich nicht leicht, kannste mir glauben.«

Und Korbinian hatte ihm geglaubt.

Dann hatte Schiller das zweite Pils über den Tresen geschoben und »So, diese Runde ist jetzt aber deine« gesagt. Damit war das Thema Marie beendet gewesen. Auch das hatte gepasst. Schiller hatte, ob er das nun wusste oder nicht, mehr von Korbinian erfahren als je einer zuvor, und, was noch wichtiger war, er hatte im richtigen Moment aufgehört nachzufragen. Er war weder auf schaurige Details aus gewesen noch hatte er aufmunternde Sprüche von sich gegeben. Es gab keinen Trost, aber es gab einen Freund, der den Schmerz sah.

Im Lauf des Abends hatten sie dann über banale Dinge wie die Qualität von industriell hergestelltem Salzgebäck, Schillers Weigerung, einen Fernseher im Schankraum anzubringen, oder die Gestaltung der Mittagskarte für die nächste Woche geplaudert. Zum Abschied hatte es einen Kümmel aus Schillers »Spezialflasche« gegeben, um die Freundschaft zu besiegeln.

»Komm gut nach Hause!«, hatte Schiller ihm zum Abschied nachgerufen.

»Ich werd mir Mühe geben«, hatte Korbinian geantwortet. »Da kampieren allerdings gerade zwei Frauen, die ich unbedingt wieder loswerden muss. Erzähl ich dir morgen.«

»Gib mir eine ab, Casanova!«

Lachend hatte Korbinian das Lokal verlassen.

Es klopfte erneut an der Arbeitszimmertür, diesmal gedämpft und leise, sodass Korbinian eine Schrecksekunde lang befürchtete, Billa könnte in sein schlecht gelüftetes Ausweichquartier eindringen wollen. Aber es war Emilia, die die Tür mit dem Ellenbogen aufstieß, in jeder Hand einen gelben Porzellanbecher.

»Roomservice!«, rief sie. Korbinian konnte seinen spontanen Fluchtreflex nur mit Mühe beherrschen.

Seine Schwester hielt ihm einen dampfenden Becher hin. Der Duft von frischem Kaffee wirkte beruhigend und vertrieb den Gedanken an Flucht. Er trank einen Schluck, ein starkes Gebräu, genau so, wie er es mochte.

»Womit habe ich das verdient?«

»Mit nichts.«

»Umso besser.«

Emilia grinste, er grinste auch. Prompt nahm sie das als Einladung, sich auf dem Schreibtischstuhl ihm gegenüber niederzulassen und die Füße aufs Sofa zu legen, als stünde jetzt ein entspannter Morgenplausch auf dem Programm.

»Gut geschlafen?«, fragte er, weil er etwas sagen musste angesichts dieser lächerlichen Situation. Sie war halb nackt und ungekämmt, und er befand sich auch nicht gerade in einem präsentablen Zustand. Aber Emilia schien das nicht im Geringsten zu stören.

»Wie ein altersschwaches Murmeltier. Ich hab fast ein

schlechtes Gewissen, weil ich dich aus deinem gemütlichen Schlafzimmer vertrieben habe«, sagte sie.

»Freut mich, wenn du es dennoch genießen kannst«, erwiderte Korbinian spitz. »Aber es geht doch wohl nichts über das eigene Bett, oder?«

»Wie man's nimmt«, murmelte Emilia, schlagartig kleinlaut.

Seit wann nahm sie sich Bemerkungen von ihm zu Herzen?

»Das sollte nicht heißen, dass ich dir mein Bett nicht gönne …« Er versuchte die Stimmung zu retten, doch seiner Schwester war offenbar die gute Laune vergangen. Sie starrte in ihren Kaffeebecher, als ließen sich dort wichtige Informationen finden.

»Heute Abend können wir ja tauschen«, murmelte Emilia. »Ich nehme die Couch, und du ziehst wieder in dein Bett.«

»Hör mal …«

»Oder ich nehme das Sofa im Wohnzimmer, wenn du dein Arbeitszimmer nicht hergeben magst. Ich kann das verstehen, man hat ja doch so seine Bereiche …«

»Emilia, das kann hier nicht endlos so weitergehen!«

»Stört es dich dermaßen, wenn ich bei dir bin?«, fragte sie.

Seit wann hatte sie Sorge, jemandem lästig zu sein? Wo war die rebellische Frau, die nichts und niemanden brauchte, die ihr Leben lebte, wie es ihr gerade passte, und die vor allem keinen älteren Bruder benötigte?

»Ach was«, sagte er so übertrieben versöhnlich, dass er sich blöd vorkam. »Wahrscheinlich bin ich grade ein bisschen garstig, weil ich Kopfweh habe. Und wenn, dann störst nicht *du* mich, sondern dieses fremde Mädchen, das uns zugelaufen ist.«

Der Ausdruck, der plötzlich auf ihrem Gesicht erschien, zeigte, wie erleichtert sie war. Korbinian bereute fast, ihr nicht doch gesagt zu haben, dass auch sie allmählich wieder in ihr eigenes Leben entschwinden sollte.

»Du brauchst wegen Billa keine Sorgen zu haben, Korb, im Ernst jetzt. Gestern Abend, als du bei deinem Freund warst, habe ich mich lange mit ihr unterhalten. Selbst die krudesten Geschichten ergeben langsam einen Sinn. Das Mädchen ist nicht dumm und sicher auch nicht böse oder gefährlich. Lern sie ein bisschen besser kennen. Billa verdient es, dass wir ihr helfen, davon bin ich überzeugt.«

Auch das noch, *überzeugt*, dachte Korbinian, jetzt geht es schon um Gesinnungen. Er startete einen letzten Versuch, das Unvermeidliche abzuwenden:

»Kann ja alles sein. Aber du musst zugeben, dass die Situation, in die wir uns hineinmanövriert haben, nicht gerade üblich ist ... Ich meine ... Herrje, Emilia, wir beide können hier doch kein Laienpflegeheim für die Resozialisation verwahrloster, mutmaßlich krimineller Jugendlicher aufmachen. Schau uns doch mal an!«

»Ja und?«

»Das ist doch nicht normal! Du hockst hier wie ein gerupfter Hippie vor meiner Couch, als wären wir zwanzig und würden zum ersten Mal Wohngemeinschaft spielen, während sich drei Türen weiter eine grippekranke Ausreißerin der Polizei entzieht. Dabei will ich nichts weiter, als meine Ruhe haben.«

Emilia brach in schallendes Gelächter aus. Sie lachte so sehr, dass ihr der Kaffee aus dem Becher schwappte und über die nackten Beine lief. Korbinian starrte sie fassungslos an.

»Was ist daran so lustig?«

»Na ja, wenn man sich uns von außen anschaut, ein griesgrämiger Lehrer aus dem letzten Jahrhundert, eine langsam welkende Blumenfrau und dazu ein virenverseuchtes Straßenkind auf der Flucht – drei traurige Gestalten in der Luxusetage, das ist schon auch ziemlich komisch, findest du nicht?«

»Nein, das finde ich jetzt gerade nicht.«

Er knallte seinen Becher auf den Couchtisch, stand auf und marschierte an Emilia vorbei aus dem Raum.

Nachdem er hastig frische Kleider aus seinem Schrank im Schlafzimmer genommen hatte, ohne einen allzu genauen Blick auf sein fremdbesetztes Bett und Emilias wild verstreute Sachen zu werfen, ging er ins Bad und verriegelte die Tür. Er würde jetzt Wasser in die Wanne einlassen und darin liegen bleiben, bis ihm die Haut von den Knochen schrumpelte. Flüche und Verwünschungen vor sich hin murmelnd, ließ er sie so voll laufen, dass er kaum selbst noch hineinpasste, ohne eine Überschwemmung zu riskieren.

Endlich saß er im heißen Wasser zwischen Schaumbergen und fand seine Lage erstmals an diesem Morgen nicht vollends unerträglich.

Er hatte weiter wütend sein wollen, aber nach einer Weile dämmerte ihm, dass er für Trotzreaktionen dieser Art erstens zu alt war und dass sie zweitens nichts an der bestehenden Situation veränderten, sondern alles nur schlimmer machten. Und so stand er, entgegen seines ursprünglichen Plans, bereits eine halbe Stunde später nach Fichtennadeln duftend und frisch rasiert in der Küchentür.

Emilia erwartete ihn am üppig gedeckten Esstisch, als wäre es nicht anders verabredet gewesen.

»Helles oder dunkles Brötchen?«, fragte sie mit einer lässigen Selbstverständlichkeit, die Korbinian völlig unangebracht fand.

Er riss sich jedoch zusammen und sagte: »Ein helles, bitte.«

»Ich habe Billa bereits das Frühstück ans Bett gebracht. Als ich vorhin nach ihr geschaut habe, ging es ihr wieder deutlich schlechter. Ich war wirklich erschrocken. Wahrscheinlich ist sie gestern zu viel und zu früh auf den Beinen gewesen, und jetzt hat sie einen Rückfall. Ein Glück, dass Martin gleich noch einmal vorbeikommt und sie untersucht.«

Seine Schwester redete, als hätte es die kleine Szene im Arbeitszimmer nie gegeben. Trotzdem fragte er sich, warum sie ihrer Ansicht nach alle *traurige Gestalten* abgaben. Dass er von ihr so charakterisiert wurde oder auch das Mädchen, war irgendwie nachvollziehbar, aber dass sie sich selbst eingeschlossen hatte und dass ihr Lachanfall einen derart düsteren, womöglich sogar bitteren Unterton gehabt hatte, verwirrte ihn. Er brachte es dennoch nicht fertig, sie danach zu fragen.

Wir sind all die Jahre mit dem Nichtwissen umeinander ganz gut gefahren, dachte er – und zweifelte augenblicklich an genau diesem Gedanken. Er fürchtete, dass er sich in die Tasche log, wusste, dass es besser wäre, sie zu fragen, das vielleicht erste ernsthafte Gespräch mit seiner Schwester zu beginnen, seit sie beide aus dem Kindesalter heraus waren. Doch er schaffte es nicht.

Stattdessen bediente er sich stumm aus dem Nutella-Glas, um das ihn die kleine Henriette gestern an der Supermarktkasse so beneidet hatte. Er griff danach, weil nichts anderes in Reichweite stand, stellte aber fest, dass ihm die cremige Schokolade wider Erwarten hervorragend schmeckte.

»Dass du so eine zuckrige Pampe isst, hätte ich nie für möglich gehalten«, sagte Emilia.

»Hab ich es also doch noch geschafft, dich zu überraschen?«

»Oh, was das angeht: Du überraschst mich seit Freitagabend ununterbrochen.«

»Ist das gut oder schlecht?«

»Gut! Das ist auf jeden Fall gut.«

Den Rest des Vormittags verbrachten sie in fast schon entspannter Atmosphäre, was auch daran lag, dass Billa sich nicht blicken ließ, sei es, weil sie zu erschöpft war oder weil sie ihrerseits Ruhe haben wollte.

Korbinian machte es sich in seinem Lesesessel bequem und betrachtete endlich ausgiebig seinen Kunstkatalog, Emilia widmete sich am Küchentisch ihrer Buchhaltung, während leise das Radio lief.

Gegen Mittag sprang Emilia plötzlich auf und ging in den Spätkauf, um die Zutaten für Rührei mit Schafskäse und Tomatensalat zu besorgen. Sie hatte beschlossen, für alle zu kochen. Als Korbinian sie mitsamt ihrem Einkauf wieder in die Wohnung ließ, sagte er: »Mich brauchst du nicht einzuplanen.«

»Wieso das denn?«

»Du weißt doch, dass ich für gewöhnlich außer Haus esse. Auch sonntags.«

»Ich weiß nur, dass für gewöhnlich niemand hier ist, der für dich kocht und mit dir essen will.« Kaum hatte sie das ausgesprochen, erschrak sie über sich selbst: »Korb, entschuldige, ich wollte damit nicht …«

»Ist schon gut, du hast ja recht.«

Später fiel ihm ein, dass es lustig sein könnte, Schiller morgen den Grund seines erneuten Fehlens beim Mittagstisch zu erzählen. Er schuldete ihm ja sowieso noch die Frauengeschichte. Meine chaotische kleine Schwester wollte unbedingt für mich und diese magere Asylantin kochen. Auf Schillers Kommentar war er gespannt.

Mein Freund Schiller. Korbinian fand, dass es weder distanzlos noch anmaßend noch sonst wie falsch klang. Beinahe acht Jahre Schweigen waren eine gute Grundlage für eine Vertrautheit, die genau zur richtigen Zeit ihren Ausdruck gefunden hatte. Eigenartig. Sehr eigenartig.

»Korb, warum lächelst du so ulkig in dich hinein?« Emilia riss ihn aus seinen Gedanken.

»Man wird doch wohl noch lächeln dürfen, ohne sich rechtfertigen zu müssen.«

»Immerhin ist es besser als das ewige Genörgel und Geschimpfe.«

Eine halbe Stunde später saßen sie nur zu zweit beim Essen, da Billa immer noch schlief.

»Schmeckt's denn?«, fragte Emilia, die so ungeniert in seiner Küche hantiert hatte, als wäre es ihre eigene.

»Willst du die Wahrheit wissen?«, fragte Korbinian.

»Nur wenn sie uneingeschränkt positiv ist.«

»Also gut: sehr lecker!«

»Blödmann!«

Korbinian wusste nicht, wie es so weit hatte kommen können, aber er dachte tatsächlich darüber nach, ob er sich eventuell an Emilias Anwesenheit gewöhnen könnte. An ihre klappernde Präsenz in seiner Küche zum Beispiel. Die Küche deprimierte ihn oft noch mehr als der Anblick der verschlossenen Türen oder die Präsenz von Maries Kleiderschrank im Schlafzimmer. Wenn Emilia mit Pfannen, Töpfen und Geschirr am Herd hantierte, konnte er, allein schon aus dem Grund, weil sie so laut war, glatt die Sinnlosigkeit dieses Raums vergessen, jedenfalls für die Dauer eines Frühstücks oder Mittagessens.

Während er Vanillepudding aus einem der Plastikschälchen löffelte, die Emilia ebenfalls aus dem Spätkauf mitgebracht hatte, überlegte er, wie die vergangenen Jahre wohl verlaufen wären, hätte er diese überdimensionierte Wohnung, diese reinste Trauerwohnung, verkauft, wie es ihm nicht nur der Steuerberater empfohlen hatte. Bei der Lage und dem Zustand der Immobilie hätte er schon damals ein kleines Vermögen machen und irgendwo anders hinziehen können, etwa aufs Land, wo es still und menschenleer war und wo ihm nicht jeder Gegenstand, jedes Zimmer Maries Fehlen vor Augen führte.

Früher einmal hatte er davon geträumt, in einem kleinen

Dorf zu leben, am liebsten auf einer Insel im Meer, wo Autos verboten waren, Touristen noch nicht alles verwüstet hatten und wo die wenigen Grundschulkinder gut erzogen und lernwillig waren. Insellehrer, das wäre der perfekte Job für ihn gewesen. Aber Marie hatte die Stadt gebraucht, den Trubel, die Geschäfte, die Kinos und Theater, all die Möglichkeiten, ihre freie Zeit mit tausenderlei Aktivitäten zu füllen. Und Korbinian hatte Marie gebraucht, mehr als alles andere. Sobald er sich entschlossen hatte, mit ihr zusammen zu sein, war es für ihn das Wichtigste gewesen, sein Leben mit ihr zu teilen, egal wo. Die Entscheidung, mit Marie in die Großstadt zu ziehen, war deshalb, trotz seiner Inselsehnsucht, leicht gewesen, und er hatte sie nicht bereut. Jedenfalls nicht, solange Marie bei ihm war.

Aber danach hätte er gehen können. Warum hatte er all die Jahre allein und gleichsam scheintot in diesem Mausoleum für einen Traum verbracht, dessen Urheberin sich verabschiedet hatte? Nicht einmal das traf zu, denn den Abschied war sie ihm schuldig geblieben, genau wie die vielen weiteren Jahre, die sie ihm versprochen hatte. »*Ad multos annos,* mein Herz« hatte in ihrer feinen, leicht nach rechts geneigten Handschrift auf der winzigen Karte zu der silbernen Uhr gestanden, die sie ihm zum zwanzigsten Hochzeitstag geschenkt hatte – in dem Sommer, bevor sie ging. Von wegen *auf viele Jahre!*

Schiller hatte recht gehabt mit seinem etwas dramatischen Bild von der Axt. Es hatte ihn gespalten, so sehr, dass für alles andere, Veränderungen und Neuanfänge eingeschlossen, keine Kraft mehr übrig gewesen war. Von dem Moment an, wo er anstatt von seiner Frau von Männern in Uniform an der Haustür empfangen worden war, hatte er mit dem bloßen Überleben genug zu tun gehabt.

»Herr Gerhard, wann haben Sie Ihre Frau das letzte Mal lebend gesehen?« – »Wo waren Sie zwischen zwölf und vierzehn

Uhr?« – »Kann das jemand bezeugen?« – »Ich bin leider dazu verpflichtet, Sie all das zu fragen, es tut mir sehr leid.«

Die Beamten waren in seinem Alter gewesen, einer hatte ernst und sachlich die Fragen gestellt, der andere hatte danebengestanden und seine Antworten protokolliert. Weitere Leute hatten sich in Maries Arbeitszimmer zu schaffen gemacht, eine ganz in Weiß gekleidete Frau mit Pferdeschwanz und dicker schwarzer Hornbrille war in den Flur getreten und hatte sich fleischfarbene Gummihandschuhe von den Fingern gezogen und dabei interessiert zu Korbinian und den beiden Polizisten herübergeschaut. »Wir wären jetzt fertig.« Sie hatten nur ihre Arbeit gemacht. »Reine Routine, Herr Gerhard.«

Vielleicht waren sie anschließend nach Hause gegangen, hatten ihre Frauen oder Männer auf den Mund geküsst, den Kindern über das Haar gestreichelt und den Witwer vergessen, der, wie sich dank der Aussage einer Nachbarin und der Rückfrage bei der Schulleitung schnell herausgestellt hatte, doch kein Mörder gewesen war.

Den Abend und die Nacht nach dem Abtransport der Leiche hatte Korbinian in der Küche gehockt und den Backofen angestarrt, wo die Reste eines Kartoffelgratins vergeblich darauf warteten, aufgewärmt zu werden. Ich kann keine Stunde, keine Minute, keine einzige Nacht mehr hier verbringen, hatte er gedacht, immer wieder, aber zum Aufstehen und Gehen war er nicht in der Lage gewesen. Ein namenloses Grauen hatte seine Arme und Beine gelähmt.

Irgendwann am frühen Morgen hatte dann das Beerdigungsinstitut angerufen, um das weitere Vorgehen abzustimmen, und er hatte einem Roboter gleich zu funktionieren begonnen. Mechanisch war er den Anweisungen der freundlichen und geduldig alles, was geregelt werden musste, wiederholenden Dame gefolgt, danach war er wieder auf den Küchenstuhl gesunken.

Erst am Tag der Beerdigung, als er nach seinem Besuch im Ochsenglück in die Wohnung zurückgekehrt war, hatte er wieder, statt sitzend mit dem Kopf auf der Küchentischplatte, im Schlafzimmer übernachtet, wo ihn ein leeres, von der Putzfrau frisch bezogenes Bett erwartete, das nach nichts als blumigem Weichspüler duftete.

Am nächsten Morgen hatte er der Putzfrau gekündigt, hatte das Kartoffelgratin mitsamt Schüssel in den Müll entsorgt, war wieder zum Unterricht gegangen und hatte seine Überlebensordnung formuliert, damit er nicht wahnsinnig wurde.

Und mit Ausnahme der fünf jährlichen Klassenfahrtstage, denen er sich nicht entziehen konnte, war er bis zu Billas Auftauchen jede verdammte Nacht allein in dieser Wohnung gewesen, hatte sie sich selbst mit einem Korsett aus Ritualen als bewohnbar vorgegaukelt, um nicht unterzugehen. Wie hätte er ausziehen sollen, wo er nicht einmal ihren Kleiderschrank öffnen konnte?

»Hey, Korb! Was um Himmels willen ist los mit dir?«

Er schreckte hoch und benötigte einen Moment, um sich zu vergegenwärtigen, dass er gerade in Emilias besorgtes Gesicht schaute.

»Nichts ist los. Was soll los sein?«

»Gerade hast du noch Witze gemacht und warst so gut gelaunt wie seit Jahren nicht, und dann glotzt du geschlagene fünf Minuten in deinen Pudding und siehst aus wie ein Zombie mit Weltuntergangsvisionen.«

Ruckartig stand er auf. »Entschuldige. Kommst du mit dem Abwasch alleine klar?«

»Wenn's sein muss.«

»Bitte!«

Sie sah ihn an, als arbeitete sie an der Diagnose seines Zustands, und er rechnete fest damit, dass sie noch etwas fragen würde. Aber dann wedelte sie bloß mit ihrer Hand durch die Luft, als wollte sie eine Fliege aus der Küche jagen. »Na gut, hau schon ab. Aber morgen bist du dran!«

»Danke«, sagte er leise. »Ja, morgen bin ich dran.«

Er blieb den Nachmittag über im Wohnzimmer und schaute sich einen Prachtband mit Arbeiten von Adolph von Menzel an. Besonders ein Selbstbildnis fesselte ihn. Der Künstler hatte sich aus extremer Untersicht gezeichnet, sodass ein distanzierter Blick von oben herab auf den Betrachter fiel – eine Perspektive, die der kleinwüchsige Menzel zu Lebzeiten sicher nie einem anderen Menschen gegenüber eingenommen hatte, es sei denn, er wäre auf einen Stuhl oder eine Leiter gestiegen. Korbinian markierte die Katalogseite mit einem Zettel. Das Porträt war etwas, was er im Unterricht behandeln konnte, die Sensibleren unter den Kindern würden vielleicht einiges davon verstehen.

Er blätterte weiter, betrachtete Kreidezeichnungen und Detailstudien: Menzels rechte Hand, sein knorpeliger alter Fuß und immer wieder Selbstbildnisse, jedes ernst, ungeschönt, verstörend. Korbinian stellte sich diesen von Zeitgenossen als hermetisch und einzelgängerisch beschriebenen Mann beim Arbeiten vor, tauchte in seine Werke ein und kam dabei halbwegs wieder ins Gleichgewicht.

Zwischendurch wünschte er sich öfter zu Schiller an den Tresen, brachte aber nicht die nötige Kraft auf, aus dem Haus und unter Leute zu gehen.

Doktor Meyerhoff kam und ging, Korbinian hörte ihn im Flur mit Emilia sprechen, hörte, wie er sich von ihr verabschiedete. Danach wartete er darauf, dass ihm Bericht erstattet wurde, was aber offenbar niemand für nötig hielt. Punkt siebzehn Uhr gab auch der Menzel-Katalog nichts mehr her, und er schaltete den Fernseher ein, weil die Stille ihn zu beunruhigen begann. Als wäre dies das erwartete Signal gewesen, erschienen nur Minuten später beide Frauen in der Wohnzimmertür.

»Dürfen wir reinkommen?«, fragte Emilia.

»Und wenn ich jetzt nein sage, bleibt ihr dann aus lauter Schüchternheit draußen?«

Korbinian klopfte, um seine wenig freundlichen Worte zu relativieren, einladend auf die Sofalehne neben seinem Sessel.

»Ist er nicht reizend, mein großer Bruder?« Emilia verdrehte die Augen, als sie zu Billa sah.

Billa lächelte matt und zuckte mit den Schultern.

Sie hatte einen zerschlissenen, grün-blau gestreiften Bademantel an, der vermutlich aus Emilias Beständen stammte, aber eher in die Altkleidersammlung gehört hätte, und sah wesentlich kränker aus als am Vortag. An den Füßen trug sie Socken, die eindeutig seine waren. Emilia schien sich unbekümmert an seinen Sachen zu bedienen.

»Was hat der Doktor zu deinem Zustand gesagt, Billa?«, fragte Korbinian, nachdem die Frauen nebeneinander auf dem Sofa Platz genommen hatten. Billa starrte so gebannt auf den Bildschirm, wo gerade eine Geparden-Mutter ihrem Nachwuchs das Jagen beibrachte, dass sie die Frage gar nicht gehört hatte.

»Bettruhe, viel Warmes trinken, und den Rest würden die Zeit und die Medikamente erledigen«, antwortete Emilia an ihrer Stelle.

»O Mann, ist das krass«, sagte Billa, während ihre Augen weiterhin auf den Bildschirm geheftet waren.

»Magst du Tiersendungen?«, fragte Korbinian, der eigentlich über etwas anderes hatte sprechen wollen.

»Total! Du auch?«

»Ich schaue mir kaum etwas anderes an.«

»Siehst du, wie die Alte das Hyänenrudel von ihren Kleinen ablenkt? Wie geil ist das denn?«

»Ja, das Verhalten dieser außerordentlich eleganten Jäger ist wirklich beeindruckend«, sagte er, was ihm einen verständnislosen Blick einbrachte.

Korbinian kam es einigermaßen absurd vor, dass sie hier wie eine kleine Familie beieinandersaßen und afrikanischen Großkatzen bei der Aufzucht ihrer Jungen zusahen, obwohl nichts, aber auch gar nichts geklärt worden war. Morgen begann eine neue Woche, er musste zur Schule, Emilia hatte einen Laden zu führen, und dieses Mädchen konnte auf keinen Fall unbeaufsichtigt in seiner Wohnung bleiben.

Als die Jungtiere ihre erste kleine Gazelle erwischten und sie in Stücke rissen, krallte sich Billa an Korbinians Ärmel fest. »Boah, das ist echt heftig!«

Die Aufregung hatte sogar etwas Farbe auf ihre Wangen getrieben. Die Art, wie das Mädchen in dem schäbigen Bademantel auf dem Sofa hockte und alles um sich herum vergaß, weil drei Raubkatzen in der Serengeti herumturnten, war ziemlich anrührend.

Korbinian schluckte. »So ist die Natur: fressen oder gefressen werden«, sagte er, damit ihn die Sentimentalität nicht vollends überwältigte. Danach beschloss er, sowohl das Grübeln als auch das Diskutieren vorerst zu lassen.

Der Abspann lief, als Billa sich Korbinian zuwandte und mit einer Heftigkeit, die er angesichts ihres geschwächten Zustands nicht für möglich gehalten hätte, sagte: »So, Korbinian. Ich muss mich jetzt mal in aller Form bei dir bedanken.«

»Nein, brauchst du nicht.«

»Doch! Also: Danke! Vielen, vielen Dank! Du bist echt der

Hammer, Mann, hab ich ein Glück, dass ich mich an dich drangehängt habe und nicht an irgend so ein krankes Arschloch!«

Er war derart verblüfft über diesen Ausbruch, dass er lediglich ein »Ähm« herausbrachte und sich sinnlos am Hinterkopf kratzte.

Billa fuhr fort: »Gestern Abend hab ich das schon zu Emilia gesagt, aber ich will, dass du das auch von mir persönlich hörst: Du brauchst keine Angst zu haben, dass ich irgendjemanden in deine Wohnung lasse oder sonst wen anschleppe, der hier Scheiße baut. Du kannst mir vertrauen. Ich bin so froh, dass ich bei euch sein kann, ich wär doch total bescheuert, wenn ich mir das kaputtmache. Also: Ich werde dir nie vergessen, dass du mich aufgenommen hast, als ich total am Ende war, ich werde dich nie verarschen, und ich werde dir ewig dankbar sein!«

Korbinian kratzte sich ein weiteres Mal. »Bedank dich mal lieber bei meiner Schwester.«

»Hat sie schon«, sagte Emilia.

»Na dann.«

Er stand auf, ging zum Fenster und schaute über die Stadt mit ihren unzähligen Lichtern. Gegenüber hatte tatsächlich schon jemand den ersten Nikolaus ins Fenster gestellt. Fast hätte er etwas richtig Nettes zu Billa gesagt, aber als er sich umdrehte, sagte sie: »Und wenn ihr erst mal Manni und Ron kennengelernt habt, werdet ihr sehen, dass die auch total in Ordnung sind.«

»Halt. Stopp. Hattest du nicht gerade …«

»Ron sollen wir mögen?«, unterbrach Emilia ihren Bruder. »Ich dachte, der ist ein Idiot und freundlicher zu seinem Hund als zu dir.«

»Ja, schon, klar ist der ein Depp, aber Deppen können manchmal auch irgendwie okay sein«, erklärte Billa. »Außerdem ist Angie ein witziger Hund, die muss man einfach gern haben.«

»*Wie* heißt das Tier?«

Billa zuckte ob der plötzlichen Schärfe in Korbinians Ton zusammen. »Angie. Eigentlich heißt sie Angela, wegen der Kanzlerin, aber alle nennen sie Angie.«

»Welche Rasse?«

»Korb, wieso interessiert dich auf einmal dieser fremde Hund?«, fragte Emilia irritiert.

»Ich will sofort wissen, wie das Tier von diesem Ron aussieht, Billa!«

Billa rutschte tiefer in die Sofakissen, sah ängstlich zu Emilia hinüber, dann zu Korbinian. »Angie ist eine englische Bulldogge, weiß mit braunen Flecken, sieht aus wie ein dickes, faltiges Schweinchen. Wieso? Magst du Hunde?«

»Nein, ich mag sie nicht!«, betonte Korbinian. »Aber ich habe deinen von dir als *Deppen* bezeichneten Freund gestern hier gesehen.«

Emilia und Billa riefen gleichzeitig: »Waaaaas?«

»Und jetzt erzähl mir nicht, du wüsstest davon nichts!«

»Hey, mal langsam, alter Mann, es ist nichts passiert, und es war niemand da, richtig?«

»Da hat sie allerdings recht, Korb, es war keiner hier oben in der Wohnung.«

»Nenn mich nicht alter Mann, Billa! Dieser Ron war hier im Haus, er schlich mitsamt seinem Köter im Hinterhof herum und war ganz schnell wieder weg, als ich ihn angesprochen habe. Mir kam das gleich verdächtig vor. Fuchsrote Haare, schlanker, mittelgroßer junger Mann, ruft seinen sabbernden Hund ›Angie‹ – ist das etwa nicht Ron?«

Billa schlug die Hände vor den Mund, sprang vom Sofa und ging auf Korbinian zu.

»Seht ihr«, jubelte sie, »er kann eben doch okay sein, der blöde Idiot. Ist der doch glatt sofort hergekommen.«

»Wie bitte?«

Billa sah wieder von einem zur anderen, diesmal erstaunt über so viel gesammeltes Unverständnis.

Emilia sprach aus, was auch Korbinian auf der Zunge gelegen hatte: »Willst du uns verarschen?«

»Nein, nein! Mensch, überlegt doch mal: Wenn Ron hier aufgetaucht ist, kann das nur bedeuten, dass er mir sagen wollte, wo Manni ist«, rief sie aus, noch immer voller Freude. Dann bekam sie einen Hustenanfall, der sie zurück aufs Sofa warf.

Korbinian dachte: Vielleicht werden wir sie doch schneller wieder los als geahnt.

Emilia sagte: »Hat er aber nicht, oder?«

Billa krächzte: »Nee. Wie denn? Er hat mich ja nicht gefunden.«

»Hast du was zu ihm gesagt, Korb?«, wollte Emilia wissen.

»Ja, genau. Wieso ist er wieder abgehauen, ohne nach mir zu fragen?«, mischte sich Billa ein.

»Gar nichts habe ich zu ihm gesagt«, erwiderte Korbinian. »Bis eben hatte ich ja keine Ahnung, wer da vor mir stand, und so richtig vor mir hatte ich eigentlich nur dieses grässliche Vieh, das mir in die Kniekehlen geröchelt hat, als ich den Müll weggebracht habe. Der Typ ist hinten in der Hoftür erschienen und hat seinen Hund gerufen.«

»Du hast wirklich nicht mit ihm gesprochen?«, fragte Emilia.

»Du musst ihn irgendwie vertrieben haben«, stellte Billa traurig fest.

»Ich habe ihn bloß gefragt, was er da sucht, und er hat geantwortet, dass er es schon gefunden hat. Das war's. Als ich kurz darauf wieder ins Haus gegangen bin, war er weg«, antwortete Korbinian, der sich beim besten Willen nicht erklären konnte, wieso er auf einmal unter Rechtfertigungszwang stand. Er beschloss, den Spieß umzudrehen und zum Angriff überzugehen. »So«, sagte er in seinem strengsten Lehrerton, »und da dieser Mensch gestern entgegen seiner Aussage wohl doch nicht gefunden hat, was er suchte, wird ihm jetzt sofort geholfen werden. Billa, du darfst sehr gerne noch einmal telefonieren, ich bitte sogar darum. Sag diesem Ron, wo du genau zu finden bist und dass er dich umgehend abholen kann, und zwar so schnell, wie es ihm möglich ist. Er soll unten klingeln und dann am besten vor dem Aufzug im Erdgeschoss warten. Und dann ist der Spuk hier vorbei. Klar?«

Billa schlang die Arme um ihre angezogenen Beine und inszenierte einmal mehr das kranke, hilflose Kind.

»Ob das klar ist, habe ich dich gefragt?«

Sie starrte seine Socken an ihren Füßen an, klaubte einen unsichtbaren Staubkrümel von den Zehen und sagte kleinlaut: »Das geht nicht.«

»Wieso geht das nicht?«, fragte Korbinian und wunderte sich, warum seine Schwester auf einmal so schweigsam geworden war.

»Ich kann nicht zu Ron, und ich kann ihn auch nicht anrufen. Die einzige Nummer, die ich habe, ist die von der Autowerkstatt, und da ist am Sonntag keiner. Außerdem hat Ron mir verboten, noch mal dort anzurufen, weil er sonst Stress mit seinem Chef bekommt. Er hat schon Ärger genug, deswegen hat er ja auch gleich wieder aufgelegt.«

»Und wieso kannst du nicht zu ihm?«

»Der wohnt bei seinen Eltern.«

»Ja und?«

»Das sind Polen, so katholische Spießer halt. Die haben keine Ahnung, was Ron sonst noch macht, die flippen komplett aus, wenn ich da auftauche.«

»Ich flippe auch gleich aus!«

Emilia, die noch immer auf dem Sofa saß, kicherte plötzlich leise. Korbinian wollte sie anfahren, aber Billa kam ihm zuvor: »Das ist nicht zum Lachen. Korbinian hat ja irgendwie recht, Mensch.« Und dann wandte sie sich an ihn: »Wenn Ron gestern schon mal hier war, kommt er bestimmt wieder. Er weiß, dass ich irgendwo hier im Haus bin, das habe ich ihm am Telefon gesagt, aber er weiß nicht, wo genau. Vielleicht bringt er beim nächsten Mal Manni mit. Manni lässt sich nicht so schnell abwimmeln, der findet mich und nimmt mich dann mit. Bitte, kann ich so lange hier warten? Ich weiß nicht, wohin ich sonst gehen soll. Ich will nicht wieder auf die Straße.«

Korbinian seufzte. »Keine Ahnung, warum ich dich nicht augenblicklich vor die Tür setze, Mädchen, ich weiß es wirklich nicht.«

»Danke, Alter! Du bist so cool, Mann!«

Nein, das war er nicht, aber was sollte er machen?

Die beiden Frauen schauten vom Sofa aus zu ihm hoch, und Korbinian sagte: »Würde es euch stören, wenn ich heute Abend noch mal ausgehe?«

»Ach Quatsch«, sagte Billa, und Emilia fügte hinzu: »Wir wollten sowieso *Tatort* gucken.«

Augenblicklich verließ Korbinian das Wohnzimmer.

Im Ochsenglück war an diesem Abend deutlich mehr los als am Vortag. Eine Frau in den Dreißigern durchquerte mit einem Tablett voll leerer Biergläser den Schankraum, als Korbinian eintrat. Sie hatte breite Schultern und einen kurz rasierten Hinterkopf, Korbinian hatte sie noch nie gesehen. Die Kellnerin blitzte ihn böse an, als wäre er ein lästiger Eindringling. Er rechnete schon damit, dass sie ihn wieder hinauswarf, da hörte er Schillers tiefen Bass durch das Lokal dröhnen.

»Du hast ja schon wieder den Mittagstisch geschwänzt, mein

Freund. Nicht, dass das zur Gewohnheit wird! Renate, lass den jungen Mann mal zum Chef an die Theke.«

Die Bedienung verzog das Gesicht zu etwas, das mit viel gutem Willen als Ansatz eines Lächelns bezeichnet werden konnte. Korbinian lupfte seinen Hut, wünschte ihr höflich »Guten Abend« und hängte seine Sachen an einen Garderobenhaken.

Als er an der Theke war, wartete schon ein Pils auf ihn.

»Na, wie läuft's an der Weiberfront?«, fragte Schiller.

»Das willst du nicht wissen.«

»So schlimm?«

»Schlimmer. Trotzdem gibt's nach diesem hier«, er deutete auf das Glas, an dem seitlich Schaum herunterlief, »für mich wieder Apfelschorle.«

Es war ungefähr zweiundzwanzig Uhr, als Korbinian sich von Schiller verabschiedete, um den Nachhauseweg anzutreten. Er wünschte Renate, von der Schiller erzählt hatte, sie hätte sich einen Panzer auf den Hintern tätowieren lassen, eine »Schöne Restnacht« und wurde von ihr dafür mit einem herzhaften »Tschüss, du Vogel« geehrt. Es wurde immer besser im Ochsenglück.

Beim Betreten seiner Wohnung blieb Korbinian in der offenen Tür stehen. Eine Sekunde lang hoffte er inständig, dass er sich vertan haben könnte, aber da war es wieder. Er hatte richtig gehört. Gelächter. Aus seiner Wohnung drang das Lachen mehrerer Leute, darunter auch mindestens eines, das von einem Mann stammte. Korbinian atmete tief durch, streckte seinen Rücken, machte die Schultern breit. Gerade hatte er die Wohnungstür hinter sich ins Schloss gezogen, da ließ ihn ein weiteres Geräusch erneut in der Bewegung stoppen, ein heiseres, animalisches Husten, als stünde eine Kuh mit Lungenentzündung in der Küche. Seine schlimmste Befürchtung wurde wahr, als eine Männerstimme rief: »Angie, hiergeblieben!«

Zu spät. Das Biest kam aus der Küche geschossen, raste auf Korbinian zu, bremste knapp vor seinen Füßen, plumpste dabei kurz auf seinen dicken Hintern, bevor es dazu überging, einen absurden, ziemlich zappeligen Tanz um Korbinians Beine herum aufzuführen. Wollte er diesen Überfall unversehrt überstehen, bräuchte er einen Knüppel oder eine andere Waffe, dachte er. Aber so, wie es aussah, würde er es nicht einmal zum Schirmständer schaffen.

»Hau ab!«, brüllte er und fuchtelte mit den Armen, was die Bulldogge nur noch mehr anzustacheln schien. Korbinian riss sich den Hut vom Kopf, wollte damit zuschlagen, als er bemerkte, dass vier Menschen aus der Küche in den Flur getreten waren und dem Schauspiel zusahen: Billa, Emilia, Doktor Meyerhoff und der Mensch, den Billa *Ron, den rothaarigen Idioten* genannt hatte. Bekleidet mit einer Camouflage-Hose, breitem Nietengürtel und schwarzer Bomberjacke sah er genauso aus wie die Typen, deretwegen Korbinian im Dunkeln die Straßenseite wechselte.

»Was zum Teufel ist hier los?«

»Ey, krass, die mag dich voll«, sagte Billa.

»Wie bitte?«, schnaufte Korbinian, während das Tier ihn immer noch bedrängte.

»Angie. Es ist nicht normal, dass sie so etwas bei Fremden macht.«

»Echt jetzt, Mann«, pflichtete ihr dieser Ron bei. »Ich hab gestern schon gedacht, dass die Kleine auf dich steht. Da kannste dir was drauf einbilden, die ist nämlich schüchtern.«

Emilia prustete los. Billa und Ron schauten so begeistert wie Kleinkinder an Weihnachten, einzig der Doktor schien einen Funken Mitleid mit Korbinian zu haben.

»Vielleicht sollte man sie trotzdem zurückrufen«, sagte Martin Meyerhoff.

»Ich bitte darum«, bestätigte Korbinian.

»Angie, hierher!«

Augenblicklich ließ das Tier von Korbinian ab und folgte dem Befehl seines Besitzers.

»Brave Maus.«

Korbinian hätte am liebsten losgebrüllt, fing sich aber und sagte möglichst ruhig: »Also, noch mal: Was, bitte schön, findet hier statt?«

»Komm erst mal richtig rein, Korb«, sagte Emilia, während sie ihm aus dem angesabberten Mantel half.

In der Küche standen Weingläser und Teetassen auf dem Tisch, ein großer Teller mit Wurst- und Käseschnittchen, daneben befanden sich eine Flasche Rotwein, eine aufgerissene Tüte Kartoffelchips und ein brennendes Stövchen mit Teekanne obendrauf. Angie stapfte voraus und ließ sich mit einem heftigen Schnaufen unter den Tisch fallen, als wäre das ihr angestammter Liegeplatz.

»Ihr habt Abschied gefeiert, ja?« Er hatte nicht so sarkastisch klingen wollen … Oder doch, das hatte er. Was maßten sie sich alle eigentlich an?

»Setz dich!«, sagte Emilia.

Korbinian nahm Platz, obwohl die Anweisung ihn ärgerte. Das hier war seine Küche, und wenn jemand darin zum Hinsetzen auffordern durfte, dann war das ja wohl er.

Emilia ließ sich ebenfalls auf einen Platz nieder, dabei bat sie auch die anderen an den Tisch. Ihrem Bruder stellte sie eine saubere Teetasse hin. Immerhin hatten sie mit ihm gerechnet.

»Oder willst du Wein?«, fragte Billa.

»Tee ist gut, danke.«

Er ließ sich einschenken, nippte daran, wartete darauf, dass man ihm die Situation erklärte.

»Nun?«, fragte er, als niemand etwas sagte.

»Nun was?«, fragte Emilia.

»Was soll das hier?«

»Martin ist quasi zur Visite hier, wir haben uns Abendbrot gemacht, und vor etwa einer halben Stunde ist Ron dann gekommen.«

»Ach was ...«

»Du hast erlaubt, dass ich ihn anrufe, Korbinian«, verteidigte sich Billa. »Mir ist eingefallen, dass die Nummer seiner Eltern vielleicht im Telefonbuch steht. Und Emi hat gesagt, du hättest es bestimmt nicht so wörtlich gemeint, dass er unten warten muss und so.«

»Doch, hatte ich. Nimmt er dich wenigstens mit?« Ron persönlich anzusprechen, gefiel ihm gerade gar nicht.

»Nicht direkt.«

»Will sagen?«

»Ich hab dir das doch erklärt. Seine Eltern. Die fanden es schon doof, dass ich ihn am Telefon verlangt habe.«

In diesem Moment wurde Korbinians Aufmerksamkeit von einem eigenartigen Geräusch abgelenkt. Er schaute sich danach um und sah die Bulldogge neben der Spüle. Sie soff aus einer der kristallenen Obstschalen, die Marie und er zur Hochzeit bekommen hatten. Das Wasser troff dem Tier rechts und links aus dem Maul und bildete eine Lache auf dem Terrakottaboden.

»Wird der verdammte Hund hier auch schon bewirtet?«, rief er wütend.

»Jetzt reg dich mal wieder ab, Korb.« Seine Schwester versuchte ihn zu beschwichtigen. »Du kannst ja alles gründlich desinfizieren lassen, wenn wir wieder weg sind.«

»Was meckerst *du* mich eigentlich an? Hast du kein eigenes

Zuhause, wohin du die Leute von der Straße einladen kannst, statt in meiner Küche Spontanpartys abzuhalten?«

»Nein«, sagte Emilia leise, »hab ich nicht.«

Er war so verblüfft über diese Antwort, dass er augenblicklich vergaß, was er noch hatte sagen wollen. Emilia stand auf, kehrte ihm den Rücken zu und ging zur Spüle, wo sie sich hinhockte, um die Wasserpfütze am Boden mit einem Geschirrtuch aufzuwischen.

Meyerhoff legte Korbinian die Hand auf den Arm: »Ich glaube, das ist momentan kein gutes Thema.«

»Verstehe«, sagte Korbinian. Doch er verstand gar nichts.

Das Schweigen, das sich nun ausbreitete, war erdrückend. Fast wünschte er sich, der blöde Köter würde etwas veranstalten, nur um die Stimmung aufzulockern. Aber Angie tat ihm den Gefallen nicht. Sie hatte erneut ihren Platz unter dem Tisch eingenommen und gab keinen Laut von sich. Billa und der Doktor schauten Korbinian traurig an, selbst dieser Möchtegern-Guerillakämpfer schien etwas von ihm zu erwarten, so wie er ihn musterte.

Was habe ich falsch gemacht?, fragte sich Korbinian im Stillen. Wieso musste er sich schon wieder schuldig fühlen? Was sollte er denn machen? Er war sich nicht einmal mehr sicher, ob er das, was Emilia gesagt hatte, auch richtig aufgefasst hatte.

Auf einmal war Billa neben Emilia und nahm ihr das Geschirrtuch aus der Hand. »Das findet er bestimmt eklig. Stimmt's, alter Mann?«

Korbinian brummte lediglich.

»Entschuldige«, sagte Emilia.

»Gibt Schlimmeres.« Er kam sich wie ein Idiot vor, weil er die unhygienische Benutzung eines Küchenhandtuchs kommentierte, statt seine Schwester zu fragen, was bei ihr schiefgelaufen war und warum sie auf einmal so tat, als ob sie kein Zuhause mehr hätte. Er war ihr Bruder, ihr einziger Bruder, und er hatte keinen blassen Schimmer.

Emilia schien mit seinen Worten – warum auch immer – aber ganz zufrieden zu sein. Sie lächelte und sagte: »Ich tu's in die Wäsche.« Danach verließ sie die Küche.

»Ich werd dann mal wieder«, sagte Ron. Er gab ein schnalzendes Geräusch von sich, woraufhin sich auch der Hund in Bewegung setzte.

»Nehmen Sie Billa nun mit oder nicht?«, rief Korbinian ihm hinterher.

Ron blieb stehen. Fragend sah er sich nach Billa um.

»Ich bleibe hier«, sagte Billa. »Erst mal. Bis Manni seinen Kram geregelt hat.«

In diesem Moment kam Emilia aus dem Bad und sah Ron im Flur stehen.

»Gehst du schon?«, fragte sie.

»Ich muss morgen arbeiten.«

»Kann er wiederkommen?« Billas Blick wanderte zu Emilia.

»Das sehen wir dann«, sagte Emilia und begann der Bulldogge, die mit wackelndem Hintern auf sie zugewatschelt war, die Speckfalten zu kraulen.

»Macht euch bloß nicht die Mühe, mich in eure Überlegungen einzubeziehen«, sagte Korbinian. »Ich gehe schlafen.«

6

Hallo, Herr Gerhard!«

Henriette saß auf dem alten Ziegelsteinmäuerchen, dessen Entfernung regelmäßig bei Elternvertreterversammlungen auf die Tagesordnung gesetzt wurde, wobei Direktorin Schmalenberg jedes Mal genervt erklärte, dass das gesamte Schulensemble unter Denkmalschutz stehe und deshalb leider nichts verändert werden dürfe.

Korbinian mochte das alte Mäuerchen, auch wenn sich Schüler konstant Abschürfungen, blaue Flecken und Platzwunden daran holten – es stand so schön nutzlos in der Gegend herum und erinnerte an längst vergangene Zeiten, in denen die Schüler noch in Zweierreihen das Schulgelände abschreiten mussten. Damals hätte er allerdings noch weniger Lehrer sein wollen als heute.

»Guten Morgen, Henriette, ist es nicht zu kalt, um auf den Steinen zu sitzen?«

»Nein. Ich friere nie. Meine Mama sagt, das ist so, weil ich dick bin.«

»Aha.«

Bei seiner nächsten Hofrunde hockte sie noch immer auf dem Mäuerchen und starrte missmutig in eine rote Plastikbox, die geöffnet in ihrem Schoß lag. Korbinian warf im Vorbeigehen einen Blick darauf, sah Möhrenstücke, Gurkenscheiben, Cherrytomaten sowie einen halben Apfel.

In seiner Manteltasche knisterte das kleine Proviantpäckchen, das er am Morgen vorgefunden hatte.

Emilia war schon weg gewesen, als er nach dem Aufstehen in die Küche gekommen war. Sie hatte den Tisch für ihn gedeckt, eine Thermoskanne hingestellt und ein mit Butterbrotpapier umhülltes Päckchen neben seinen Teller gelegt. Ein kleines, im ersten Moment erschreckendes Déjà-vu hatte er gehabt, aber das hatte Emilia nicht wissen können. Außerdem hatte Marie seinen Proviant immer auf die andere Seite des Tellers gelegt und das Butterbrotpapier viel ordentlicher gefaltet.

Unter dem Kaffeebecher hatte an diesem Morgen auch ein Zettel mit einer Nachricht gelegen.

Guten Morgen, lieber Korbinian!
Ich bin früh los, weil ich vor Öffnung des Ladens noch zum Großmarkt muss. Billa ist versorgt. Sie wird schlafen, sich ausruhen und sich auf das Gästezimmer beschränken. Mach dir keine Sorgen! Zwischendurch schaue ich mal nach ihr, und auch Martin wird vorbeikommen. Ich habe mir erlaubt, die Schlüssel einzustecken, die ich auf der Kommode gefunden habe, und dir was für die Schule eingepackt: ein Pausenbrot. Damit du mir nicht vom Fleisch fällst.
Haha!
Bis später,
Deine Emi

Darunter hatte sie noch einen Smiley hingekritzelt. Korbinian war unschlüssig gewesen, ob er ihren Brief übergriffig oder einfach nur bescheuert finden sollte. Das Pausenbrot hatte er trotzdem eingesteckt.

Beim Verlassen der Wohnung hatte er gesehen, dass Maries Schlüsselbund weg war. Sieben Jahre, elf Monate und dreizehn Tage hatte er in der kleinen naturfarbenen Keramikschale auf der Kommode gelegen, und jetzt fanden sich an der Stelle nur noch ein paar dunkelgraue Staubflocken. Das wirklich Bemerkenswerte daran war gewesen: Er hatte es gar nicht so schlimm gefunden. Irritierend, ja, aber nicht schlimm. Korbinian hatte sich vorgestellt, wie Maries Schlüssel jetzt am Boden von Emilias riesiger Handtasche klapperten, zwischen Tempotaschentücher, zerknüllte Kassenzettel und Bonbonpapiere rutschten, wie der Anhänger mit der silbernen Gondel sich mit dem kleinen Gladiatorenhelm verhakte, den Marie von ihren Lateinschülern geschenkt bekommen hatte. Auch diese Vorstellung hatte er gut aushalten können. Irgendwie war er sogar erleichtert gewesen. Einer von Maries sehr persönlichen Gegenständen hatte seinen angestammten Platz verlassen, und er, Korbinian, hatte das in Ordnung gefunden und nicht den leisesten Anflug einer Panik gehabt. Er war tatsächlich einigermaßen gut gelaunt zur Arbeit gegangen, obwohl sich diese kleine Pennerin über Stunden allein in seiner Wohnung aufhalten würde und wer weiß was anstellen konnte, wenn sie denn wollte.

Wildes Gekreische störte ihn bei seinen Gedanken. Zwei Jungen aus der Vierten drängten weiter hinten auf dem Hof eine schmächtige Erstklässlerin gegen den Sportplatzzaun, versuchten ihr die neongelbe Pudelmütze vom Kopf zu reißen, wobei sie auf heftige Gegenwehr stießen. Korbinian versuchte die kämpfenden Kinder voneinander zu trennen, nachdem er bei ihnen angekommen war. Er packte den größeren der beiden Jungen am Kragen, wollte gerade nach den Fingern des anderen greifen, die sich im Haar des Mädchens verkrallt hatten, als er einen brennenden Schmerz in der linken Hand spürte. Korbinian schrie auf. Dabei ließ er den Schüler los, den er am Kragen gefasst hatte, sodass er der Länge nach hinfiel. Den zweiten Jungen hatte er wohl beim Zurückschrecken angerempelt, jedenfalls war er scheppernd gegen den Zaun geknallt und hielt sich mit schmerzverzerrtem Gesicht den linken Arm. Die Erstklässlerin stand stocksteif da, mit schräg verrutschter Mütze und weit aufgerissenen Augen.

»Hast du mich gerade gebissen?«

Ungläubig betrachtete Korbinian seinen Handballen, sah ein Halbrund winziger Zahnabdrücke, die bereits bläulich anliefen.

»Spinnst du?«

»Entschuldigung! Tut mir leid, Herr Gerhard. Ich wollte Leon erwischen.« Sie heulte nicht einmal.

Der Junge, der zu Boden gegangen war, stand wieder auf, rieb sich den Staub von der Jacke und sagte anerkennend: »Krass!«

»Wenn ich euch in dieser Pause noch einmal zusammen sehe, kriegt ihr einen Tadel, alle drei!«

»Aber Herr Gerhard, ich kann doch nicht …«

»Haut ab!«

Die Kinder rannten davon.

Manchmal wünschte er sich, er wäre, wie Marie, Gymnasiallehrer geworden, die Grundschüler gingen ihm zunehmend auf die Nerven. Marie hatte zwar gelegentlich auch von Prügeleien auf ihrem Schulhof erzählt, manche waren sogar blutig ausgegangen, aber nie war sie gebissen worden.

Diese kleinen Bestien! Und wehe, wenn man die Eltern verständigte, dann waren die lieben Kleinen nichts als Opfer. Schuld war natürlich immer nur der unfähige Lehrer, der den Konflikt heraufbeschworen hatte.

Korbinian sah auf die Uhr. Noch sieben Minuten Hofaufsicht, dann war die erste große Pause zu Ende. Er nahm das Päckchen aus seiner Manteltasche und roch daran. Schokolade. Emilia hatte ihm allen Ernstes zwei Klappstullen mit Nutella geschmiert. Ohne groß darüber nachzudenken, drehte er sich um und kehrte zur kleinen Mauer zurück, auf der weiterhin Henriette saß.

»Willst du?« Er hielt dem Mädchen eines von seinen Nutella-Broten hin.

Sie sah überrascht zu ihm auf, dann auf das Pausenbrot direkt vor ihrer Nase. »Echt jetzt?«

Korbinian nickte. Henriette schnappte sich das Brot und biss schnell hinein.

»Schmeckt's?«

»Mmmh.«

Sie kaute auf beiden Backen und strahlte ihn an. Korbinian konnte sich nicht daran erinnern, das Kind jemals derart fröhlich gesehen zu haben.

»Aber auch ein bisschen von dem Gemüse essen, sonst schimpft deine Mutter.«

»Mmmh.«

Er schlenderte weiter und biss in die ihm verbliebene Stulle. Sie schmeckte wirklich sehr lecker.

In der zweiten großen Pause hatte er zum Glück keine Hofaufsicht. Nachdem der letzte Schüler aus dem Kunstraum gegangen war und er ihn hinter sich abgeschlossen hatte, klopfte er an der Tür zum Sekretariat.

Frau Schütz sah von ihrer Computertastatur auf und zeigte so offen ihre Freude über sein Auftauchen, dass Korbinian im ersten Moment dachte, sie würde ihn mit jemand anderem verwechseln. Sie sprang von ihrem Schreibtisch auf, schenkte ihm ein Lächeln, als ob die Sonne aufging, und hatte wieder diese geröteten Wangen, die ihm schon am Freitag aufgefallen waren.

»Herr Gerhard! Was kann ich für Sie tun?«

Seit wann begrüßt sie mich so enthusiastisch?, dachte Korbinian und rang sich ein verbindliches Lächeln ab.

»Tag, Frau Schütz. Dürfte ich vielleicht einmal Ihr Telefon benutzen?«

»Gern! Bitte sehr!«

Sie zeigte auf den Apparat an ihrem Schreibtisch.

»Einfach die Null vorwählen und das Freizeichen abwarten.«

»Danke.«

Korbinian gab ihr einige Sekunden, aber sie machte keinerlei Anstalten, den Raum zu verlassen, um ihn in Ruhe sein Gespräch führen zu lassen. Also wartete er das Freizeichen ab und wählte die Nummer seiner Wohnung.

Nach längerem Läuten meldete sich die sehr verschlafen klingende Billa mit einem unverständlichen Krächzen.

»Hier ist Korbinian, habe ich dich geweckt?«

Es krächzte wieder. Korbinian nahm das als ein Ja.

»Tut mir leid. Ich wollte nur mal hören, ob alles in Ordnung ist.«

»Ja, ja, alles okay. Emilia war vorhin auch hier.«

»Gut. Dann leg dich wieder hin.«

»Was soll ich machen, wenn's an der Tür klingelt?«

»Den Doktor kannst du reinlassen. Ansonsten wäre ich dankbar, wenn du für dich bleibst.«

»Geht klar.«

Als Korbinian sich nach dem Telefonat vom Schreibtisch abwandte, blickte er unmittelbar in das zwischen Neugier und Sorge hin- und hergerissene Gesicht von Frau Schütz.

»War das Ihre …?«

Sie ließ die Frage offen, und bevor Korbinian darüber nachdenken konnte, hatte er »Nichte« gesagt.

»Ach so. Ich wusste gar nicht … Wohnt Ihre Nichte bei Ihnen?«

»Vorübergehend. Meine Schwester auch.«

»Wie nett.«

Frau Schütz zupfte den für Korbinians Geschmack etwas zu kurzen Rock ihres pastellfarbenen Kostüms zurecht.

»Herr Gerhard, ich finde übrigens, und ich glaube, als Frau darf ich das anbieten … Nun, nach all den Jahren, die wir schon zusammenarbeiten, sollten wir auch zum …«

In diesem Moment flog die Tür auf, und Frau Direktor Schmalenberg kam mit mehreren handschriftlich beschriebenen Bögen Papier, die sie in der Luft herumwedelte, ins Sekretariat gerauscht.

Selten war ihm ein Auftritt seiner Chefin so willkommen gewesen wie jetzt.

»Du musst mir hierfür eine höfliche, aber eindeutige Ablehnung formulieren, Rosemarie. Ich vergreife mich bestimmt im Ton, und dann muss ich wieder irgendwelche Krisensitzungen über mich ergehen lassen.«

Sie warf die Bögen mit einem solchen Schwung auf den Schreibtisch, dass einer davon über die Kante rutschte und auf den Boden segelte.

»Diese hysterischen Eltern machen mich wahnsinnig. Jetzt sind sie schon dagegen, dass wir einen Bus für die Klassenfahrten mieten, weil es da letztens einen Unfall gegeben hat. Ja, sollen wir denn mit dem Privatjet an die Ostsee fliegen, oder was?«

Erst jetzt bemerkte die Direktorin, dass noch jemand im Raum stand. Sie schob sich die halbrunde Lesebrille ins sorgfältig frisierte Haar und ließ ihren Kopf vorschnellen, als wolle sie mit ihrer riesigen Hakennase, die ihr im Kollegium den Beinamen »der Habicht« eingebracht hatte, nach Korbinian hacken.

»Ach, Herr Gerhard, was war da eigentlich vorhin während Ihrer Hofaufsicht los?«

»Eine harmlose Rangelei«, sagte Korbinian und fragte sich, ob er inzwischen der Einzige aus dem Kollegium war, den Direktorin Schmalenberg noch siezte.

»Eine Schülerin hat erzählt, Sie seien verletzt worden.«

»Um Gottes willen! Wo?«, mischte sich Frau Schütz in das Gespräch ein.

»Nicht der Rede wert«, sagte Korbinian und steckte seine linke Hand in die Hosentasche.

»Umso besser«, konstatierte die Direktorin. »Ich hab wahrlich genug Ärger.«

»Genau«, sagte Korbinian. Dann wünschte er den Damen einen schönen Tag und verließ das Sekretariat.

Als er sich bewusst wurde, dass er nach Schulschluss automatisch die Straße zum Ochsenglück eingeschlagen hatte, blieb er stehen, kehrte auf dem Absatz um und ging in die entgegengesetzte Richtung. Sein Ziel war Emilias Blumengeschäft.

Vor dem Laden war ein gut aussehender junger Asiate damit beschäftigt, langstielige gelbe Rosen in einem Behältnis zu arrangieren, mit einer Ruhe, als wäre das die einzige Aufgabe, die er an diesem Tag zu erledigen hatte.

Korbinian machte vor dem Eingang Halt. Der Mann sah von seinen Rosen auf und sagte in akzentfreiem Deutsch: »Kann ich Ihnen helfen?«

»Ich möchte zu Frau Gerhard.«

»Zu Emi?«

»Ja. Ich bin ihr Bruder.«

»Oh! Natürlich. Emi ist hinten, bei sich.«

Obwohl er keine Ahnung hatte, warum der Asiate das *natürlich* fand und was er mit *hinten, bei sich* gemeint hatte, bedankte Korbinian sich und betrat den Laden. Bei all den blühenden Blumen und dem wuchernden und rankenden Grünzeug brauchte Korbinian ein paar Sekunden, bis er sich orientiert hatte. Links entdeckte er, umrahmt von einem riesigen Ficus und einer lila Kübelpflanze, deren Namen er nicht kannte, eine halbhohe Theke mit einer antik aussehenden Registrierkasse. Über der Kasse baumelten Hängetöpfe und Blumenampeln, die Theke war zur Hälfte zugestellt mit Vasen und Eimern für Schnittblumen aller Art.

Korbinian wollte gerade seine Schwester rufen, da hörte er das Rauschen einer Klospülung, kurz danach das Geräusch einer sich schließenden Tür. Er wartete, aber Emilia tauchte nicht auf. Zögerlich schritt er durch den Verkaufsraum, nahm hinter weiteren Pflanzenkübeln einen Vorhang aus bunten Holzperlen wahr, der einen winzigen, mit Pappkartons und Plastikblumentöpfen zugestellten Flur abtrennte. Korbinian ging weiter, registrierte eine verkratzte schmale Holztür, auf die jemand mit roter Farbe ein Herz gepinselt hatte, daneben ein Handwaschbecken aus Blech, auf dessen Rand sich ein Plastikbecher und eine Flasche mit Duschgel befanden. Über dem Waschbecken war unter einer nackten Glühbirne ein Spiegel angebracht, darunter ein schmales Holzbrett, auf dem Haargummis und zwei Kämme lagen. Neben der Holztür war ein weiterer schmaler Durchgang, ebenfalls mit einem Vorhang aus dicken Holzperlen separiert. Gerade wollte er darauf zugehen, als der Vorhang sich zur Seite schob und Emilia vor ihm stand.

»Was machst du denn hier?« Sie schien mehr erschrocken als erfreut, ihn zu sehen.

»Im Laden war keiner«, sagte Korbinian, während er seiner Schwester über die Schulter zu schauen versuchte. Eine Matratze am Boden füllte den halben Raum aus, darauf Bettzeug, eine Strickjacke …

Korbinian schob seine Schwester beiseite, betrat den kleinen fensterlosen Raum und blickte sich um. Ein alter Pappkoffer diente als Tisch, darauf konnte er eine Flasche Wasser, ein Glas sowie eine Pappschachtel mit Nudelresten ausmachen. Weitere Koffer waren an der Wand aufgereiht, darauf stapelten sich

Bücher und Papiere, zwischendrin ein Bilderrahmen mit einer Fotografie seiner Familie, kurz bevor sie endgültig auseinandergefallen war: Vater, Mutter, er selbst in dem Anzug, den er zum Abitur bekommen hatte, an seiner Seite die junge Emilia mit wallenden Locken und einem bodenlangen Hippiekleid.

»Sag mir nicht, dass du hier wohnst!«

»Na ja, wohnen würde ich das nicht nennen.«

»Wie dann?«

»Ich muss zurzeit ein bisschen improvisieren.«

»Warum?«

»Mietschulden.«

Korbinian war fassungslos: Seine Schwester hauste in einem kalten Loch ohne Fenster.

»Was ist passiert?«

»Das lässt sich nicht in zwei Sätzen erzählen.«

»Ich hab Zeit.«

»Emi?«, rief es von draußen.

»Und ich habe einen Laden, den ich am Laufen zu halten versuche. Wir sehen uns heute Abend, ja?« Sie eilte durch den Vorhang hindurch, die Perlen klackerten, als sie aufeinanderstießen.

Korbinian blieb in ihrer improvisierten Behausung stehen und starrte eine Weile auf die Fotografie, als hätte sie Antworten oder Erklärungen parat. Für einen Stuhl war in diesem Verschlag kein Platz mehr gewesen, deshalb blieb ihm nur die Wand, um sich daran anzulehnen und etwas Halt zu finden. Es war kein Panikmoment, der seine Knie weich werden ließ, sondern schlichte Ratlosigkeit, wie sie wahrscheinlich jeden überkommen hätte, der einen nahestehenden Menschen in derartigen Verhältnissen vorfand.

War sie das denn? Nahestehend? Ja, dachte Korbinian, war sie wohl.

Langsam hatte er wieder das Gefühl, festen Boden unter seinen Füßen zu haben. Er atmete tief durch und ging in den Verkaufsraum.

Emilia war dabei, eine ältere Frau bei der Zusammenstellung eines Blumenarrangements zu beraten. »Lilien zu den Margeriten oder doch lieber Akelei?«

Korbinian wartete. Es dauerte, bis die Dame sich entschieden hatte, bis der Strauß gebunden und das Geld eingenommen war. Als die Kundin endlich auf den Ausgang zusteuerte, kam der junge Asiate herein.

»Emi, wir müssen noch die Tischdeko für Schröders fertig machen, die holen sie um fünfzehn Uhr ab.«

»Darf ich dir meine fabelhafte Aushilfe Fred vorstellen?«, sagte Emilia zu ihrem Bruder gewandt. »Fred studiert Wirtschaftsmathematik, hat einen Schwarzgurt im Taekwondo und macht die schönsten Blumengestecke, die du dir vorstellen kannst.«

Korbinian gab dem jungen Mann geistesabwesend die Hand. »Du kannst bei mir einziehen.«

Emilia lachte. »Solltet ihr euch nicht erst mal näher kennenlernen?«

»Äh ... Leute ...?«, sagte Fred.

»Nicht er«, sagte Korbinian. »Du natürlich.«

»Du natürlich«, wiederholte Fred, sichtbar erleichtert.

»Ich hab schon verstanden«, sagte Emilia. »Das ist wirklich sehr, sehr lieb von dir, Korb.«

»Aber?«, fragte Korbinian, der das betretene Schweigen, das auf Emilias Satz hin eingetreten war, als Erster nicht mehr aushielt.

»Kein Aber«, sagte Emilia. »Bis ich meine Finanzen wieder im Griff habe, nehme ich das Angebot gerne an.«

»Ich mache mich dann mal an die Schröder-Deko«, murmelte Fred und flüchtete hinter den Perlenvorhang.

Korbinian spürte, wie das Herz ihm bis zum Hals schlug und die Hände vor Aufregung zitterten. Er konnte selbst kaum fassen, was er da vorgeschlagen hatte.

Emilia schien es ähnlich zu gehen. »Dass ausgerechnet du mich vor einem kalten und feuchten Winter in dieser Abstellkammer bewahrst.«

»Warum hast du denn nichts gesagt?«

»Ach, weißt du …«

Sie schaute auf einen Punkt neben Korbinians rechtem Fuß, wo ein Eimer mit gelben und roten Freesien stand, holte Luft, wie um noch etwas zu äußern, nahm dann aber nur die zarten Blumen und stellte sie auf die Arbeitsplatte.

»Verstehe«, sagte Korbinian und wandte sich zum Gehen.

»Korbinian?«

»Ja?«

»Du bist der Beste!«

Er hob zum Abschied die Hand, ohne sich noch einmal nach ihr umzudrehen.

Nachdem er die Ladentür hinter sich zugezogen hatte, blieb er einen Moment auf der Schwelle stehen und keuchte wie nach einer schweren Anstrengung. Sobald er wieder einigermaßen zu Atem gekommen war, machte er sich auf den Weg zum Ochsenglück, wo er seine Schultasche sowie Mantel und Hut auf einen freien Tisch warf und direkt an den Tresen ging.

»Was ist los?«, fragte Schiller, der ihn von der Küche aus hatte reinkommen sehen, durch die Durchreiche.

»Meine Schwester zieht bei mir ein.«

»Ich dachte, das wäre sie schon.«

»Jetzt richtig.«

Schiller zog den Kopf aus der Durchreiche und erschien kurz darauf in der Schankstube. Er hatte eine schmutzige Kochschürze vor den Bauch gebunden und trug um den haarlosen Schädel ein Stirnband, was ihn ebenso lächerlich wie verwegen aussehen ließ.

»Willst du Leberkäse mit Spiegelei?«

»Gern«, sagte Korbinian. »Aber ich hab da ja auch dieses Mädchen zu Hause.«

»Zustände sind das ...« Schiller verschwand noch einmal in der Küche. Einige Minuten später tauchte er wieder auf, in jeder Hand einen dampfenden Teller. »Für die Kleine packe ich dir nachher was ein. Jetzt essen wir zwei erst mal.«

Er ging voraus zu dem Tisch hinter der Zimmerlinde, stellte beide Teller dort ab und winkte Korbinian zu sich. »Meine Köchin hat Windpocken, ist das zu glauben?«

Als Korbinian eine Dreiviertelstunde später das Lokal verließ, fühlte er sich viel besser. Die Plastiktüte mit Essen für Billa in der einen, seine Schultasche in der anderen Hand, ging er fast beschwingt die Gasse entlang. Ich habe das einzig Richtige getan, dachte er. Das waren auch Schillers Worte gewesen, als er ihm von den Folgen seines Besuchs in Emilias Laden erzählt hatte: »Du hast das einzig Richtige getan, mein Freund, daran gibt's nichts zu rütteln.«

Beim gemeinsamen Abwasch hatte Korbinian Schiller erklärt, dass er fürs Erste weiterhin das Arbeitszimmer bewohnen würde und Emilia sein Schlafzimmer, bis Billa wieder fit wäre, was sicher bald der Fall sein würde. Dann wollte er seiner Schwester das Gästezimmer überlassen, bis sie auf eigenen Füßen stehen konnte. Dass noch zwei weitere unbenutzte Zimmer in seiner Wohnung existierten, hatte er nicht erwähnt. Er hatte in dem Moment nicht einmal daran gedacht. Man konnte also nicht behaupten, er hätte Schiller willentlich etwas verschwiegen.

Als Korbinian seine Wohnung aufschloss, war es totenstill. Er rief: »Bin wieder da!« und erwischte sich bei dem Gedanken, Billa möge zwischenzeitlich nicht verschwunden, die Wohnung nicht leer sein, nicht wie sie es all die letzten Jahre hindurch gewesen war.

»Hallo?«

Die Erleichterung, die er verspürte, als die Klinke der Gästezimmertür sich bewegte, war für ihn selbst so verwirrend, dass es ihm im ersten Augenblick die Sprache verschlug.

Billa sah aus, als hätte er sie aus dem Tiefschlaf geweckt. Sie konnte kaum die Augen aufhalten, ihr kurzes Haar war noch verstrubbelter als sonst, und quer über der rechten Wange zeichneten sich Abdrücke vom Kissen ab. Beinahe hätte er ihr gesagt, dass sie halbseitig der zerknautschten Bulldogge ähnelte, aber er konnte sich gerade noch rechtzeitig bremsen.

»Schiller hat mir Essen für dich eingepackt.«

»Wer ist Schiller?«

»Der Wirt vom Ochsenglück. Er ist mein Freund.«

Sie nickte abwesend und machte Anstalten, in ihr Zimmer zurückzukehren.

»Hast du keinen Hunger?«

»Geht so.«

»Du musst etwas essen, Mädchen, bist sowieso viel zu mager. Wie soll man denn da gesund werden?«

Billa schaute ihn unwillig an, sagte aber: »Okay, lass mal sehen.«

Sie folgte ihm in die Küche, wo er die kleine Kasserolle aus Glas aus der Tüte nahm und, wie von Schiller instruiert, mit geschlossenem Deckel für drei Minuten in die Mikrowelle stellte. Wie lange hatte er dieses Gerät nicht mehr benutzt? Er wusste es nicht. Wenn Marie auf Klassenfahrt gewesen war, hatte sie immer vorgekocht und das Gefrierfach gefüllt, sodass er sich bis zu ihrer Rückkehr mit minimalem Aufwand täglich eine warme Mahlzeit zubereiten konnte. Gelegentlich hatte Marie über seine Hilflosigkeit in Sachen Nahrungszubereitung gelästert. »Emanzipier dich mal! Männer deiner Generation haben keine Ehefrauen mehr, deren einzige Aufgabe es ist, dem Gatten das Nest warm zu halten.« Er hatte ihr dann stets versichert, dass er ohne sie aber vollkommen aufgeschmissen wäre. Sie hatte ihn dafür ausgelacht.

Das »Pling« der Mikrowelle riss ihn aus seinen Gedanken. Er sagte »Nimm Platz«, obwohl Billa längst am Tisch saß.

Sie wirkte mäßig begeistert über den Leberkäse, aß aber widerspruchslos den Teller leer. Danach machte er Kaffee für sie beide und füllte zwei Becher.

»Sag mal, Korbinian, was ich fragen wollte …« Sie zögerte, drehte den Kaffeebecher in den Händen und fuhr mit dem Daumen über den Rand.

»Ja?«, sagte er, um die Sache zu beschleunigen.

Mindestens drei weitere Umdrehungen des Kaffeebechers brauchte es noch, bis Billa endlich weitersprach: »Wie lange könnte ich denn noch hierbleiben? Ich meine, ernsthaft jetzt: Wann wirfst du mich raus?«

Korbinian hätte beinahe selbst angefangen, den Rand des Kaffeepotts mit einem Finger zu umkreisen, beherrschte sich dann aber und sagte: »Na ja, adoptieren wollte ich dich nicht gerade.«

»Schade eigentlich.«

»Vorgestern wolltest du mich noch so schnell wie möglich loswerden.«

»Du mich auch.«

Sie lachte, und Korbinian stimmte mit ein.

Was soll's, dachte er, wenn schon seine Schwester auf unabsehbare Zeit die Ordnung durcheinanderbringen und die Ruhe stören würde, kam es auf Billa auch nicht mehr an. Wenn ihm zu Hause die Decke auf den Kopf fiel, gab es immer noch das Ochsenglück.

»Du kannst bleiben, bis du wieder richtig bei Kräften bist. Aber Ron und der Hund und wer weiß sonst noch, die bleiben draußen. Jedenfalls wenn du alleine bist. Einverstanden?«

»Muss ich ja wohl.«

Schweigend tranken sie ihren Kaffee aus. Danach ging Billa zurück ins Bett, und Korbinian machte sich an die Korrektur von Deutschaufsätzen seiner Viertklässler. »Wie ich mir mein Leben in dreißig Jahren vorstelle.« Die Schüler hatten ihn nach der Aufgabenstellung entgeistert angesehen, bis Henriette gerufen hatte: »In dreißig Jahren bin ich Anwältin wie meine Mama und helfe allen Menschen!« Daraufhin war ein wildes Durcheinander von Kinderstimmen losgebrochen, das er aber mit dem Befehl »Aufschreiben, nicht rausschreien!« schnell hatte bändigen können. Den Rest der Stunde waren alle eifrig mit dem Notieren ihrer Zukunftsvisionen beschäftigt gewesen, die ihm nun gebündelt vorlagen. Korbinian nahm das oberste Blatt: »Tim Kiwus, 4a. In dreißig Jahren werde ich der Chef vom Feinkostladen von meinem Papa in der Stargarder Straße sein …« Es folgte eine Hymne auf das väterliche Geschäft, das der Inbegriff alles Guten und Erstrebenswerten für diesen Jungen sein musste. Ich verstehe diese Kinder immer weniger, dachte Korbinian. Er selbst wäre als Junge niemals auf die Idee gekommen, in die Fußstapfen seines Vaters zu treten und Landmaschinenmechaniker zu werden. Aber die nachkommenden Generationen, abgesehen vielleicht von der Vertreterin, die sich bei ihm eingenistet hatte, schienen weniger Schwierigkeiten mit elterlichen Vorbildern zu haben.

Als Emilia am frühen Abend beladen mit einem Rucksack, einem Koffer und einem halben Dutzend Plastiktüten etwas verlegen in der Wohnungstür stand, sagte Korbinian nichts weiter als: »Herzlich willkommen. Einen Schlüssel hast du ja bereits.«

Billa erholte sich im Lauf der Woche langsam, aber stetig. Täglich erschien Martin Meyerhoff, um nach der Patientin zu schauen, auch dann noch, als es Korbinian längst nicht mehr nötig erschien. Meyerhoff blieb, sofern Emilia zu Hause war, anschließend gern auf einen Kaffee oder einen Wein in der Küche hocken, manchmal stundenlang. Billa gesellte sich gelegentlich dazu, aber sobald Korbinian im Wohnzimmer den Fernseher einschaltete, schaute sie mit, was er sich ansah: historische Dokumentationen, Nachrichten, Politmagazine – alles verfolgte sie ohne wirklich erkennbares Interesse. Nur wenn Tiersendungen liefen, zeigte sie dieselbe Ergriffenheit wie bei der Sendung über die Serengeti. Korbinian gewöhnte sich allmählich an ihre Anwesenheit, wie er sich auch daran gewöhnte, dass morgens das Frühstück vorbereitet war, wenn er aufstand, dass er sein Pausenbrot geschmiert bekam und es später mit Henriette teilte, dass Emilia mehr und mehr Koffer, Tüten und Pappkisten in sein Schlafzimmer schaffte, dass er »Bin wieder da« rief, wenn er seine Wohnung betrat, dass er fortwährend mit »Korb« angeredet wurde und dass Schiller ihn neuerdings mit »Na, was macht die Weiberwirtschaft?« begrüßte.

Am Mittwochnachmittag hatte Korbinian von Weitem kurz den Eindruck, Ron und die Bulldogge wären um die Hausecke gebogen. Als er sich aber näherte, war keine Spur von den beiden mehr zu entdecken.

»War Ron hier?«, fragte er Billa, während er ihr zwei von Schillers Buletten aufwärmte.

»Du hast doch gesagt, er darf nicht, wenn ich alleine bin.«

»Mir war so, als hätte ich ihn vorhin gesehen.«

»Wir haben nur ganz kurz miteinander gesprochen, ehrlich, und der Hund hat keine Pfote hier reingesetzt, ich schwör's.«

»Ist ja schon gut. Was Neues von deinem Freund?«

Sie schüttelte traurig den Kopf, und Korbinian ließ es dabei bewenden.

Am Donnerstagabend tauchte Emilia mit zwei großen Papiertüten voller Kleidung für Billa auf, die sie einer befreundeten Secondhandshop-Besitzerin nach eigener Aussage »für den Preis von einem prächtigen Rosenbouquet aus dem Kreuz geleiert« hatte. Jeans, Pullover, Hemden, T-Shirts, Jacken, Bikerstiefel, Turnschuhe. Es war Emilia anscheinend nicht schwergefallen, Billas Geschmack zu treffen, denn die »Modenschau«, die die beiden veranstalteten, fiel laut und begeistert aus. Billa wollte sofort alles anprobieren, freute sich über jedes einzelne Stück, bedankte sich unablässig und stellte mit Emilias Unterstützung »obercoole Outfits« zusammen. Korbinian wurde zum Applaudieren gerufen, was er auch tat, wobei er mehrfach in Verlegenheit gebracht wurde, wenn Billa völlig ungeniert Oberteile abstreifte oder eine Hose gegen eine andere austauschte.

Ab und zu blitzte ihm der Gedanke auf, dass es auf Dauer nicht gut gehen konnte, so zu tun, als seien sie eine lustige kleine Wohngemeinschaft. Zu viele Dinge blieben unausgesprochen, zu viele Probleme wurden zur Seite geschoben. Sie waren im Begriff, sich in einem Pseudonest zu installieren, das jeden Moment in die Luft fliegen konnte.

Als er seine Sorgen Schiller gegenüber aussprach, sagte der:

»Mach dich locker. Man muss ein Pulverfass nie selbst anzünden, das übernimmt mit an Sicherheit grenzender Wahrscheinlichkeit immer jemand anderes.«

»Und was soll ich machen, wenn mir alles um die Ohren knallt?«

»Ruhe bewahren und nachher die Trümmer sortieren. Darin hast du doch Erfahrung.«

Wegen eines Museumsbesuchs der 6b, für den die zuständige Klassenlehrerin spontan den neuen Referendar statt seiner als Begleitperson rekrutierte, kam Korbinian am Freitagvormittag unverhofft zu zwei Freistunden. Er hatte kurz nach halb zehn das Schulgelände mit der Absicht verlassen, die geschenkte Zeit und das gute Wetter für einen Rundgang durch den Park zu nutzen, als etwa dreihundert Meter vor ihm eine schmale Gestalt aus einer Seitenstraße huschte und weiter Richtung Hauptstraße lief. Er hatte keinerlei Zweifel, dass es Billa war. Den zähnefletschenden Wolfskopf, der den Rücken ihrer Kapuzenjacke zierte, hatte er am Vortag ausgiebig bewundern müssen, und die Storchenbeine waren ebenfalls eindeutig ihre. Sie schien es eilig zu haben, und ehe Korbinian sich versah, hatte er die Verfolgung aufgenommen. Später versuchte er zu ergründen, warum er ihr spontan nachgegangen war. Vielleicht, weil ihr Gang etwas so Zielgerichtetes gehabt hatte, eine gespannte Energie, die er so noch nicht bei ihr erlebt hatte.

Korbinian lief ihr bis zur Haltestelle hinterher, an der sie in die eben einfahrende Straßenbahn stieg. Im letzten Moment erwischte er noch den hinteren Wagen. Zwei Mütter mit Kinderwagen boten ihm Deckung. Ab und zu lugte er vorsichtig an einer der beiden intensiv miteinander plaudernden Frauen vorbei, um zu sehen, ob Billa Anstalten machte, die Bahn zu verlassen. Nach vier Stationen bewegte sich der Wolfskopf. Billa stieg aus und Korbinian, drei Türen weiter hinten, ebenfalls. Er heftete sich erneut an ihre Fersen, achtete darauf, den Abstand zu ihr so zu halten, dass sie ihn nicht bemerkte, er sie aber auch nicht aus den Augen verlor. Über die Fußgängerbrücke verfolgte er sie in eine Seitenstraße, dann in eine weitere, bis Billa vor einem Café stehen blieb, bei dem sie durch die Scheibe ins Innere sah. Als sie sich umwandte und suchend die Straße entlangschaute, duckte sich Korbinian hinter einen Stromkasten. Wen oder was sucht sie hier?, dachte er. Für einen weiteren Gedanken blieb ihm keine Zeit. Plötzlich packte ihn etwas hart am Mantelkragen, zerrte ihn hoch.

»Was willst du von ihr, Wichser?«

Korbinian wurde mit dem Rücken gegen den Stromkasten gedrückt. Er sah sich Auge in Auge mit einem wütenden dunkelhaarigen Menschen, den er unter anderen Umständen als gut aussehenden jungen Mann beschrieben hätte. Breite Schultern, stahlblaue Augen und ein kantiges, wenn auch etwas großflächiges Gesicht, das einen dermaßen aggressiven Ausdruck angenommen hatte, dass Korbinian eine Heidenangst bekam.

»Ich hab dich was gefragt, Arschloch!«

»Lassen Sie mich los«, röchelte Korbinian, mit dem Ergebnis, dass er noch brutaler in die Zange genommen wurde. Er spürte einen dumpfen Schmerz in der Magengegend, klappte nach vorne, wurde wieder zurückgeschleudert, bekam einen Schlag auf die Nasenwurzel. Dann schlossen sich zwei große Hände um seine Kehle und schüttelten ihn. Er war sich sicher, dass er gleich das Bewusstsein verlieren, wahrscheinlich sogar sterben würde, als jemand schrie: »Halt! Aufhören!«

Der Würgegriff lockerte sich, Korbinians Knie gaben nach, er fiel wie ein Mehlsack in sich zusammen und rutschte mit dem Rücken am Stromkasten herunter, bis sein Hintern auf dem Bürgersteig landete. Über Kinn und Oberlippe lief ein warmer Schwall, er schmeckte Blut, seine Umgebung verschwamm zu einem nebligen Brei.

»Bist du total irre geworden?«

Billas Brüllen holte Korbinian aus dem Nebel zurück. Und ehe er wieder bei klarem Verstand war, sah er sie schon neben sich in die Knie gehen, spürte, wie sich eine Hand auf seine legte, eine andere über sein Gesicht strich.

»Scheiße, Entschuldigung, o Mann, Scheiße! Tut dir was weh?«

Er fand die Frage keiner Antwort würdig. Erneut streichelten ihre Hände seine Wangen, sie jammerte und heulte, und Korbinian fragte sich, weshalb sie fortwährend Entschuldigungen schluchzte.

Eine männliche Stimme sagte leise etwas, das Korbinian nicht verstand, dann hörte er Billa abermals kreischen. »Frag halt mal nach, bevor du jemandem gleich die Fresse polierst, du Vollidiot!«

Aus der Ferne klangen Polizeisirenen. Billa schnellte hoch, schlang die Arme um Korbinians Angreifer und begann ihn mit einer Salve von Küssen zu bedecken. Der Mann packte ihren Unterarm und zerrte sie mit sich weg. Die Sirenen kamen näher. Korbinian schloss die Augen, hörte das Klatschen von Turnschuhen, die über Asphalt davonrannten – vielleicht bildete er sich das aber auch nur ein.

Als er das nächste Mal aufblickte, waren eine Menge fremde Gesichter über ihn gebeugt. Stimmengewirr. Eine Frau mit orangeroter Jacke über einem weißen Pullover fragte: »Hallo? Können Sie mich hören?«

»Ja.«

»Wissen Sie, wer Sie sind?«

»Mein Name ist Korbinian Gerhard. Lassen Sie mich aufstehen, mir geht es gut.«

»Haben Sie Alkohol getrunken?«

»Nein.«

Die Rettungsassistentin und ihr Kollege halfen ihm auf und führten ihn, nachdem er sich strikt geweigert hatte, den Krankenwagen zu besteigen, zu einer Bank vor dem Café.

»Wir kümmern uns nur um die Blutung.«

Etwas Kaltes wurde in seinen Nacken gelegt, die Sanitäterin steckte ihm eine Art von Watteknubbel in die Nasenlöcher, redete dabei beschwichtigend auf ihn ein, als hätte sie es mit einem minderbemittelten Tattergreis zu tun. Korbinian ließ es geschehen und beobachtete währenddessen zwei Polizisten, die weiter hinten mit einem Mann in Kellnerschürze und einigen anderen Leuten sprachen. Offenbar suchten sie nach Zeugen. Als Korbinian verarztet war, wandten sie sich an ihn, nahmen seine Personalien auf und befragten ihn über den Tathergang.

»Ich kann Ihnen nicht viel sagen. Es ging alles sehr schnell.«

»Sie haben wirklich niemanden erkannt, Herr Gerhard?«

»Nein.«

»Ein Zeuge sagt, Sie seien von zwei Menschen attackiert worden.«

»Dazu kann ich nichts sagen.«

»Wurden Sie beraubt?«

»Nein.«

»Ist der Handgreiflichkeit ein Streit oder eine Meinungsverschiedenheit vorausgegangen?«

»Nein.«

»Was glauben Sie denn, warum Sie angegriffen wurden?«

»Keine Ahnung.«

»Und Sie sind sicher, dass Sie sich nicht im Krankenhaus durchchecken lassen wollen?«

»Ich bin Lehrer, da kennt man sich mit blutigen Nasen aus.«

Der jüngere der beiden Beamten, ein hagerer, hochgewachsener Mann, beäugte ihn skeptisch. Sein Kollege sagte: »Lass ihn doch.«

»Kann mir bitte jemand ein Taxi rufen?«

»Wo müssen Sie denn hin?«

Spätestens als er die Porzellantasse, die Rosemarie Schütz eben noch in der Hand gehalten hatte, auf dem Boden des Sekretariats zerschellen sah, realisierte Korbinian, dass es keine gute Idee gewesen war, sich vor der Schule absetzen zu lassen.

»Es ist nicht so schlimm, wie es vielleicht aussieht. Könnten Sie bitte trotzdem für eine Vertretung sorgen?«

Frau Schütz nickte wie in Zeitlupe mit vor Schreck geweiteten Augen, als seien ihr Lord Voldemort und Frankensteins Monster in Personalunion erschienen. Schließlich fasste sie sich, schritt über die Scherben auf Korbinian zu, nahm ihn resolut am Arm und führte ihn in das kleine Seitenzimmer des Sekretariats, das als Krankenstation diente. Widerstand zwecklos, dachte Korbinian, während er auf die schmale Liege gedrückt und mit energischen Handgriffen seines Mantels entledigt wurde. Dann wühlte die Schütz geschäftig im Medizinschrank, legte einen Stapel Papierhandtücher auf das Waschbecken und desinfizierte sich die Hände.

»Kümmern Sie sich doch lieber erst mal um die Vertretung, Frau Schütz, mein Unterricht hat vor fünf Minuten angefangen.«

Sie warf ihm einen strengen Blick zu. »Wenn das Ihre einzige Sorge ist …«

»Bitte!«

»Welche Klasse?«

»Fünfte, Kunstraum.«

Sie sah auf ihre Armbanduhr. »Bin gleich wieder da. Sie rühren sich nicht vom Fleck!«

Er hörte ihre Absätze klappern, kurz danach schlug sie die Sekretariatstür zu.

Korbinian erhob sich von der Liege und betrachtete sich im Spiegel, der über dem Waschbecken hing. Kein Wunder, dass Frau Schütz die Tasse aus der Hand gefallen war. Er sah wirklich furchterregend aus. In den grotesk geweiteten Nasenlöchern steckten Tampons, Oberlippe, Kinn und Hals waren blutverschmiert, Hemd und Krawatte ebenfalls eingesaut, und in welchem Zustand der Mantel war, wollte er lieber nicht wissen. Pures Glück, dass ihm auf dem Weg vom Taxi ins Sekretariat niemand begegnet war, das hätte in der gesamten Schule für tagelangen Gesprächsstoff gesorgt. Auf den zweiten Blick stellte er fest, dass die Nase gerade stand und nicht geschwollen war, auch der Bauch fühlte sich beim Abtasten ganz in Ordnung an. Nichts gebrochen, keine inneren Verletzungen. Korbinian drehte den Wasserhahn auf, nahm sich reichlich von den Papiertüchern und begann, sein Gesicht zu säubern. Gerade hatte er vorsichtig den Tampon aus dem zweiten Nasenloch entfernt, als er Schritte hörte.

»Alles klar«, sagte Frau Schütz, als sie die Krankenstation betrat. »Die Kinder werden von Frau Müller in der Turnhalle übernommen, die 6b ist heute ebenfalls unterwegs, und da hat …« Die Sekretärin blieb in der Tür zum Krankenzimmer stehen. »Ich hab doch gesagt, Sie sollen sich nicht …«

»Keine Sorge, es geht mir gut«, unterbrach Korbinian ihre aufflammende Empörung. »Sehen Sie?«

Er präsentierte ihr sein halbwegs gesäubertes Gesicht mit dem freundlichsten Lächeln, das er in diesem Moment hinbekam. Ihre Mundwinkel zuckten leicht, aber eine Erwiderung seines Lächelns wollte ihr nicht recht gelingen.

»Derjenige, der Ihnen das angetan hat, gehört noch heute der Schule verwiesen! Mindestens!«

Er hätte nicht gedacht, dass die bei Kollegen und Schülern gleichermaßen beliebte und auf sämtliche Anfragen verständnisvoll und freundlich reagierende Sekretärin in der Lage war, einen derart grimmigen Ton anzuschlagen.

»Es ist in der Stadt passiert, Frau Schütz, während meiner Freistunden. Die Schule geht das im Grunde gar nichts an.«

Man konnte sehen, dass sie diese Information erst einmal verarbeiten musste.

»Nicht?«

»Nein. Und ich wäre dankbar, wenn wir Direktorin Schmalenberg außen vor lassen könnten.«

»Warum sind Sie dann hergekommen?«

Gute Frage, dachte Korbinian. Er schaute Rosemarie Schütz an, und zum ersten Mal fiel ihm auf, dass sie, wenn man den etwas altmodischen Typus mochte, ziemlich hübsch aussah. Das kräftige dunkelblonde Haar war im Nacken zu einem Knoten zusammengesteckt, was ihre hochstehenden Wangenknochen gut zur Geltung brachte, die Rundungen ihrer etwas üppigen Figur waren genau an den richtigen Stellen, und die dezent geschminkten braunen Augen leuchteten in einer schönen Mischung aus Melancholie und Liebenswürdigkeit.

»Na, weil … Ich hatte doch Unterricht«, sagte Korbinian und realisierte im selben Moment, wie absurd das in ihren Ohren klingen musste. Dementsprechend entgeistert fiel ihr Blick aus, aber gleich darauf hellte sich ihr Gesicht auf. Ein feines, beinahe zärtliches Lächeln breitete sich darauf aus, mit genau dem Hauch Ironie, der Korbinian davor bewahrte, die Flucht zu ergreifen.

»Ziehen Sie das Hemd aus!«

»Wie bitte?«

»So können Sie nicht durchs Schulgebäude laufen.«

Korbinian löste seine blutige Krawatte, dann knöpfte er sein Hemd auf, während Rosemarie Schütz seinen Mantel unter dem Wasserhahn mit einem Spülschwamm bearbeitete. Das Krankenzimmer sah langsam aus wie der Schauplatz eines Gewaltverbrechens.

In einem etwas nassen Mantel, ansonsten aber einigermaßen wiederhergestellt, spähte Korbinian zwanzig Minuten später in den Schulflur und vergewisserte sich, dass die Luft rein war. Im Gehen wandte er sich noch einmal um: »Es tut mir leid wegen der Sauerei, aber Sie waren meine Rettung, Frau Schütz.«

»Rosemarie!«

»Gut. Rosemarie.«

Vielleicht war es der Schock, vielleicht waren es auch die Tabletten, die Rosemarie ihm verabreicht hatte, jedenfalls verbrachte Korbinian die folgenden Stunden wie betäubt. Er war von der Schule direkt zu seiner Wohnung gegangen, wo er mit Schuhen und feuchten Kleidern aufs Sofa gefallen und in einen tiefen, traumlosen Schlaf gesunken war.

Als Emilia gegen halb sieben von der Arbeit kam, rüttelte sie ihn unsanft wach.

»Bist du betrunken?«

»Lass mich in Ruhe!«

»Wie siehst du überhaupt aus? Hattest du etwa Nasenbluten?«

»Emi, bitte!«

Korbinian konnte nicht sagen, ob das Schnaufen, mit dem sie antwortete, empört, besorgt oder doch eher amüsiert klang. Es interessierte ihn im Augenblick aber auch recht wenig, was Emilia von ihm dachte. Er drehte sich von ihr weg, und sie schien tatsächlich zu akzeptieren, dass er nicht angesprochen werden wollte. Korbinian hörte sie im Wohnzimmer kramen, dann spürte er, wie ihm die Schuhe von den Füßen gezogen wurden und seine Schwester die Kamelhaardecke über seinen Körper ausbreitete. Eine Hand fuhr ihm fest, aber liebevoll über den Rücken.

»Wenn du noch was brauchst, ruf mich.«

Es war kurz nach zwanzig Uhr, die *Tagesschau* hatte gerade begonnen, als es an der Wohnungstür klingelte und Emilia rief: »Ich mach schon auf!«

Warum ist sie eigentlich nicht zu ihrem Doktorfreund gezogen?, dachte Korbinian, obwohl er noch gar nicht die Stimme des Besuchers vernommen hatte. Meyerhoff ist offenkundig in sie verschossen. Er kam nicht dazu, weiter über das Verhältnis seiner Schwester zum Doktor nachzudenken, denn plötzlich drang von draußen lautes, hektisches Stimmengewirr zu ihm durch, unmittelbar darauf wurde die Wohnzimmertür aufgerissen, eine dürre Person flog förmlich durch den Raum, und ehe er sich dagegen verwahren konnte, hatte er die heulende Billa an sich kleben wie ein verzweifeltes Äffchen.

Das ist nicht wahr, dachte Korbinian, das kann jetzt nicht ihr Ernst sein, und blieb reglos sitzen.

»Kann mir mal einer erklären, was hier eigentlich los ist?« Emilia war Billa gefolgt und schaute nun ratlos auf die beiden.

Korbinian versuchte das Mädchen von sich wegzuschieben und sagte: »Das fragst du am besten mal die junge Dame hier.«

»Das ist ein riesiges Missverständnis, echt!«, plärrte Billa.

»Wovon redest du?« Emilia stemmte ihre Hände in die Hüften.

»Hiervon.« Korbinian zeigte auf seine Nase. »Mir wurde heute Morgen auf offener Straße ordentlich eins auf die Nuss gegeben, und wenn ich richtig kombiniert habe, hatte ich das zweifelhafte Vergnügen, den angeblich verschollenen Autoschrauber kennenzulernen, oder? Das ist doch so, Billa?«

»Willst du damit sagen, Billas Freund hat dich verprügelt?«

»Er hat ihn nicht richtig verdroschen, nur …« Billa stockte mitten im Satz.

»Na, mir hat's gereicht.«

»Es war ein Versehen, ehrlich! Manni tut es total leid! Er hat gesehen, wie Korb mir von der Straßenbahn aus gefolgt ist und sich hinter so 'nem Kasten versteckt hat. Und da hat er ihn für meinen Vater gehalten, obwohl der ja eigentlich jünger aussieht, aber das weiß Manni nicht. Also … Entschuldigung … ich will nur sagen: Manni hat geglaubt, Korbinian ist mein Alter und will mir was antun. Er hat mich beschützen wollen, versteht ihr?«

»Irgendwie schon«, sagte Emilia.

»Na, vielen Dank auch!« Korbinian blickte seine Schwester misslaunig an.

»Aber es geht trotzdem nicht, dass er gleich zulangt. Wie kam es überhaupt, dass du dich mit Manni getroffen hast?«

Korbinian war nicht der Meinung, dass das die Frage war, die seiner Schwester bei der ganzen Geschichte zuerst einfallen sollte, aber er ersparte sich den entsprechenden Kommentar.

»Ron hatte angerufen und gesagt, dass ich zum Beakers kommen soll, weil Manni wieder aufgetaucht ist und mich sprechen will.«

»Und du bist natürlich gleich losgerannt, ohne einem von uns Bescheid zu sagen«, sagte Emilia.

»Ich hab an nichts anderes mehr denken können. Mensch, das war der Anruf, auf den ich die ganze Zeit gewartet habe. Wisst ihr, wie oft ich schon gedacht habe, dass Manni tot ist und ich ihn nie wiedersehe? Und dann krieg ich die Nachricht, er ist am Leben und will mich treffen. Hättet ihr da auch nur eine Sekunde auf was anderes verschwendet?«

Auf keinen Fall, dachte Korbinian, schwieg aber.

»Du bist also kopflos Mannis Ruf gefolgt, das habe ich jetzt kapiert. Aber wie kommst du da ins Spiel, Korb?« Emilia sah von einem zur anderen und machte den Eindruck, als überlege sie, ob Billa und ihr Bruder noch ganz bei Trost seien.

»Na, ich hatte …«

»Keine Ahnung, wie er da …«

Korbinian und Billa redeten gleichzeitig drauflos, erzählten ziemlich durcheinander ihre jeweilige Version der Geschehnisse vom Vormittag, immer wieder unterbrochen von Billas Beteuerungen, wie leid ihr das alles tue und wie sehr Manni seinen Gewaltausbruch bereuen würde.

»Er steht wahnsinnig unter Stress. Da sind einerseits die Bullen, die ihn seit der Razzia suchen, und auf der anderen Seite immer noch diese Typen, die ihm was anhängen wollen. Er möchte sich aber auf jeden Fall bald auch noch mal persönlich bei Korbinian entschuldigen.«

»Gott bewahre!«

Emilia hatte eine Weile still zugehört, dann hob sie beschwichtigend die Hände. »So, Leute, halten wir mal fest, was ich bis jetzt verstanden habe …« Sie gab einen kurzen Abriss der Ereignisse, der in etwa mit dem übereinstimmte, was tatsächlich passiert war. Schließlich sagte sie: »Da bleiben aber noch ein paar Fragen offen.«

»Das will ich meinen«, sagte Korbinian, der es endlich geschafft hatte, etwas Abstand zwischen sich und das Mädchen zu bringen.

»Die erste an dich, Bruderherz. Warum verfolgst du Billa so auffällig, dass man dich für einen Triebtäter halten könnte?«

»Was? Na, hör mal … Jetzt soll ich auch noch selbst schuld sein?«

»Und du, Billa, wieso lässt du meinen Bruder, der dir beigestanden und dir geholfen hat, einfach so blutend auf der Straße sitzen? Das ist doch das Allerletzte!«

Billa heulte auf: »Die Bullen waren im Anmarsch, und da hab ich die Nerven verloren.«

»Rutscht deinem Typen öfter mal die Hand aus?«

»Nein! Glaubst du, dann wäre ich mit dem zusammen? Manni wollte mich nur …«

»Ja, ja, das wissen wir schon. Was hatte er dir denn mitzuteilen?«

»Darüber soll ich nicht reden.«

»Billa!«

»Is ja gut. Viel weiß ich sowieso nicht. Manni fand, dass es mich nur belasten würde, wenn ich zu viele Details erfahre. Hauptsächlich wollte er mich sehen und sagen, dass es ihm gut geht. Der wusste die ganze Zeit über ja auch nicht, wo ich bin. Ron hat es ihm erst heute Morgen stecken können. Er ist vor Sorge völlig verrückt gewesen.«

»Mir kommen gleich die Tränen.«

»Jetzt lass sie doch mal ausreden, Korb!«

»Wie gesagt, ist eh nicht viel, was ich erfahren hab. Was die Razzia in unserer Wohnung angeht, da haben sie ihn echt reingelegt, die Schweine, genau wie ich's mir gedacht habe. Die Bullen müssen einen Tipp erhalten haben, deshalb sind sie angerauscht gekommen. Und dann haben sie die Pflanzen gesehen und sofort die ganze Wohnung auf den Kopf gestellt. Manni konnte knapp entwischen. Das Gras allein wäre schon ziemlich blöd gewesen, aber da lag im Küchenschrank noch eine Tüte mit anderem Scheiß, die so ein Typ, den Manni aus 'nem Klub kannte, nur für ein oder zwei Tage bei uns deponiert hatte. Als sie die fanden, haben sie die Fahndung rausgegeben. Dieser Arsch aus dem Klub hat ihn garantiert verpfiffen. War 'ne Falle, versteht ihr? Manni ist einfach zu vertrauensselig.«

Korbinian lachte verächtlich. »Das wird's sein.«

»Du hast einen ganz falschen Eindruck von ihm. Na ja … war auch scheiße heute Morgen, aber Manni ist eigentlich nicht so. Jetzt braucht er noch ein bisschen Zeit, bis er alles geregelt hat und wir wieder zusammen sein können. Er kriegt das hin.«

»Wieso kannst du nicht zurück zu ihm in seine Wohnung? Oder ist sie immer noch versiegelt?«, wollte Emilia wissen.

»Die hat er nicht mehr. Er wollte aber nicht sagen, warum, es hat wohl was mit diesen Typen zu tun. Manni wohnt gerade bei einem Cousin von Ron, dessen Namen er mir auch nicht sagen wollte, zu meiner eigenen Sicherheit. Er meldet sich aber bald wieder, und mit Dealen ist dann Schluss, definitiv!«

»Wer's glaubt …« Korbinian war immer noch auf Abwehr gepolt.

»Schmeißt mich nicht raus, bitte, obwohl ich das verdient hätte. Es tut mir alles so, so, so leid! Ich mach das wieder gut. Und Manni auch.«

»Da freue ich mich aber drauf.«

Emilia stöhnte entnervt. »Zusammenfassend lässt sich sagen, ihr habt euch heute beide gleichermaßen wie Trottel aufgeführt.«

»Wer?«, fragten Billa und Korbinian gleichzeitig.

»Du – und du genauso.« Emilia deutete mit ausgestrecktem Zeigefinger zuerst auf Billa, dann auf ihren Bruder.

»Und jetzt gehe ich uns Schnittchen machen – ihr werdet ja wahrscheinlich *Abenteuer Erde* gucken wollen.«

7

Als Korbinian aufwachte und zum Fenster schaute, sah er ein wildes Muster tanzender Schneeflocken hinter der Scheibe schwirren. Mit einem Anflug von Genugtuung stellte er fest, dass seine Prognose richtig gewesen war: Am Vorabend hatte er es bereits in den Knochen gespürt, aber weil von den Damen und Herren Meteorologen bewölkte, niederschlagsfreie ein bis zwei Grad Celsius vorausgesagt worden waren, hatten Emilia und Billa seine Vorahnung als typisches Beispiel für Alterspessimismus abgetan.

Korbinians zweiter Blick an diesem Morgen galt dem Kalender, und augenblicklich schnürte es ihm die Kehle zu. Er hatte gestern nicht daran gedacht, vorgestern auch nicht, aber es gab nichts daran zu rütteln: Heute war ein Tag, schlimmer als jeder andere, ein Tag, der gelöscht gehörte, ein Tag, den man hinter sich bringen musste. Es war der fünfte Dezember, Maries Todestag.

Weil alles besser war, als sich weiterhin das aktuelle Datum vor Augen zu führen, stand er schnell auf, nahm Unterhose und Strümpfe von den entsprechenden Stapeln, ein frisches Hemd vom Bücherregal und ging ins Bad.

Eine Damensocke lag neben der Wäschetonne, im Waschbecken fanden sich schwarz gelockte Haare, der Deckel der Zahnpasta war unauffindbar. Doch heute wollte sich Korbinian nicht darüber aufregen. Heute galt es, die Nerven zu behalten und zu funktionieren. Immerhin hatte er in der Frühe schon mal nicht krampfhaft die leere Hälfte des Doppelbetts ignorieren müssen, das war jetzt schon drei Wochen lang nicht nötig gewesen, eine Wohltat, wenn er ehrlich war. Die Einquartierung der beiden Frauen hatte auch ihre Vorteile. Seit Emilia und er vor zehn Tagen die alte Couch durch ein aufklappbares Schlafsofa ersetzt hatten, schlief er sogar richtig gut in seinem provisorisch zum Nachtlager umfunktionierten Arbeitszimmer, so gut, dass er ernsthaft darüber nachdachte, nicht in sein Bett zurückzukehren, wenn sich das dürre Mädchen endlich mal davonmachen sollte. Vorerst sah es aber nicht danach aus. Der prügelnde Möchtegernbeschützer hatte nichts mehr von sich hören lassen, auch der rothaarige Kompagnon mit dem Monsterhund war nicht wieder aufgetaucht, jedenfalls nicht, soweit Korbinian informiert war. Seit seiner kurzen, jedoch schmerzhaften Begegnung mit Manni, die man in stillschweigendem Einvernehmen nicht mehr erwähnte, war Billa hilfsbereit, freundlich und bis zur Unsichtbarkeit bescheiden gewesen. Schon zweimal hatte sie die gesamte Wohnung geputzt und eigenmächtig das Bügeln von Korbinians Anzughemden übernommen. Sie beteiligte sich an der Küchenarbeit und brachte freiwillig den Müll herunter. Abgesehen davon, dass Billa längst wieder gesund war, sich immer noch auf der Flucht vor ihrem Erziehungsberechtigten und wahrscheinlich auch der Polizei befand, gab es keinen Anlass für Beschwerden. Es hatte weder sabbernde Tiere noch gewaltbereite junge Männer noch Zigarettenrauch in der Wohnung gegeben, und wenn Unordnung herrschte, stammte sie eher von Emilia. Im Übrigen ließ sich das gemeinsame Leben leichter aushalten, als Korbinian es für möglich gehalten hatte. Das Leben auf dem Pulverfass war erstaunlich friedlich, so friedlich, dass man sich fast daran gewöhnen konnte, aber eben nur fast. Er war gespannt, wie lange das noch so weitergehen würde. Nachfragen bezüglich Billas Zukunftsplänen wurden von ihr mit einem tieftraurigen Augenaufschlag beantwortet und der anschließenden Beteuerung, Manni könne sich jeden Tag, jeden Moment melden, um sie in ihre neue gemeinsame Wohnung zu holen. Aber bislang war nichts dergleichen passiert. Billa tat ihm beinahe leid. Sie verließ das Haus höchstens, um im Spätkauf an der Ecke etwas zu besorgen, und jedes Mal, wenn das Telefon klingelte, raste sie wie ein geölter Blitz hin, um dann doch nur wieder betrübt davonzuschleichen, nachdem sie den Hörer an Emilia weitergereicht hatte.

Beim Ausstieg aus der Dusche trat Korbinian auf den Zahnpastadeckel. Er fluchte.

»Korb, musst du nicht bald los?«, rief Emilia vom Flur aus.

»Ich habe noch eine halbe Stunde Zeit«, antwortete Korbinian. »Aber müsstest du nicht längst weg sein?«

»Fred fährt heute zum Großmarkt. Wir können zusammen frühstücken.«

Sie wird den Todestag kommentieren, überlegte Korbinian. Emilia wird Anteilnahme zeigen, über Marie sprechen wollen oder besonders fürsorglich sein – und nichts von dem würde er ertragen können. Doch seine Sorge war unbegründet. Als er in die Küche trat, dudelte das Radio, und seine Schwester hatte sich hinter einer aufgeschlagenen Tageszeitung verschanzt.

»Ich hab dir Kaffee eingeschenkt, Rührei ist auf dem Herd«, sagte sie, ohne ihn auch nur eines Blickes zu würdigen.

Korbinian nahm sich von der Eierspeise aus der Pfanne und setzte sich. Auch jetzt machte Emilia keine Anstalten, ein Gespräch mit ihm zu beginnen.

»Was gibt's Neues aus der Welt?«, fragte Korbinian, dem es zu öde wurde, die Titelseite des *Tagesspiegel*s anzuschauen.

Als wäre das Stichwort gefallen, faltete Emilia augenblicklich die Zeitung zusammen, in die sie gerade noch vertieft gewesen war, und ließ sie achtlos neben ihren Stuhl fallen.

»Immer der gleiche Mist. In Liberia wütet das Ebola-Virus, und die Berliner Mütter wollen ihre Kinder nicht gegen Masern impfen.«

»Und wir armen Lehrer werden in Kürze beidem ausgesetzt sein. Wahrscheinlich ein gefährlicher Cocktail, dem nur Pädagogen zum Opfer fallen.«

»Du bist unmöglich«, kicherte sie. Dann begann sie ohne erkennbaren Zusammenhang von Freds neuester Glanzleistung in Form einer gewonnenen Silbermedaille beim überregionalen Bruchtest-Turnier zu plaudern und dass es Kundinnen gäbe, die unverrichteter Dinge den Blumenladen verlassen, wenn er keinen Dienst hat. »Stell dir vor, alte Vetteln, die mit glänzenden Augen fragen, ob denn der liebe Herr Cheng heute nicht bedient …«

Korbinian ließ ihre Geschichten an sich vorbeiplätschern wie das Radiogedudel. Ab und zu schnappte er einen Halbsatz auf, den er mit einem unverbindlichen »Aha« kommentierte, ansonsten aß er still sein Rührei und fragte sich, ob er so etwas wie Enttäuschung verspürte. Quatsch!, dachte er. Warum sollte es mir was ausmachen, wenn Emilia den Todestag meiner Frau vergisst. Sie hat Marie nicht einmal gemocht, und es ist ja auch schon lange her.

»Hey, Korb! Hörst du mir überhaupt zu?«

»Sicher. Was hast du gesagt?«

»Ich hab gefragt, ob du nicht mal etwas anderes als die ewige Schokopampe auf deinem Pausenbrot haben möchtest.«

»Nein danke, das passt schon. Da gibt es eine kleine dicke Schülerin, die freut sich jeden Tag über ihre Hälfte.«

»Wenn das mal keinen Ärger gibt.«

»Wieso sollte es?«

»So naiv kannst nicht einmal du sein.«

»Ach was, das findet auf dem Pausenhof unter Beobachtung von hundert anderen Kindern statt.«

»Na, du musst es ja wissen.«

Sie räumten gemeinsam den Tisch ab, redeten über Belangloses wie die Notwendigkeit, am Abend eine Maschine Kochwäsche anzuwerfen. Korbinian steckte seinen Proviant in die Schultasche, füllte den restlichen Kaffee in die Thermoskanne und stellte sie neben Billas Teller.

»Bringst du heute Essen für Billa mit oder soll ich nachher was von Schiller einpacken lassen?«, fragte er.

»Lass dir was einpacken. Ich muss die Mittagspause durchmachen. Eine gute Kundin möchte für ihren toten Mann … also … Mist! Wir haben eine Beerdigung vorzubereiten. Tut mir leid, Korb, ich hätte einfach Hochzeit sagen sollen.«

Sie hatte es nicht vergessen. Sie wusste genau, was für ein Tag heute war, und diese muntere Frühstücksszenerie, das ganze sinnlose Gequassel war von ihr veranstaltet worden, weil sie ihn an diesem Morgen nicht allein lassen wollte, ihn aber inzwischen gut genug kannte, um zu wissen, dass man ihn deswegen nicht ansprechen sollte.

Für den Bruchteil einer Sekunde dachte Korbinian daran, Emilia spontan in den Arm zu nehmen. Weil das aber genau die Art von Gefühlsregung freisetzen konnte, die ihn womöglich die Fassung kostete, ließ er es bleiben und ging in den Flur, um Schuhe und Mantel anzuziehen.

Sie kam ihm nach, sagte aber nichts mehr, sondern zog sich ihren peruanischen Poncho über den Kopf und wickelte sich den Wollschal um den Hals. Sie betrat hinter ihm den Aufzug.

»Ich hoffe einfach, dass es heute ein bisschen schneller Abend wird als sonst. Aber ich werde klarkommen, Emi, keine Sorge. Und danke für das Frühstück.«

Sie fegte ihm eine unsichtbare Staubflocke vom Mantel und ließ dabei die Hand ein ganz klein wenig länger auf seinem Arm liegen, als es nötig gewesen wäre. »Gern geschehen. Wenn ich es jemals wieder schaffe, meinen Dispo auszugleichen, kaufe ich dir einen DVD-Player, dann kannst du siebenmal hintereinander *Serengeti darf nicht sterben* gucken.«

»Sehr gute Idee. Ich freue mich drauf.« Und das stimmte sogar.

Still gingen sie nebeneinander her, bis sie die Straßenecke erreichten, wo Emilia sich mit einem sanften Fausthieb auf seinen Oberarm verabschiedete.

»Mach's gut!«

»Du auch.«

Korbinian sah den davonflatternden Poncho-Zipfeln nach, und plötzlich fiel ihm ein, dass er nicht einmal Maries Foto auf der Kommode angesehen hatte, weder auf dem Weg zum Frühstück noch beim Verlassen der Wohnung. Das war furchtbar, aber auf eine verstörende Art vielleicht auch gut.

Ein wenig später als gewöhnlich kam er in der Schule an. Von allen Seiten strömten die Schüler durchs Tor, Korbinian grüßte und wurde gegrüßt, drohte im Vorübergehen einem Zweitklässler, der ein kleineres Mädchen am Schal gepackt hatte, mit dem Zeigefinger und tippte einem Jungen, der seinen Turnbeutel als Wurfgerät benutzen wollte, warnend auf die Schulter. Es war alles wie immer, niemand interessierte sich für den Kummer, mit dem er sich herumschlug, einem Kummer gleich einem Phantomschmerz, den ein Beinamputierter empfand. Trotzdem würde er es durch diesen Tag schaffen, so wie er es bisher auch immer geschafft hatte. Er musste dafür nur den entsprechenden Hirnbereich abklemmen.

Als er das Hauptgebäude betrat, vermied er es, zum Fenster

des Sekretariats hinaufzuschauen, obwohl Rosemarie Schütz dort wartete, wie sie es seit jenem Tag tat, an dem er die Krankenstation mit blutigen Papierhandtüchern verunstaltet hatte. Korbinian wusste, dass sie, wenn er seinen Blick nach oben richtete, lächelnd den mit dem Anti-Atomkraft-Logo verzierten Kaffeebecher heben und freudig mit der freien Hand winken würde, als hätte sie rein zufällig dort gestanden. Heute nicht, dachte Korbinian und kramte sinnlos in seiner Aktentasche herum, um Rosemarie einen sachlichen Grund zu liefern, warum er ihren Gruß weder wahrnahm noch erwiderte. Sie wird trotzdem enttäuscht sein, dachte Korbinian, aber das ist sie vermutlich sowieso. Er war nicht noch einmal persönlich bei ihr erschienen, um sich für ihre Hilfe zu bedanken.

Sämtliche Klassen, die er an diesem Tag zu unterrichten hatte, bekamen knifflige Aufgaben, die in Gruppenarbeit bearbeitet werden sollten. So konnte er allein am Pult sitzen bleiben und sich hinter eine Menzel-Biografie verkriechen. In der großen Pause warf er Henriette im Vorbeigehen seinen gesamten Proviant mit dem Hinweis »Bitte mit anderen teilen« zu, und nach der letzten Stunde flüchtete er vom Schulgelände, obwohl es gar keinen Grund zur Eile gab. Er wollte einfach nur weg, und das so schnell wie möglich.

Weit kam er nicht. Mitten auf dem Zebrastreifen lief er direkt in Henriettes Mutter hinein, die auf dem Absatz kehrtmachte und ihn zum gegenüberliegenden Bürgersteig begleitete.

»Wie gut, dass ich Sie treffe, Herr Gerhard, ich hatte schon um einen Termin mit Ihnen gebeten. Aber die Frau im Sekretariat sagte, Ihre Sprechzeiten seien derart ausgebucht, dass sie auf absehbare Zeit keine Möglichkeit sähe. Nicht gerade eine angenehme Gesprächspartnerin, diese Person, wenn ich das mal so sagen darf.«

»Frau Schütz ist eine ganz ausgezeichnete Sekretärin, das kann ich Ihnen versichern, alle im Kollegium verlassen sich blind auf sie«, sagte Korbinian, der noch nie so etwas wie Sprechzeiten angeboten hatte, geschweige denn von irgendwelchen Termingesuchen seitens der Eltern wusste. Aber wenn Rosemarie es sich zur Aufgabe machte, all das von ihm fernzuhalten, umso besser.

»Wie dem auch sei, jetzt habe ich Sie ja erwischt«, sagte Frau Doktor Isenbaum.

Inzwischen war Korbinian der Name der Anwältin eingefallen, was jetzt auch nicht viel half. Ihm war etwas mulmig zumute.

»Bedauerlicherweise habe ich es gerade sehr eilig. Frau Schütz hat Ihnen ja erklärt …«

»Ich will nur einen Satz loswerden, so viel Zeit werden Sie doch wohl noch aufbringen können.« Besitzergreifend fasste Henriettes Mutter ihn am Ärmel.

Korbinian gab sich geschlagen. »Wo brennt's denn, Frau Isenbaum?«

Er hatte es selbst provoziert. Für jedes einzelne Nutella-Brot, das er Henriette geschenkt hatte, würde er bezahlen müssen. Die Anwältin würde ihm den Fehdehandschuh vor die Füße werfen, sämtliche juristische Register ziehen – und sein guter Ruf als Lehrer würde sich innerhalb weniger Tage pulverisieren. Wieso hatte er nie daran gedacht, wie missverständlich heutzutage solche Aktionen waren? Früher wäre ihm eine derartige Leichtfertigkeit nicht untergekommen.

Zu seiner größten Überraschung erschien aber in dem verhärmten Gesicht seines Gegenübers plötzlich ein weicher Zug, und er traute seinen Ohren kaum, als sie, statt der erwarteten Vorwürfe, eine Lobeshymne vom Stapel ließ.

»Ich wollte Ihnen nur sagen, wie froh ich bin, dass Sie ein

Auge auf meine Tochter haben. Dafür möchte ich Ihnen ganz herzlich danken. Seit Sie dafür sorgen, dass Henriette in den Pausen nicht mehr von den anderen gehänselt wird, geht sie viel bereitwilliger zur Schule.«

»Ich glaube kaum, dass ich …«

»Nicht so bescheiden, Herr Gerhard, Henriette hat mir alles erzählt.«

Es war zu kurios, als dass er darauf etwas hätte erwidern können. Frau Doktor Isenbaum schien aber auch keinen Kommentar seinerseits zu erwarten. Sie ließ seinen Ärmel los und sagte: »Und jetzt will ich Sie nicht länger aufhalten. Schließlich weiß ich selbst am besten, wie es ist, wenn man von einem Termin zum anderen hetzen muss. Vielleicht ergibt sich demnächst mal die Gelegenheit zu einem längeren Gespräch über Henriette, Sie scheinen ja einen guten Zugang zu ihr gefunden zu haben. Also, vielen Dank, Herr Gerhard, und bis bald!«

Ihre Überbeanspruchung ein bisschen zu anschaulich demonstrierend, lief sie mit großen Schritten davon. Korbinian schüttelte den Kopf und nahm sich vor, gleich am nächsten Tag Henriette zu fragen, was für Märchen sie ihrer Mutter da auftischte.

Auf dem Weg zum Ochsenglück kam ihm der Gedanke, dass Schiller vermutlich der Einzige war, dem er von sich aus erzählen wollte, was heute für ein Datum war und was das für ihn bedeutete. Schiller würde sich alles in Ruhe anhören, dazu nichts weiter als »Scheiße, Mann!« oder »Darauf ein Pils?« oder auf seine sehr spezielle Weise einfach gar nichts sagen, und das würde das Beste sein, was er von diesem Tag erwarten durfte.

Als Korbinian das Lokal betrat, war der Schankraum leer und sein Freund nirgends zu sehen. Die Kellerklappe hinter dem Tresen stand offen, von irgendwoher hörte man Getränkekästen scheppern, dann ein Geräusch, als ob etwas Schweres über Betonboden gezogen wurde.

»Schiller?«

Die Küchentür flog auf, und Renate erschien mit hochrotem Gesicht, ein Geschirrtuch um den Kopf geknotet, ein weiteres in den Bund ihrer zerlöcherten Jeans gestopft. Sie milderte den angriffsbereiten Blick geringfügig ab, als sie Korbinian erkannte. »Der Chef ist im Keller. Getränkelieferung. Kann dauern.«

Dann eben nicht, dachte Korbinian.

»Seit wann arbeitest du tagsüber?«, fragte er.

Renate entblößte ihre nicht sonderlich gepflegten Zähne. »Auf Probe. Ich bewerbe mich als Köchin.«

»Hat die vorherige die Windpocken nicht überlebt?«

»Wie? … Nee, die hatte bloß keinen Bock mehr, glaube ich. Hey, ich bin viel besser als die. Sogar besser als Schiller, obwohl der das mal richtig gelernt hat. Willst du mal meine Bratwurst mit Möhrenuntereinander nach dem Rezept von meiner Oma probieren?«

Niemals hätte Korbinian gewagt, dieses Angebot auszuschlagen, und als Schiller endlich aus seinem Kellerloch kletterte, saß er vor seinem Mittagsteller und hob trotz der versalzenen Gemüsebeilage und der leicht angebrannten Wurst anerkennend den Daumen.

»Kiek ma, oller Miesepeter«, jubelte Renate Schiller zu, »deinem Kumpel schmeckt's!«

Schiller seufzte und schaute Korbinian mit verzweifeltem Augenaufschlag an, sobald Renate sich wieder von ihm abgewandt hatte.

»Schiller, du kannst Renate unmöglich in die Küche stecken«, sagte Korbinian statt einer Begrüßung.

»Hallo? Geht's noch?«, protestierte Renate, aber Korbinian ließ sie nicht weiter zu Wort kommen.

»Auch wenn es mir schmeckt: Küchenkräfte gibt's wie Sand am Meer. Aber wer soll dich als Kellnerin ersetzen?«

Renate stutzte, rieb sich den ausrasierten Nacken, sodass ihr das Geschirrtuch auf dem Kopf verrutschte. Dann beäugte sie Korbinian misstrauisch.

»Verkackeierst du mich?«

»Auf keinen Fall! Du bist abends die Attraktion hier, da kannst du jeden Gast fragen. Ohne dich im Service wäre das Ochsenglück einfach nicht mehr das, was es ist.«

»Ernsthaft?«

Korbinian nickte entschieden. »So wahr ich hier sitze!«

»Attraktion …«, murmelte Renate nachdenklich.

Hinter ihrem Rücken formte Schiller mit den Lippen ein lautloses »Danke!«. Als Renate sich zu ihm umdrehte, setzte er sein unschuldigstes Schiller-Grinsen auf.

»Haste das gehört, Schiller?«

»Hab ich.«

»Was sollen wir da machen?«

»Nix. Du bleibst schön, wo du hingehörst, du Attraktion, und ich finde jemand anderen für die Küche. Mehr, als ich's eh schon tue, hätte ich dir sowieso nicht zahlen können.«

»Dann kann ich mir den Scheiß ja sparen.«

»Genau.«

»Soll ich trotzdem noch in der Küche sauber machen?«

»Das wäre ganz reizend«, sagte Schiller, sichtlich mit dieser Entwicklung zufrieden.

Renate schien es ebenso zu ergehen, denn sie donnerte Korbinian ihre Rechte auf die Schulter, dass es schmerzte, und zog Schiller im Vorbeigehen am Ohrläppchen. Pfeifend verschwand sie in der Küche.

Schiller holte eine Gabel aus dem Besteckfach und stocherte damit in Korbinians Teller herum. »Ist das wirklich essbar?« Er probierte von dem versalzenen Möhrenuntereinander, verzog das Gesicht und beantwortete sich die Frage selbst: »Nein!«

Dann spießte er ein Stück Bratwurst auf die Gabel, sah es sich genauer an und ließ es anschließend wieder auf den Teller sinken. »Da krieg ich vom Hinsehen schon Krebs. Du hast gerade meine Kneipe vor dem Untergang gerettet, Mann!«

»Quatsch, und wenn, dann steht's jetzt hundert zu eins für das Ochsenglück«, sagte Korbinian.

»Alter Schleimbolzen.« Schiller nahm vergnügt und ohne zu fragen Korbinian den Teller weg und kippte die Reste in den Mülleimer. Zur Sicherheit packte er eine alte Zeitschrift und nach einem prüfenden Blick noch zwei Plastiktüten obendrauf.

»Renate wird dich schon nicht fressen.«

»Hast du 'ne Ahnung. Brauchste noch Essen für dein Fundmädchen?«

»Eigentlich schon.«

»Ich behaupte einfach, sie ist wieder krank und kann heute keine Bratwurst vertragen und mache dann schnell eine doppelte Portion Grießbrei mit Kompott zum Mitnehmen fertig, damit auch du dich zu Hause satt essen kannst, ohne dass Renate was mitkriegt.«

»Nicht nötig, ich hatte sowieso kaum Hunger.«

»Keine Widerrede. Und gezahlt wird heute auch nicht. Das ist das Mindeste, das ich an Wiedergutmachung leisten kann.«

Obwohl es erst kurz nach vier war, als er sich auf den Heimweg machte, war es draußen schon fast Nacht. »Allein wegen der langen und dunklen Winter sollte man nicht in Berlin wohnen«, hatte er eben noch zu Schiller gesagt, aber der hatte das gar nicht mehr gehört, weil Renate gleichzeitig aus der Küche gerufen hatte, jemand möge bitte mal seinen Allerwertesten zu ihr hin bewegen und ihr erklären, wie der Mechanismus der verfluchten Kippbratpfanne funktioniert.

»Geh nur«, hatte Korbinian zu Schiller gesagt, »ich komme vielleicht später noch mal auf ein Glas vorbei.« Schiller hatte »Mach das auf jeden Fall!« geantwortet, bevor sich die schwingende Küchentür hinter ihm in Bewegung setzte.

Ausgerechnet Jane Marple sah ihn herankommen und hielt die Haustür für ihn auf. Sie hatte eine große gelbe Stofftasche dabei, die mit Einkäufen gefüllt war: Äpfel, Eierkartons, Suppengemüse, Kartoffeln, mehrere Bündel verschiedener Kräuter. Die alte Dame geht noch tapfer zum Wochenmarkt und kocht für sich selbst, dachte Korbinian, und plötzlich fiel ihm wieder ein, wie sie tatsächlich hieß.

»Guten Tag, Frau Schlüter«, sagte er, ein bisschen zu betont vielleicht, aber soweit er sich erinnern konnte, grüßte er sie das erste Mal mit Namen.

»Guten Tag, Herr Gerhard! Endlich Feierabend?«

Vielleicht wäre es an der Zeit, überlegte Korbinian, ihr zu sagen, dass sie die einzige Nachbarin gewesen war, die am Tag, als Marie starb, wenigstens versucht hatte, ihm beizustehen, und dass er ihr dafür dankbar war. Aber er kam nicht dazu, diesen Gedanken weiterzuverfolgen.

»Bei Ihnen da oben ist heute ganz schön Remmidemmi.«

Er glaubte im ersten Moment, sie falsch verstanden zu haben.

»Wie bitte?«

»Ist doch nicht schlimm, da haben wir wenigstens ein bisschen Leben im Haus. Dem Eberl, diesem Buchhalter aus der Wohnung unter Ihnen, hab ich das auch gesagt, als er sich über Hundegebell und laute Musik aufgeregt hat.«

»Wovon sprechen Sie?«

»Ach, hier unten bekommt man fast nichts mit, höchstens im

Treppenhaus ein wenig. Ihre Nichte hat Besuch, nicht wahr? Ich habe die junge Frau neulich im Hof getroffen. Sehr nett, sie hat mir sogar die Mülltüten abgenommen. Der Eberl soll sich nicht so haben. Die jungen Leute müssen sich auch mal austoben.«

Bei dem Wort *austoben* zuckte Korbinian zusammen, hoffte aber immer noch, es könnte sich um ein Missverständnis handeln.

»Richten Sie nur bitte aus, dass Ihr Besuch aufpassen soll, falls der Hund nachher meinem Merlin begegnet. Den Abdrücken der Pfoten im Aufzug nach zu urteilen, handelt es sich da ja um kein Schoßhündchen, und Sie wissen doch: Hund und Katz, das gibt Hatz … haha!«

Korbinian hörte es jetzt auch. Unvorstellbar, dass dieser Krach aus dem fünften Stock kommen sollte. Mit wenigen Sätzen war er am Fahrstuhl. Mehrfach drückte er den Knopf, aber nichts bewegte sich. Schließlich rannte er die Treppen hinauf. Japsend und mit schmerzender Brust erreichte er seine Etage, und beim Öffnen der Tür wurde er mit einer Musik empfangen, wie sie in dieser Wohnung noch nie gespielt worden war: »Angel of Death, Angel of Death …« – ein aggressiv-röhrendes Gebrüll, begleitet von einem donnernden Schlagzeug und mehreren Elektrogitarren, die grauenhaft misshandelt wurden. Er knallte die Tür hinter sich zu, ließ Schultasche und Essenstüte zu Boden gleiten, kippte mit dem Oberkörper nach vorne und stützte sich mit den Händen auf den Knien ab, weil er so besser Luft bekam. Sekunden später begrüßte ihn die dicke Bulldogge.

»Sitz!«, keuchte er. Das Tier folgte seinem Befehl so prompt, dass er es beinahe gelobt hätte.

Das Gebrüll verstummte jäh. Billa tauchte in der offenen Wohnzimmertür auf. Sie war barfuß und mit einem knielangen schwarzen Männer-T-Shirt bekleidet, das ihr über die rechte Schulter rutschte.

»Wir war'n zu laut, stimmt's?«, sagte sie mit ihrem unschuldigsten Kinderblick.

»Die Nachbarn … sie … haben sich beschwert … über … den Lärm …«, stotterte Korbinian, der noch immer nicht normal atmen konnte.

»Tut mir leid. Wir haben nur mal deine Bässe ausprobiert.«

»Wer ist *wir?*«, fragte Korbinian, auch wenn Angies Anwesenheit nahelegte, wer außer Billa noch in der Wohnung war.

»Rate mal!«, sagte Billa so fröhlich, als müsste es sich mindestens um den Weihnachtsmann handeln.

Korbinians erster Impuls war, die Wohnung sofort wieder zu verlassen, weil ihre Begeisterung eigentlich nur eines bedeuten konnte: Der Hundeführer hatte seinen beziehungsweise ihren Freund mitgebracht.

Rons Haarschopf erschien in diesem Moment hinter Billas nackter Schulter, er wirkte leicht verlegen.

»Hallo. Wie geht's?«, fragte er.

»Nur ihr beide?« Korbinian bekam wieder besser Luft. Statt auf Rons Frage einzugehen, wollte er sich lieber vergewissern, wer sich noch in seiner Wohnung aufhielt.

»Drei!«

Korbinian wich einen Schritt zurück und griff hinter sich nach der Klinke. »Wer denn noch?«

»Na, das dicke Fräulein da.« Billa lachte und deutete auf die Bulldogge. »Die ist ja schon ganz verknallt in dich. Du hättest mal sehen sollen, wie aufgeregt sie hier überall rumgeflitzt ist und dich gesucht hat. Und wie brav sie jetzt vor dir hockt, voll süß!«

Korbinian stöhnte. »Heute Morgen habe ich mich noch gefreut, wie friedlich hier alles abläuft, wie gut du dich an die Vereinbarungen hältst, und jetzt warten unten schon die Nachbarn auf mich, um mir zu sagen, dass ihr das ganze Haus beschallt und der Hund überall seine Dreckspfoten hinterlässt.«

Billas Fröhlichkeit erlosch augenblicklich und wich einer Mischung aus Angst und Enttäuschung, sodass Korbinian fast schon wieder bereute, einen strengen Ton angeschlagen zu haben.

»Sei nicht auf Billa sauer, Korbinian, das ist alles meine schuld.« Ron wagte sich vor.

»Für dich immer noch ›Herr Gerhard‹«, fuhr er Ron an.

»Sie wollte mich gar nicht reinlassen, Herr Gerhard, ehrlich, aber ich muss eigentlich mehr zu Ihnen.«

»Zu mir?«

»Ich komme im Auftrag von Manni, also Manfred Lipinski, den kennen Sie ja, Herr Gerhard, oder?«

»Flüchtig, aber mir hat's gereicht«, sagte Korbinian und zog seinen Mantel aus.

»Lass ihn doch erst mal ankommen, du Idiot.« Billa nahm ihm beflissen den Mantel ab, hängte ihn an die Garderobe, hakte sich bei ihm unter und führte ihn in die Küche. Korbinian schüttelte sie unwillig ab und ließ sich auf einen Stuhl fallen. Ron blieb verschüchtert in der Tür stehen.

»Was soll's, wenn Sie schon mal hier sind: bitte.« Korbinian deutete mit der Hand in Richtung der Stühle.

Ron sah fragend zu Billa hinüber, die sich am Herd zu schaffen machte und ihn keines Blickes würdigte. Schließlich nahm er Korbinian gegenüber Platz und tat so, als fände er das Muster der Tischdecke ausnehmend interessant.

»Was war jetzt genau Ihr Auftrag?«, fragte Korbinian.

Billa trat mit der Teekanne an den Tisch. »Wo ist eigentlich Angie?«, fragte sie.

Kaum hatte sie es ausgesprochen, da hörten sie etwas knistern, dann ein Scharren und Klirren.

»Der Grießbrei!«, rief Korbinian, und alle stürzten gleichzeitig in den Flur.

Angie war es binnen Sekunden gelungen, den Flur in ein Schlachtfeld zu verwandeln. Als Billa und Ron es mit vereinten Kräften geschafft hatten, den Schädel der Bulldogge aus der Tüte zu zerren, war deren Schnauze über und über mit weißem Brei beschmiert, nicht anders der Teppich, der Fußabtreter und der untere Teil des Schirmständers.

»Sitz!«, brüllte Korbinian, weil er befürchtete, Billa und Ron würden den Hund nicht davon abhalten können, einen weiteren Angriff auf den Grießbrei zu starten. Angie gehorchte wieder prompt.

»Alter!«, sagte Ron anerkennend.

Aus dem Hundemaul hing ein Stück Plastik, und Korbinian wollte gerade anmerken, dass dieses verfressene Vieh die halbe Tüte gleich mit verspeist hätte, als Angie anfing, sich zu schütteln.

»Nein!«, schrien Billa und Ron, während sie sich gleichzeitig auf die Bulldogge stürzten und sie zu Boden drückten. Zu spät.

Unfassbar, wie viel Brei sich in den Falten von Angies Kopf gesammelt hatte, die halbe Flurwand einschließlich der Kommode war voller gelbweißer Spritzer, vermischt mit rötlichem Pflaumenkompott.

»Mistvieh!«, brüllte Billa, und Ron, dem Brei die Stirn herunter ins linke Auge lief, legte noch eins drauf: »Alte Pottsau!«

»Dann pass halt besser auf sie auf, du Idiot!«, schrie Billa.

»Woher soll ich denn ahnen, dass hier so 'ne Scheißmatsche rumsteht?«

Korbinian wusste nicht, wie ihm geschah, aber er konnte nicht mehr an sich halten und brach in schallendes Gelächter aus. Die Tränen liefen ihm aus den Augen, sein ganzer Körper wurde geschüttelt, und ihm war, als würde er nie wieder aufhören können.

Ron stimmte zaghaft mit ein, Billa hingegen schaute Korbinian nur befremdet an.

»Ich hol mal den Putzlappen.«

Nachdem sie unter Billas Kommando, immer wieder unterbrochen von Flüchen und weiteren Lachanfällen, Wände, Möbel, sich selbst und den Hund gründlich geschrubbt hatten, saßen sie bei Tee und Gebäck in der Küche und plauderten, als wäre es das Normalste der Welt.

»Und Sie sind also beruflich mit Autos beschäftigt, Ron, ja?«, sagte Korbinian, den das Zwerchfell schmerzte.

»Eigentlich schon. Bis letzte Woche hab ich bei VW in der Werkstatt gejobbt, Herr Gerhard, da wollte ich auch meine Lehre machen, das war alles schon mit dem Meister abgeklärt. Aber, na ja … Jetzt bin ich doch wieder arbeitssuchend, wie man so schön sagt.«

»Was ist passiert?«

»Der Idiot hat sich rauswerfen lassen«, antwortete Billa anstelle von Ron.

»Ich hab echt Scheiße gebaut, Herr Gerhard«, fügte Ron hinzu.

»Schade«, sagte Korbinian, dem zumindest Rons Ehrlichkeit gefiel.

»Ja, schade, Herr Gerhard, Sie sagen es.«

»Sag nicht tausendmal Herr Gerhard zu ihm, das klingt total bescheuert«, ätzte Billa, deren anfängliche Fröhlichkeit einer latenten Gereiztheit Ron gegenüber gewichen war.

»Ich versuche wenigstens höflich zu sein. Sag du mal lieber weniger oft *Idiot* zu mir.«

Korbinian konnte nicht anders, als mit Ron mitzufühlen. Wahrscheinlich rutschte ihm deshalb der Satz: »Jetzt, wo wir bereits gemeinsam geputzt haben, kannst du ruhig Korbinian und du zu mir sagen« heraus.

»Du bist echt in Ordnung, Mann«, sagte Ron und prostete Korbinian mit der Teetasse zu.

»Schon gut«, erwiderte er.

»Krass, wie lässig du geblieben bist, als die Dicke diese Sauerei veranstaltet hat. Und dass du Billa einfach mal eben bei dir einziehen lässt, ohne sie anzumachen oder so, ist sowieso das Coolste, das ich seit Langem gehört habe. Und, hey, deine Hütte hier«, Ron zog mit dem rechten Arm einen Halbkreis in der Luft, »die ist vom Allerfeinsten. Alter, wenn du nicht so in Ordnung wärst, könnte man glatt auf dumme Gedanken kommen.«

»Idiot!«, rief Billa.

»Siehst du?«, ereiferte sich Ron. »Sie macht das schon wieder.«

»Was war das eigentlich vorhin für ein abartiger Krach?«, fragte Korbinian, ohne Rons Bemerkung weiter zu beachten. Die Musik interessierte ihn nicht wirklich, aber ihm fiel gerade nichts Besseres ein, um Billa und Ron vom Streiten abzuhalten.

»Vorsicht! Das ist Slayer, kein Krach, sondern echt geile Musik von coolen alten Männern, wie du einer bist«, antwortete Ron.

Korbinian bewahrte ihn davor, schon wieder Idiot genannt zu werden, indem er Billa beschwichtigend die Hand auf den Arm legte.

»Komm schon, Billa, Tom Araya ist 1961 geboren, wenn das nicht alt sein soll …«, erklärte Ron.

Billa fauchte etwas Unverständliches und warf Angie wütend ein Stück Butterkeks zu.

»Ich hab doch auch *cool* gesagt, Mensch, alt und cool, ist doch nichts Schlimmes.«

Billa verdrehte die Augen.

»Wer ist Tom Araya?«, wollte Korbinian wissen.

»Der Sänger«, antwortete Ron. »Spielt auch Bass.«

»Ich bin Jahrgang 1960, und mein musikalisches Talent ist ebenfalls zum Heulen, das käme ja dann ungefähr hin.«

»Ha! Dein alter Mann ist sogar witzig!«

»Er ist nicht *mein alter Mann,* du Depp …«

In diesem Moment wurde die Wohnungstür aufgeschlossen, und die Bulldogge raste bellend aus dem Raum.

»Ja, Süße, bist du auch mal wieder da?«, flötete es aus dem Flur.

Korbinian dachte: irre. Sie sind alle komplett irre.

Emilia hatte sich eine Pizza mitgebracht, die sie, nachdem man ihr vom Schicksal des Grießbreis berichtet hatte, großzügig an alle Anwesenden verteilte. Weil Emilia und Ron anschließend noch immer Hunger hatten, schaute Billa in den Kühlschrank und entschied, Rührei mit Tomaten und Schafskäse zu machen. Emilia entkorkte eine Flasche Rotwein und ging Billa zur Hand. Es wäre vermutlich ein ungetrübt netter Abend geworden, hätte Korbinian nicht darauf bestanden, den eigentlichen Anlass für Rons Besuch zu erfahren.

Wie sich herausstellte, war er tatsächlich von Manni geschickt worden. Er wäre gern selbst gekommen, um sich, wie Ron es formulierte, »von Mann zu Mann zu entschuldigen«, denn es täte ihm furchtbar leid, dass er Korbinian neulich aus Versehen eine »geballert« hätte, aber es gäbe da Probleme.

»Dafür braucht der Kerl vierzehn Tage, ja?«, sagte Korbinian gereizt, weil ihm die Aussicht auf eine weitere Begegnung mit diesem wild gewordenen Muskelmann schlichtweg Angst machte.

»Wir haben zurzeit ein paar harte Sachen am Laufen, das ist alles nicht so einfach«, versuchte Ron zu erklären.

»Wieso hat Manni nicht den Mumm, hier selbst aufzukreuzen?«, fragte Emilia.

Korbinian hätte es eher interessiert zu erfahren, was für *harte Sachen* da konkret *am Laufen* waren.

»Will er ja«, antwortete Ron. »Aber ich soll erst mal fragen, ob das überhaupt gewünscht ist und so … Na ja … es wäre nämlich auch scheiße, wenn ihr dann … Also, wie soll ich sagen?«

»Du sollst abchecken, ob wir die Bullen rufen, sobald dein Kompagnon persönlich hier auftaucht, stimmt's?«, sagte Emilia.

»So ungefähr.«

Billa beugte ihren Rücken noch tiefer über das Küchenbrett. Sie widmete sich dem Zerhacken einer Zwiebel mit einer Konzentration, als gäbe es nichts Wichtigeres auf der Welt. Korbinian ärgerte das so sehr, dass ihm der Kragen platzte:

»Ich weiß nicht, in was für krumme Dinger ihr verstrickt seid. Ich bin mir nicht einmal sicher, ob ich es überhaupt genau wissen will, aber wenn ich jetzt bei der Polizei anrufen und eure Namen nennen würde, hätten die mir unter Garantie eine Menge zu erzählen, darauf möchte ich wetten. Man würde euch bestimmt sogar umgehend auf Staatskosten abholen.«

Ron sprang von seinem Stuhl auf. »Ey, jetzt komm mir nicht auf die Tour! Wie bist du denn auf einmal drauf? Erst cool tun und dann ankacken? Mit mir kannst du das vielleicht machen, aber leg dich lieber nicht mit Manni an, Alter, denn das wirst du so was von bereuen.«

»Drohst du mir etwa? Du wagst es, mir zu drohen, du Wicht?«, brüllte Korbinian.

»Du Sack hast doch damit angefangen!«, brüllte Ron zurück.

»Dreht ihr jetzt beide durch?«, fuhr Billa dazwischen, die mit geröteten Augen und dem großen Schneidemesser in der Hand ziemlich verwegen aussah.

»Schluss jetzt mit dem Kinderkram!«, rief Emilia, die kein Messer brauchte, um gefährlich auszusehen.

Zur Krönung des ganzen Theaters kam Angie unter dem Tisch hervorgeschossen und verbellte alle.

»Raus hier!«, schrie Korbinian ungeachtet dessen so laut, dass sich seine Stimme hysterisch überschlug. »Sofort raus! Ich will euch nicht mehr sehen, keinen von euch, nie wieder!«

Aber sämtliche Anwesenden starrten ihn bloß völlig entgeistert an, ohne auch nur einen Finger zu rühren, und Korbinian hätte schwören können, dass selbst der blöde Hund schlagartig die Klappe gehalten hatte, weil er sich, ebenso wie alle anderen im Raum, die Frage stellte, ob in seinem Oberstübchen noch alles in Ordnung war.

»Macht doch, was ihr wollt, dann werde ich eben gehen«, sagte er und hatte die Wohnung verlassen, noch bevor jemand anderes seine Worte wiederfand.

Warum ziehe ich nicht in Schillers Getränkekeller und werde Kneipen-Eremit, dachte Korbinian, als er den blechernen Kuhkopf passierte und die Tür zum Ochsenglück aufstieß.

Dafür, dass er mittags der einzige Gast gewesen war, herrschte jetzt relativ viel Betrieb. Rauchschwaden durchwaberten den Schankraum, am Spielautomaten lümmelten zwei junge Männer in Trainingsjacken herum, die Kartenspieler hatten ihren üblichen Platz eingenommen, auch das Cognac-Pärchen hockte an seinem angestammten Tisch und schwieg sich wieder an. Der Tresen wiederum war fast voll besetzt mit Feierabendtrinkern.

Korbinian blieb unschlüssig stehen, um zu schauen, wo er sich niederlassen konnte.

»Da ist er ja!«

Renate rauschte mit einem Tablett voller frischer Biergläser an ihm vorbei und warf ihm ein geradezu umwerfendes Begrüßungslächeln zu.

»Mir nach!«

Korbinian folgte ihr. Mit Schwung verteilte Renate ihre Bestellungen, steuerte dann den Tisch hinter der Zimmerlinde an, wo ein dicker Mann um die fünfzig mit Seeräuberkopftuch und Motorradlederjacke saß und ein Kreuzworträtsel löste.

»Kannst du nicht lesen?«, motzte sie ihn an und wedelte mit dem »Reserviert«-Schild vor seiner Nase. »Der Tisch ist vergeben ab …«, sie schaute auf die Uhr, »ab zwanzig vor acht, und das ist es genau jetzt.«

Sie winkte Korbinian näher heran. Der Mann schaute zu ihm auf, dann wieder zu Renate. »Was willst du?«

»Wild Power Berlin« stand auf der rechten Vorderseite seiner Jacke und auf der linken: *»Respect, honour, loyalty and brotherhood«* – und Respekt schien Korbinian auch die angebrachte Haltung zu sein, sich diesem wüst aussehenden Koloss zu nähern.

»Du sollst dich verfatzen, Dicker«, blaffte Renate, die von Respekt gegenüber den Gästen so gar nichts hielt.

»Äh, Renate, nein, der Herr kann gerne sitzen bleiben, wenn er möchte.«

»Wird's bald!« Renate stampfte alle Deeskalationsversuche in Grund und Boden.

Der Biker rollte sein Rätselheft zusammen.

»Wegen dem Troll soll ich jetzt aufstehen, oder was?«

»Sagst du nochmal Troll zu ihm, dann kriegst du Hausverbot.«

Anscheinend gefiel dem Fettwanst Renates ungehobelte Art. Er grinste. »Du hast sie doch nicht mehr alle, Mädchen«, sagte er, aber so, dass es wie ein Kompliment klang. Dann stand er auf und sagte zu Korbinian: »Nichts für ungut, Kollege, okay?«

»Aber Sie müssen wirklich nicht gehen, der Tisch ist groß genug für uns beide.«

»Nee, lass mal. Du weißt nicht zufällig ›Summe der Erbfaktoren‹ mit fünf Buchstaben?«

»Genom«, sagte Korbinian.

»Passt. Geil! Danke!«

Renate war neben dem Tisch stehen geblieben, ihr Tablett unter die Achsel geklemmt, die Arme vor der Brust verschränkt, bis der Mann sein Lösungswort eingetragen hatte und abgezogen war.

»Und was darf ich dir bringen, mein Bester?«

»Pfefferminztee, bitte.«

Sie verdrehte die Augen und rauschte erneut davon.

Schiller winkte ihm von der Theke zu und machte Zeichen, dass er noch zu beschäftigt war, aber später zu ihm käme.

Korbinian trank seinen Tee und beobachtete die anderen Gäste. Am Spielautomaten wurde gejohlt, der weibliche Part vom Cognac-Paar forderte »Noch mal dasselbe zum Abgewöhnen«, und am Kartenspielertisch wurde so laut gestritten, dass Renate damit drohte, eigenmächtig zu entscheiden, wer recht hat, wenn nicht sofort Ruhe einkehren würde.

»Du hast genug, Erwin, geh nach Hause zu deiner Frau. *Tagesschau* fängt gerade an«, hörte er Schiller zu einem der Thekentrinker sagen. Ein groß gewachsener Kerl in blauer Arbeitshose und staubigem Hemd schwang sich daraufhin vom Barhocker und trottete folgsam Richtung Ausgang. Korbinian schaute ihm nach, und im ersten Moment dachte er, er sähe nicht richtig, denn wer da Erwin die Tür zum Rausgehen aufhielt, waren Emilia und Billa, die gerade hereinkamen und sich suchend umschauten. Immerhin hatten sie den Rothaarigen und seine Bestie nicht im Schlepptau. Korbinian duckte sich hinter einen Zweig der Zimmerlinde, deren Äste inzwischen bis zur Decke wucherten, spähte dabei aber durch das Laub, damit er nichts verpasste. Emilia steuerte den Tresen an, und

Korbinian glaubte zu erkennen, wie Schiller zögerte, bis er dann doch in die hintere Ecke zeigte.

»Ich hab ihn«, plärrte im selben Moment Billas helle Stimme viel zu dicht an seinem Ohr. Das Grün, das ihm eben noch Sichtschutz gewährt hatte, raschelte und wurde von zwei schmalen Händen zur Seite geschoben.

»Versteckst du dich vor uns?«

»Bild dir bloß nichts ein.«

Billa kam um den Pflanzenkübel herum zu ihm an den Tisch und hatte einen Kuss auf seine Wange gedrückt, bevor er sich dagegen wehren konnte.

»Bin ich froh, dass wir dich gefunden haben. Wir haben erst Ron rausgeschmissen, danach sind wir dich suchen gegangen. Ich hatte die Idee, dass du wahrscheinlich hier bist«, sagte Billa stolz.

»Moment mal. Wenn mich meine Erinnerung nicht trügt, habe ich euch rausgeworfen. Und zwar alle miteinander.«

»Na ja, du warst halt sauer, völlig zu Recht übrigens, ich war ja auch sauer. Ron ist so ein bekloppter Vollidiot, den hab ich dermaßen zusammengeschissen, dass er ganz mini mit Mütze geworden ist.«

»Das heißt ›klein mit Hut‹.«

»Was du nicht sagst. Aber Emilia und mich wolltest du doch nicht wirklich raussetzen, oder? Du hast das vorhin nicht so gemeint, stimmt's?«

Sie sah ihn mit großen Augen an, voller Unschuld, Zuneigung und Vertrauen. Schockiert stellte Korbinian fest, dass er anscheinend irgendwann damit begonnen hatte, dieses kleine durchtriebene Biest gern zu haben.

»Doch, ich hab das schon so gemeint. Jedenfalls in dem Moment.«

»Und jetzt?«, fragte Billa.

»Jetzt nehme ich den Rauswurf eventuell zurück, aber nur unter der Bedingung, dass du nicht noch einmal versuchst, mir einen Kuss zu geben.«

»Na, hier ist ja Stimmung«, sagte Schiller, der gemeinsam mit Emilia gekommen war und einen Stuhl für sie vom Tisch abrückte. »Bitte sehr, die Dame. Sind das deine Gäste, Korbinian?«

»Was, wenn ich nein sage?«

»Dann werfe ich die beiden selbstverständlich sofort raus. Obwohl …«, er schaute Emilia an, »vielleicht auch nicht.«

»Ich warne dich, Korb«, sagte Billa, »wenn du uns rausschmeißen lässt, küsse ich dich.«

Korbinian bereute schon wieder, nicht länger so getan zu haben, als wäre er verärgert.

»Euch rauszuwerfen bringt bekanntlich nichts. Setzt euch, ihr Landplagen«, sagte er.

Billa gab einen albernen Juchzer von sich und streckte dann Schiller die Hand hin: »Du bist bestimmt Korbinians Freund Schiller.«

Schiller schlug ein. »Exakt, der bin ich.«

»Dann weißt du bestimmt auch, wer ich bin.«

»Du bist Billa, das Mädchen, das mein Freund vor dem Supermarkt gefunden hat.«

Oh, bitte nicht, dachte Korbinian, jetzt werde ich nicht einmal mehr hier vor ihnen sicher sein.

»Im Prinzip müsste ich dich jetzt übrigens tatsächlich aus meiner Kneipe werfen«, sagte Schiller.

»Wieso?«, fragten Billa und Korbinian einhellig.

»Das ist eine Raucherkneipe, und sie ist noch keine achtzehn«, sagte Emilia.

»Richtig, ab sechs ist das Ochsenglück nur noch für Große geöffnet«, sagte Schiller.

»Die paar Monate, die da noch fehlen«, sagte Billa. »Außerdem rauche ich.«

»Das solltest du in deinem Alter lieber sein lassen«, sagte Schiller und hielt erst Emilia, dann Billa eine Zigarettenpackung hin, die er aus der Hosentasche gezogen hatte. Zu Korbinians Überraschung nahmen beide eine Zigarette.

»Seit wann rauchst du, Emilia?«

»Nur zu besonderen Anlässen.«

Schiller reichte formvollendet Feuer und orderte bei Renate eine Runde »Bier für die Erwachsenen und was ohne Alk für die Kleine« aufs Haus.

So saßen sie zum ersten Mal alle vier zusammen im Ochsenglück und prosteten sich zu.

»Was habt ihr mit Ron gemacht?«, fragte Korbinian.

»Rausgeschmissen, hab ich doch gesagt«, erklärte Billa.

»Ich lass euch das mal in Ruhe ausverhandeln«, sagte Schiller und ging zurück zum Tresen.

»Ich hätte nicht *Wicht* zu ihm sagen sollen.«

»Und er hätte nicht *Sack* zu dir sagen sollen«, entgegnete Billa. »Das tut Ron aber inzwischen leid. Soll ich dir von ihm ausrichten.«

»Was mache ich nur falsch, dass sich neuerdings alle bei mir entschuldigen?« Korbinian hielt sich an seinem Bier fest.

»Nichts machst du falsch«, sagte Emilia und sah ihn dabei so liebevoll an, dass Korbinian den Blick senkte.

Billa hob ihr Glas Fassbrause. »Alles wieder gut? Haben wir uns wieder vertragen?«

»Schon längst«, sagte Emilia.

Korbinian nickte.

Dass Schiller Emilia mochte, war offensichtlich. Er kam immer wieder an den Tisch und verweilte jedes Mal wie unbeabsichtigt direkt hinter ihr, einmal legte er ihr sogar die Hand auf die Schulter. Als sich das Ochsenglück beinahe geleert hatte, nahm er sich einen freien Stuhl und schob ihn direkt neben sie. Schiller fragte Emilia nach ihrem Laden aus und hatte bald herausgefunden, dass sie ohne festen Freund war.

»Armer Martin«, sagte Billa, sodass nur Korbinian es hörte, und warf ihm vieldeutige Blicke zu. Er aber tat so, als wüsste er nicht, was sie meinte.

Gegen elf machte Renate Feierabend, und als sie fort war, verfiel Schiller auf die Idee, Emilia beizubringen, wie man »ein ordentliches Pils zapft«. Sofort begaben sich die beiden hinter den Tresen.

»Glaubst du, sie steht auf ihn?«, flüsterte Billa.

Korbinian zuckte mit den Schultern. »Keine Ahnung.«

»Ich glaub eher nicht«, sagte Billa. »Er ist nicht ihr Typ.«

»Woher willst du wissen, was Emilias Typ ist?«

»Sie steht nicht auf nette, unkomplizierte Männer. Sonst hätte sie Martin nicht so abblitzen lassen. Emilia braucht irgendwie was Härteres, das macht sie an.«

»Wann hat sie Meyerhoff denn abgewiesen?«, fragte Korbinian.

»Eigentlich die ganze Zeit. Bist du blind? Letzte Woche hat sie ihm dann aber so richtig Bescheid gesagt. Ich habe das mitbekommen, weil ich hinter der Tür stand, als die beiden sich gestritten haben. Emi hat Martin sehr deutlich zu verstehen gegeben, dass das mit ihnen beiden definitiv nichts wird. Er war ziemlich geknickt deswegen.« Im nächsten Moment verdüsterte sich Billas Gesicht: »Scheiße, ich vermisse Manni so sehr.«

Wahrscheinlich wäre ihm das nicht passiert, wenn er nicht schon das dritte Bier zur Hälfte geleert gehabt hätte, aber Korbinian hob die Hand und strich Billa sanft über die Wange. »Er kommt bestimmt bald zu dir.«

Billa lehnte leicht ihren Kopf an seine Schulter. »Ja. Vielleicht.«

»Ich muss mal«, sagte Korbinian, und das stimmte sogar.

Als er von der Toilette zurückkam, machte er einen Schlenker Richtung Tresen. Hinter der großen Tafel, auf der das Mittagsgericht geschrieben stand, stoppte er, als er Emilia seinen Namen sagen hörte. Er hatte sich weder verstecken noch lauschen wollen, es passierte einfach.

»Wie er da an dem offenen Grab stand«, sagte Emilia, »es war schrecklich, ein absolut verlorener Mann.«

»Ich weiß, was du meinst«, sagte Schiller.

»Ich hatte solche Angst um ihn.«

»Pass auf, dass der Hahn nicht ins Bier kommt, sonst kriegst du zu viel Luft rein.«

»So?«

»Ja. Jetzt zur Seite stellen, damit der Schaum sich stabilisieren kann. Hast du ihm das mal gesagt?«

»Was?«

»Dass du Angst um ihn hattest. Dass du ihn die halbe Nacht gesucht hast. All das, was du mir eben erzählt hast.«

»Das hätte ihm Marie auch nicht zurückgebracht.«

»Klar.«

»Außerdem …«

»Jetzt die Krone aufbauen, schön sachte, denk an den Hahn … sieht doch schon gut aus.«

Korbinian hustete und trat hinter der Tafel hervor. Sie machten beide nicht den Eindruck, als fühlten sie sich bei etwas ertappt.

»Schau mal, Korb, mein erstes selbst gezapftes Pils!« Emilia hielt das Glas wie eine Trophäe in die Höhe.

»Nein danke, ich hab für heute genug.«

»Du hättest es eh nicht bekommen, oder, Schiller?«

»Das trinken wir schön selber, du und ich.«

Korbinian drehte sich um und ging noch einmal aufs Klo.

Dort fand ihn Schiller zehn Minuten später, wie er sich mit beiden Händen auf dem Waschbecken abstützte und in den Spiegel schaute.

»Alles okay bei dir?«

»Ich weiß es nicht.«

Schiller stellte sich neben ihn. Sie waren etwa gleich groß. Zwei alternde Männergesichter in einem Toilettenspiegel, auf den jemand mit schwarzem Edding »Immer wieder Eisern Union!« gekritzelt hatte.

»Ich mag deine Damen, alle beide, auch das Mädchen, sie ist clever.«

»Jetzt werden sie mir auch noch hier auf die Nerven gehen.«

»Werden sie nicht, dafür hab ich gesorgt.«

»Wie das denn?«

»Ein Mann braucht seinen Freiraum, hab ich ihnen erklärt.«

»Das klingt wie aus einem Werbefilm für Sportwagen.«

»Hauptsache, sie kapieren es.«

Schiller ging pinkeln. Korbinian hätte ihn gern über das Gespräch mit seiner Schwester ausgefragt, aber er befürchtete, dass ihm die Fassung in den letzten Minuten dieses Tages dann doch noch entglitt.

Schiller kehrte zurück, um sich die Hände zu waschen.

»Geh nach Hause, Korb. Ich bin müde, und du siehst auch nicht mehr ganz frisch aus.«

»Heute ist der Todestag meiner Frau, und ich habe nicht mal die Zeit gefunden, in Ruhe an sie zu denken«, sagte Korbinian.

»Sei doch froh.«

Korbinian schaute auf die Uhr: zwei Minuten nach zwölf. Der fünfte Dezember war vorbei.

Teil II
Frühlingserwachen

8

Sie saßen auf der Bank in der Sonne und wärmten ihre Hände an einem Pappbecher mit Kaffee, den sie sich abwechselnd reichten.

»Ich hab dir gleich gesagt, lass uns zwei nehmen«, sagte Billa.

»Und noch mehr Müll produzieren«, brummte Korbinian.

Als er nach Hause gekommen war, hatte er ihr erzählt, er habe nach dem Essen bei Schiller aufgrund des schönen Wetters noch einen Abstecher in den Park gemacht und dabei die ersten Krokusse entdeckt. Billa hatte ihn sofort wieder hinausgezerrt, damit er ihr die Stelle zeigte. Nachdem sie sich wie ein Kind über die violetten und leuchtend gelben Blüten gefreut hatte, war ihr aufgefallen, dass Korbinian sich fröstelnd die Hände rieb. Sie hatte so lange gequengelt, bis er mit ihr zu dem Kiosk im Park gegangen war, wo es »Kaffeetogo« gab, wie sie es nannte.

»Lass uns noch ein bisschen draußen bleiben, der blaue Himmel ist so wahnsinnig toll«, sagte Billa. »Findest du nicht auch, dass im Sommer das Leben viel leichter ist?«

»Wir haben gerade mal Mitte März, und es sind höchstens fünf Grad hier draußen.«

»Egal. Der Winter ist vorbei.«

Sie nahm ihm den Becher aus der Hand, trank ein paar Schlucke, reichte ihn zurück.

»Du kannst ruhig auch davon trinken, ich hab keine Pest oder so.«

»Danke, aber ich hasse den Geschmack von Pappe.«

Sie schnaubte ungehalten, dann nahm sie ihm den Becher wieder ab.

»Sollen wir noch ein Stück laufen?«

»Von mir aus.«

Irgendwann nach Silvester hatten sie begonnen, gemeinsame Runden durch den Park zu drehen. Vorausgegangen war eine Diskussion zwischen Billa und Emilia, die beim Frühstück moniert hatte, eine junge Frau ihres Alters dürfe nicht den ganzen Tag nur in der Wohnung herumhängen, mit nichts anderem beschäftigt, als zu putzen oder fernzusehen.

»Ich hänge nicht den ganzen Tag in der Wohnung rum«, hatte Billa sich verteidigt, »ich gehe oft zum Spätkauf und manchmal auch in den Park.«

»Seit wann gehst du denn in den Park?«, hatte Emilia gefragt.

»Seit heute«, hatte Billa geantwortet und hinzugefügt: »Und zwar mit Korb.«

»Das wüsste ich aber«, hatte er gesagt.

»Du hast über Weihnachten ganz schön Bauch angesetzt, alter Mann, du brauchst Bewegung!«

Korbinian, dem ein Spaziergang allemal lieber gewesen war als eine Diskussion über Gewicht, Fitness und Gesundheit, hatte sich gefügt und war Billa in den Park gefolgt.

Inzwischen hatte sich eine Gewohnheit daraus entwickelt, immer samstags nach dem Frühstück unternahmen sie einen Spaziergang, und wenn es sich ergab, auch mal unter der Woche. Abgesehen davon, dass Billa es nicht lassen konnte, absolut jeden Hund anzulocken, dem sie begegneten, war sie eine überraschend angenehme Begleiterin. Sie mochte es, wenn Korbinian ihr etwas über die Vögel und Bäume erzählte, die sie sahen, sie konnte sich an kleinen Merkwürdigkeiten am Wegrand freuen, die Korbinian allein nie aufgefallen wären, und sie war sogar in der Lage, auch mal eine halbe Stunde schweigend neben ihm herzugehen.

Von Billas Entourage hatte sich schon lange niemand mehr blicken lassen. Korbinian wusste, dass das Mädchen in seiner Abwesenheit gelegentlich telefonierte, und die Hundehaare, die er einige Male auf dem Fußabtreter gefunden hatte, bestätigten seine Vermutung, dass sie heimlich Besuch empfing. Aber er hatte beschlossen, es zu ignorieren. Er selbst wurde nicht behelligt, es wurde nichts geklaut oder beschädigt, was sollte er sich also aufregen.

Für Emilia allerdings war Billas Zukunft zu einer Art Reizthema geworden. Sie konnte es kaum ertragen, dass das Mädchen noch immer ihre Hauptaufgabe darin zu sehen schien, darauf zu warten, dass Manni sie abholte. Zwar erledigte Billa, wie Emilia zugeben musste, inzwischen den Löwenanteil der anfallenden Hausarbeit, aber ansonsten würde sie in den Tag hineinleben.

»Du hast es nicht nötig, dass ein Prinz vorbeikommt und dir aufs Pferd hilft«, schimpfte Emilia. »Nimm gefälligst selbst die Zügel in die Hand. Geh zur Schule, mach eine Lehre, tu irgendwas!«

Korbinian war bemüht, sich aus diesen Zwistigkeiten herauszuhalten, was Emilia erst recht auf die Palme brachte.

»Wie kannst du nur tatenlos zusehen, dass dieses Kind seine Jugend in einer Warteschleife verschwendet.«

»Es ist nicht meine Art, anderen zu sagen, wie sie leben sollen.«

»Wenn sie wenigstens in Klubs gehen und ordentlich feiern würde. Ich meine, sie ist siebzehn, da sitzt man doch nicht die meiste Zeit mit zwei Gestalten wie uns in der Bude herum. Gesund ist das bestimmt nicht.«

»Na, danke auch.«

»Du weißt genau, wie ich das meine, Korb.«

»Zerbrich dir nicht den Kopf. Billa ist fast volljährig, und sie wird schon noch herausfinden, was sie machen will. Manche Leute brauchen mehr Zeit als andere, um ihr Leben in den Griff zu bekommen, diese Zeit sollte man ihnen lassen, auch wenn es einem selbst übermäßig lang erscheint.«

Emilia hatte ihn mit hochgezogenen Brauen angesehen. »Sprechen wir von Billa oder von dir?«

»Korbinian?«, rief jemand hinter ihnen.

Korbinian und Billa drehten sich nach der Stimme um. Rosemarie Schütz stand vor ihnen und strahlte übers ganze Gesicht. »Wie schön, dich zu treffen!«

»Hallo«, sagte Billa.

Korbinian schwieg.

»Und wer sind Sie?«, fragte Rosemarie, während das Strahlen langsam erlosch und nur noch die roten Wangen zurückblieben.

»So was wie seine Nichte«, sagte Billa.

Korbinian hätte ihr am liebsten den Mund verboten.

»Ach so, die Nichte, natürlich. Und was bedeutet *so was wie?*«

»Sie ist …«, setzte Korbinian zur Erklärung an.

»Seine Schwester adoptiert mich gerade«, fiel ihm Billa ins Wort.

»Oh! Das ist ja toll!«

»Nicht wahr? Ich komme aus einer schlechten Familie und werde gerade resozialisiert.«

Korbinian fand, es sprach enorm für Rosemarie, dass sie jetzt nicht einfach loskicherte.

»Ich heiße übrigens Billa.«

»Ich bin Rosemarie.«

Sie gaben einander die Hand.

»Gehst du ein Stück mit uns durch den Park, Rosemarie?«, fragte Billa.

»Gern, wenn ich euch nicht störe.«

»Auf keinen Fall! Stimmt's, Onkel Korbi?«

Korbinian lächelte gequält. »Ich hasse es, wenn sie das sagt.«

Billa und Rosemarie lachten, als würden sie sich schon jahrelang gemeinsam über ihn lustig machen.

»Woher kennt ihr beiden euch?«, wollte Billa wissen.

»Korbinian und ich arbeiten an derselben Schule.«

»Du bist Lehrerin?«

»Gott bewahre, nein.«

»Da hab ich ja Glück. Mein Verhältnis zu Lehrern war nämlich nicht so besonders. Deshalb habe ich die Schule nach der Elften geschmissen.«

»Ich bin aber Lehrer«, warf Korbinian ein.

»Du bist anders«, sagte Billa.

»Das stimmt«, bekräftigte Rosemarie.

Allerdings, dachte Korbinian, eine völlige Fehlbesetzung als Pädagoge. Ich habe Billa nicht einmal nach ihrem schulischen Werdegang gefragt. Emilia hatte das sicher getan. Seine Schwester hatte zwar nicht die Schule, dafür aber ihr Studium geschmissen. Wahrscheinlich war sie deshalb so empfindlich, was Billas Gleichgültigkeit gegenüber der Zukunft anging.

»Ist doch okay«, hörte er Rosemarie sagen, »den mittleren Schulabschluss hast du ja automatisch, und alles andere lässt sich nachholen.«

»Emilia hätte gern, dass ich doch noch Abi mache«, sagte Billa mit einem prüfenden Seitenblick zu Korbinian. »Aber ich bin mir noch nicht sicher, was ich will.«

»Jedenfalls finde ich es ganz großartig von euch, dass ihr euch so um das Mädchen kümmert«, sagte Rosemarie zu Korbinian.

»Die kümmert sich schon ganz gut um sich selber.«

Am Ausgang zur Hauptstraße angelangt, blieben sie unschlüssig auf dem Bürgersteig stehen, bis Rosemarie sagte: »Na, dann will ich mal wieder. Macht's gut, es hat mich sehr gefreut, euch zu treffen.«

»Komm doch noch auf einen Tee mit«, sagte Billa.

»Heute geht das auf keinen Fall«, entfuhr es Korbinian, obwohl er eigentlich etwas ganz anderes hatte sagen wollen.

Rosemarie ging daraufhin einfach weg, ohne ein weiteres Wort.

»Warum bist du so fies zu ihr? Die ist doch voll nett. Und sie ist scharf auf dich, alter Mann, da gibt's gar keinen Zweifel.«

»Kümmer dich um deinen eigenen Kram.«

»Gefällt sie dir nicht?«

»Nein. Ja. Und wenn du jetzt noch einmal *alter Mann* oder sonst etwas in dieser Richtung zu mir sagst, läuft *Panda, Gorilla & Co.* heute ohne dich.«

Ihr Gelächter erstickte in einem Laut, der für Korbinian so befremdlich klang, dass er sich im ersten Moment fragte, ob er wirklich aus Billa gekommen war. Sie blieb steif wie ein Stock neben ihm stehen, wurde leichenblass und starrte auf die Straßenbahnhaltestelle etwa hundert Meter vor ihnen. Korbinian sah genauer hin. Dort warteten etwa zehn, zwölf Leute, eine Mutter mit zwei kleinen Kindern, drei junge Frauen mit Handys dicht vor der Nase, ein Mann mit Aktentasche, ein weiterer mit einer Plastiktüte zwischen den Knien auf der Bank, eine Frau mit Dreadlocks, diskutierende Schüler. Nichts Ungewöhnliches, nichts, was Billas Reaktion in irgendeiner Weise erklärte.

»Was ist los?«

Sie zitterte.

»Billa?«

Plötzlich schien etwas an der Haltestelle zu passieren. Der Mann mit der Plastiktüte starrte zu ihnen herüber, und dann ging alles ganz schnell. Billa und der Mann rannten gleichzeitig los, die Plastiktüte flog auf die Straße, Glas klirrte. Als Billas Verfolger fast auf Korbinians Höhe war, brüllte er: »Bleib stehen!« Eine Sekunde später lagen beide auf dem Asphalt, weil Korbinian, ohne zu wissen, was er tat, einfach in den vermeintlichen Angreifer hineingesprungen war.

»Haben Sie noch alle Tassen im Schrank?«

Ein beißender Schnapsatem schlug ihm entgegen. Korbinian hatte Mühe, einen Würgereiz zu unterdrücken, als er von dem Mann herunterrollte. Einige Augenblicke lang saßen sie nebeneinander auf dem Trottoir, anscheinend jeder damit beschäftigt, sich darauf zu besinnen, was gerade geschehen war. Korbinian rückte sich die Brille zurecht, dann stand er langsam auf, wobei er wachsam den Mann beobachtete, der sich ebenfalls aufrappelte. Der Fremde sah mitgenommen aus, aber nicht ganz so ungepflegt, wie die Fahne, die er verströmte, es hätte vermuten lassen. Sein dichtes graues Haar war kurz geschnitten, der Bart ordentlich gestutzt. Er trug Lederslipper, Anzughose und einen handgestrickt aussehenden Wollpullover, darüber eine wattierte Winterjacke, die beim Kauf bestimmt nicht billig gewesen war. Bei näherem Hinsehen zeigte sich, dass sie ihre beste Zeit hinter sich hatte. Die Ärmel waren abgestoßen und das Futter an den Seiten aufgerieben.

»Haben Sie sich verletzt?«, fragte Korbinian, während er aus den Augenwinkeln bemerkte, dass Billa zwei Straßenecken weiter stehen geblieben war und die Szene beobachtete. Selbst auf die Entfernung glaubte Korbinian ihre Anspannung zu erkennen. Sie war jederzeit bereit loszurennen, sollte der Mann sich noch einmal in Bewegung setzen.

»Wo ist sie hin, verdammt?«, schrie der Mann.

»Wer?«, fragte Korbinian und schaute unauffällig zu der Stelle, wo Billa gerade gestanden hatte – sie war weg.

»Tun Sie nicht so blöd, ich habe genau gesehen, dass meine Tochter bei Ihnen war. Sie ist minderjährig, und wenn Sie ihr zur Flucht verhelfen, machen Sie sich strafbar.«

Vielleicht hätte Korbinian versucht, mit ihm zu reden, sich seine Sicht der Dinge anzuhören, eventuell sogar, zwischen beiden zu vermitteln und den Konflikt zu entschärfen, wenn der Mann in dem Moment nicht voller Wut hervorgepresst hätte: »Fast hätte ich das verdammte Biest gehabt, aber ich krieg sie noch, diese dreckige kleine Hure!«

Korbinian konnte sich gerade noch zurückhalten, dem Mann nicht ins Gesicht zu schlagen. Er drückte seinen Rücken durch, bemühte sich, einen unerschrockenen und zu allem entschlossenen Eindruck zu machen. »Sie haben mich tätlich angegriffen, Herr Wegner, so heißen Sie doch, oder?«

»Was hab ich? Sie haben mich umgerempelt, Sie Flachwichser!«

»Jetzt auch noch Beleidigung.«

»Halten Sie die Fresse, ich rufe die Polizei.«

»Blaue Flecken haben wir vermutlich beide, aber Sie haben zudem mindestens zwei Promille. Was glauben Sie, wem die Polizei nach einem Alkoholtest glauben wird? Aber bitte, nur zu.«

Korbinian spürte, wie ihm der Schweiß zwischen den Schultern herunterlief. Doch irgendwie schaffte er es, so weit die Fassung zu behalten, dass er Wegner direkt in die Augen sehen konnte, bis der seinem Blick nicht mehr standhielt.

»Sie wissen gar nicht, was Sie sich da mit Billa angelacht haben. Sie ist ein verlogenes Dreckstück.«

»Ich weiß nicht, wovon Sie reden, aber Sie sollten auf jeden Fall damit aufhören«, sagte Korbinian. Er schaute so angriffsbereit, wie er konnte, winkelte die Ellenbogen ab, um breiter zu wirken, und machte probeweise einen Schritt auf Wegner zu, der tatsächlich zurückwich.

»Lassen Sie mich in Ruhe! He, ihr dahinten! Seht ihr, wie der mich bedroht?« Die Menschen an der Haltestelle schauten allesamt weg. »Ihr feigen Kackstiefel!«

Ich gewinne, dachte Korbinian, es ist nicht zu fassen, aber ich gewinne. Ein weiterer Schritt. Wegner wich wieder zurück, hatte ganz offensichtlich Angst vor ihm.

»Verschwinden Sie!«

Die Straßenbahn kam, Wegner lief los. »Wir sprechen uns noch!«, schrie er und sprang in die Bahn.

Korbinians Knie gaben leicht nach, als er dem gelben Waggon nachschaute, wo ihm Wegner aus dem Rückfenster mit erhobener Faust drohte.

Billa war nirgends zu sehen. Wahrscheinlich hatte sie sich bereits in seine Wohnung gerettet, während er hier in jeder Hinsicht und buchstäblich eine Lippe riskiert hatte.

Er machte sich auf den Heimweg und bemerkte erst im Gehen, dass ihm die rechte Schulter wehtat. Was wird man mir wohl als Nächstes zertrümmern?, dachte er. Gerade war er in seine Straße eingebogen, als er sah, dass Emilia ihm entgegenrannte, Billa am Arm hinter sich herzerrend.

»Korb, alles okay?«, rief sie, obwohl sie noch mindestens vier Häuser von ihm entfernt war.

Er hob den Daumen und kam sich selten blöd dabei vor.

Plötzlich wurde Emilia von Billa überholt. Das Mädchen sprang ihn förmlich an und landete ungebremst an Korbinians Hals. »Danke! Danke, Mann, du hast mir das Leben gerettet!«

»Nicht! Du tust mir weh.« Korbinian stöhnte auf.

Augenblicklich ließ sie von ihm ab. »Entschuldige.«

»Schon gut. Ich gewöhne mich vielleicht noch daran, dass ich von deinen Leuten verprügelt werde.«

»O nein, dann stimmt es also wirklich.« Emilia sah ihn schockiert an.

»Hat er dich geschlagen? Ist er dir gefolgt? Weiß er, wo wir wohnen?«, fragte Billa.

»Weder noch. Er ist mit der Straßenbahn weggefahren. Ich habe ihm gesagt, er soll dich in Ruhe lassen, sonst zeige ich ihn wegen Körperverletzung an.«

»Du hast ihm auch noch gedroht?«, fragte Emilia.

»Irgendwie schon.«

»Aber vorher hat Korb ihn umgenietet. Das hab ich gesehen.«

»Er hat ihn … was?«

»Ich weiß nicht genau, wie Korb das geschafft hat, aber jedenfalls lag er plötzlich oben.«

Emilia starrte Korbinian an, als wären ihm plötzlich Hörner gewachsen oder ein drittes Auge auf der Stirn. »Du hast allen Ernstes Billas Vater niedergeschlagen?«

»Na ja, nicht direkt. Er kam angerannt wie ein wild gewordener Eber, ich bin dazwischen, und dann lagen wir beide auf der Straße.«

Seine Schwester schüttelte konsterniert den Kopf. »Ich glaub's ja nicht!«

»Das war so krass! Er hat mich voll gerettet. Weißt du, was passiert wäre, wenn Korb nicht da gewesen wäre und der Alte mich zwischen die Finger gekriegt hätte?«

Emilia zeigte sich wenig beeindruckt. »Fakt ist: Du bist mal wieder abgehauen, während mein Bruder wegen dir in Bedrängnis war, sehe ich das richtig?«

»Ich konnte nichts dagegen machen, ich hatte solche Angst«, sagte Billa leise.

»Er hält seinen Kopf für dich hin, und du benimmst dich wie ein verängstigtes Kleinkind?«

»Du hast keine Ahnung, wie er ist, Emi, der bringt mich um!«

Emilia musste noch einmal in ihren Laden, gab Billa aber Anweisung, nach Korbinian zu schauen, notfalls in die Apotheke zu gehen und Schmerzmittel oder Salbe für ihn zu besorgen. Korbinian verbat sich jedoch, seine Schulter auch nur anzusehen. Billa verfolgte ihn durch die Wohnung, entschuldigte sich dabei so oft und so umständlich, dass ihm schließlich der Kragen platzte.

»Jetzt reicht es aber! Schluss mit dem Geschwafel!«

Sie starrte ihn erschrocken an.

»Was hättest du denn anderes machen sollen?«, fuhr Korbinian fort. »Wegrennen war das Beste, das du tun konntest, so wie der auf dich losgeschossen ist. Außerdem hat er zehn Kilometer gegen den Wind nach Schnaps gestunken und Dinge über dich gesagt, die kein Vater in den Mund nehmen sollte, wenn er über sein Kind spricht. Es ist das einzig Vernünftige, diesem Mann weiträumig aus dem Weg zu gehen.«

»Findest du?« Billas Augen begannen sich aufzuhellen.

»Unbedingt!«

»Soll ich dir sagen, wie viele Leute mir schon die Hölle heiß gemacht haben, von wegen seine Eltern respektieren und man darf nicht einfach seinen Vater im Stich lassen, der hat es eh schwer und der braucht dich doch und bla bla bla?«

»Eltern haben für ihre Kinder da zu sein, nicht umgekehrt. Was ist eigentlich mit deiner Mutter?«

»Gestorben, als ich acht war. Autounfall. Mein Vater saß am Steuer. Danach hat er mit dem Saufen angefangen. Deswegen soll ich ja nett zu ihm sein, von wegen tragischer Witwer, alleinerziehend und so.«

»Unsinn! Seit wann schlägt er dich?«

»Seit ich denken kann.«

»Du darfst hier wohnen bleiben, bis du volljährig bist. Dann besorgen wir dir einen Pass, und du kannst entscheiden, wie es mit dir weitergeht. Zum Jugendamt zu gehen, lohnt sich nicht mehr, die würden dich im Übrigen erst einmal mit deinem Vater konfrontieren. Und das sollten wir uns ersparen, solange er sich nicht im Griff hat.«

Billa fiel in den Sessel, als hätte jemand den Stecker gezogen. Alle Spannung wich aus ihrem Körper. Eine Träne rollte über ihr Gesicht, die sie zu Korbinians Erleichterung hastig mit dem Ärmel ihrer Kapuzenjacke wegwischte.

»Ich liebe dich, alter Mann, und ich werde dich bis zum Ende meiner Tage lieben, ohne Scheiß.«

»Sag nichts, was du später bereuen könntest.«

Billa lachte und heulte gleichzeitig.

Als Emilia um kurz nach acht die Wohnung betrat, werkelte Billa in der Küche herum. Korbinian saß im Wohnzimmer und korrigierte Diktate. Er hatte einen kleinen Beistelltisch zum Schreibtisch umfunktioniert, weil sein eigentlicher Schreibtisch im Arbeitszimmer als vorläufiger Kleiderschrank beziehungsweise Wäscheablage benötigt wurde. Jeden Tag sagte er sich: »Morgen muss ich das ändern.« Auch dass Emilia noch immer zwischen ihren halb ausgepackten Gepäckstücken und Kartons im Schlafzimmer kampierte, ging im Grunde nicht. Sie hausten nun schon seit November, also seit vier Monaten, zu dritt auf hundertsechzig Quadratmetern, und jeder improvisierte in seinem kleinen Bereich, als wäre er ein Wochenendgast, der aus Koffern lebte. Das muss jetzt wirklich mal in Angriff genommen werden, dachte Korbinian zum ungefähr hundertsten Mal.

»Ich hab Arnikasalbe für deine Schulter gekauft«, rief Emilia.

»Will jemand was essen?«, fragte Billa aus der Küche.

Gerade als Korbinian der Gedanke kam, dass er manchmal doch ganz gern seine Wohnung wieder für sich allein hätte, klingelte es.

Er ging in den Flur, wo Emilia bereits mit dem Hörer der Gegensprechanlage am Ohr stand. Sie drückte auf den Türöffner und sagte: »Ach du Schande, an den hab ich überhaupt nicht mehr gedacht.«

»Ist Martin wieder am Start?« Billa erschien mit einer Flasche Olivenöl in der Hand in der Küchentür. »Soll ich noch einen Teller dazustellen oder wirfst du ihn gleich wieder raus?«

Korbinian hatte, schon während Billa sprach, gemerkt, dass etwas nicht stimmte. Emilia reagierte gar nicht auf ihre Fragen, sondern sah stattdessen ihn an.

»Korb, es tut mir leid. Er hatte in dem Moment angerufen, als Billa vorhin unten Sturm geklingelt und zusammenhangloses Zeug gebrüllt hat. Da bin ich natürlich sofort los. Danach musste ich schnell in den Laden, und dort war dann auch die Hölle los, und ...«

»Emilia, wovon redest du?«

»Vor lauter Aufregung habe ich total vergessen, dass ich, also wir zurückrufen sollten, und jetzt ist er einfach so gekommen.«

»Wer denn?«

»Manni.«

Die zweite Silbe war noch nicht ausgesprochen, da hatte Billa schon die Wohnungstür aufgerissen und flog praktisch durch den Hausflur in die sich eben öffnende Aufzugtür.

»Du hast jegliche Berechtigung, diesen Menschen nicht in deine Wohnung zu lassen«, flüsterte Emilia Korbinian zu, während sich vor ihren Augen eine hollywoodreife Begrüßungsszene abspielte: Cary Grant küsste Audrey Hepburn ins Nirwana, nur dass Cary die Muskeln von Sylvester Stallone hatte und Audrey ihre Beine etwas untypisch um seine Hüften klammerte.

»Wir stören hier«, sagte Korbinian und schob Emilia in die Küche.

Zum Frühstück am nächsten Morgen, ein Samstagmorgen, war Manni immer noch da. Jedenfalls hatte Korbinian nicht gehört, dass jemand in der Nacht die Wohnung verlassen hatte. Es waren ganz andere Geräusche gewesen, die ihn aus dem Schlaf gerissen hatten, Schreie, so laut, dass er zunächst das komplett Falsche gedacht hatte und zum Gästezimmer gelaufen war, weil er Billa zu Hilfe eilen wollte. Er konnte von Glück sagen, dass die beiden so miteinander beschäftigt gewesen waren und nicht gemerkt hatten, wie die Tür aufgegangen war. Sie hatte rittlings auf Manni gesessen, und das Mondlicht war silbern über ihren nackten Rücken geflossen, während sie sich rhythmisch auf- und abbewegte und helle, kreischende Laute von sich gab. Korbinian hatte die Tür leise wieder geschlossen und war zurück ins Bett gegangen, wo er sich die Ohren mit seinem Kopfkissen zugehalten hatte. Gegen vier war endlich Ruhe eingekehrt.

Emilia begrüßte ihn mit der Kaffeekanne in der Hand am Frühstückstisch. »Große oder kleine Tasse?«

»Große, bitte. Ich hab kaum ein Auge zugetan.«

»Wen wundert's?«

Sie hatte bereits Brötchen geholt, auf dem Herd kochten Eier, die Pfanne für sein Rührei stand auch schon bereit. Und gedeckt hatte sie für vier Personen.

»Vier?«, fragte Korbinian.

»Drei plus eins macht vier. Ich bin Geschäftsfrau, ich kann rechnen.« Emilia schlug mit Schwung zwei Eier in die Pfanne.

»Weißt du, wie man das früher nannte?«, sagte Korbinian, dem die gute Laune seiner Schwester auf die Nerven ging.

»Einen Frühstücksgast?«

»Kuppelei!«

Emilia gluckste belustigt und drehte sich zu ihm um. »Da bin ich aber ganz schön erleichtert, dass sich die Gesetzeslage inzwischen geändert hat.«

»Heute könnte man noch mindestens von nächtlicher Ruhestörung ausgehen.«

»Stell dich nicht so an, Korb. Manni ist erwachsen, Billa sexualmündig, und Sex ist gut für Leib und Seele. Vielleicht solltest du auch mal wieder welchen haben, dann würdest du nicht so griesgrämig daherreden.«

Sie wandte sich wieder der Pfanne zu, rührte die Eiermasse um und gab Korbinian die Möglichkeit, diese verbale Breitseite erst einmal zu verdauen. Im ersten Moment hatte er aufbrausen wollen, aber seine Empörung war gleich wieder in sich zusammengefallen. Die Bemerkung seiner Schwester war zwar wenig sensibel, wenn nicht sogar unverschämt gewesen, aber wenn er ehrlich war, hatte sie gar nicht mal so unrecht. Was war er mit den Jahren nur für eine jämmerliche Gestalt geworden.

»Korb?«

»Ja?«

»War nicht böse gemeint.«

»Weiß ich.«

Sie fuhr ihm mit der einen Hand durchs Haar, während sie mit der anderen das fertige Rührei vor ihm auf den Tisch stellte.

»Und was, wenn Billa schwanger wird?«, frage Korbinian, hauptsächlich, um von seinem eigenen nicht vorhandenen Sexualleben abzulenken.

»Dann hat Manni ein Problem.«

»Machst du es dir da nicht ein bisschen einfach?«

»Wieso? Weder interessiert es mich noch geht es mich etwas an. Ich bin wegen ganz anderer Sachen besorgt. Aber wenn hier wieder was eskaliert, fliegt der Kerl raus, und damit hat sich's.«

»Wer fliegt raus?«, fragte Billa, die schlaftrunken in die Küche getapst kam und eine Wasserflasche aus dem Kasten neben dem Kühlschrank holte.

»Dein Besuch, Liebes, sollte er Korbinian wieder auf die Nase hauen wollen«, sagte Emilia.

»Sehr witzig«, brummte Korbinian.

Billa sah unsicher von einem zur anderen.

»Ach nee«, korrigierte sich Emilia, »mein Herr Bruder haut ja jetzt selbst Leute um, stimmt's, Korb?«

Korbinian fand, dass diese Frage keiner Antwort würdig sei, und widmete sich ausgiebig seinem Rührei.

Billas Blick wanderte über den gedeckten Tisch, dann ging ein Lächeln über ihr Gesicht. »Darf Manni mitessen?«

»Wenn er schon mal da ist«, sagte Emilia.

»Vielleicht mag er sich bei dieser Gelegenheit auch mal ordnungsgemäß bei uns vorstellen«, sagte Korbinian.

»Das wollte er gestern Abend schon machen, wirklich, aber wir haben dann einfach die Kurve nicht mehr gekriegt …«

»Offensichtlich!«

»War'n wir zu laut?«

»Muss ich mich dazu äußern?«

»O Mann, sorry! Warum habt ihr euch denn nicht gemeldet?«

Korbinian verdrehte die Augen, Emilia prustete los.

»Leute, ich hatte die geilste Nacht aller Zeiten, und ihr seid die besten Menschen von der ganzen Welt.«

Billa umarmte Emilia, hüpfte dann auf Korbinian zu, der abwehrend beide Hände hob. »Untersteh dich!«

»Alter Motzkopp«, sagte Billa, warf zwei Kusshände in die Luft und tänzelte bester Stimmung wieder aus der Küche. »Ich geh duschen. Darf Manni auch?«

»Kommt alles mit auf die Rechnung!«

Eine halbe Stunde später stand der frisch geduschte und etwas betreten dreinschauende Manni vor Korbinian.

»Ich muss mich endlich mal richtig bei Ihnen entschuldigen, Herr Gerhard. Dafür, dass ich Ihnen eine geschallert habe, und dafür, dass ich erst jetzt hier auftauche, um mit Ihnen darüber zu reden.«

Korbinian fand, dass *eine geschallert* eher nach Sandkastenschubserei klang als nach dem, was tatsächlich passiert war. Aber angesichts von Mannis offenkundiger Reue und seiner Ehrfurcht gebietenden Muskeln verzichtete er lieber auf eine entsprechende Bemerkung. Stattdessen sagte er: »Schon gut, ich habe Wegner inzwischen ja kennengelernt, der hätte einen Schlag auf die Nase mehr als verdient.«

»Was hab ich dir gesagt? Mein alter Mann ist der coolste Typ«, jubelte Billa.

Manni streckte Korbinian seine Hand entgegen, Korbinian ergriff sie – und war bass erstaunt, eine schlaffe, weiche, leicht schwitzige Männerhand zu umfassen. Er hatte einen schmerzhaften Eisengriff erwartet.

»Manfred Lipinski. Für Sie einfach Manni. Tut mir echt leid, dass ich da neulich nicht Billas Alten, sondern Sie erwischt habe, das können Sie mir glauben.«

»Ich bin Korbinian Gerhard, kannst Korbinian sagen und kannst mich auch duzen. Mir tut es ebenfalls leid, dass du Wegner nicht erwischt hast, und wie!«

»Billa hat erzählt, dass du ihn dir gestern gekrallt hast. Alle Achtung!«

»Na ja, *gekrallt* würde ich es nicht nennen, aber er hat wohl verstanden, was ich meinte.«

Manni nickte anerkennend.

Korbinian fühlte sich nicht ganz wohl in seiner Rolle als Pseudo-Held, aber zugleich war er auch ein bisschen geschmeichelt.

Emilia hingegen empörte sich: »Einem Schläger mit Schlägen das Schlagen austreiben wollen – das klingt ja mal nach einem überzeugendem Konzept, ihr Genies.«

»Wie bitte?«, fragte Manni.

»Draufhauen als Lösung für alles, ja?«

Manni schaute sie verständnislos an. »Hä?«

»Und überhaupt: Warum kommst du erst jetzt mit deiner Entschuldigung? Und warum hast du Billa wochenlang allein in der Stadt herumirren und dann noch mal so lange hier auf dich warten lassen?« Sie war ziemlich in Fahrt.

»Ich konnte nicht früher hier auftauchen, ehrlich, das wäre auch für Billa nicht gut gewesen. Mehr kann ich dazu gerade nicht sagen.«

»Wie soll ich das jetzt bitte verstehen?«

Emilias Anblick war regelrecht Furcht einflößend. Sie stand mit der fettigen Eierpfanne in der Hand da, als wäre sie jeden Moment bereit, sie diesem großen und durchtrainierten Kerl über den Schädel zu ziehen. Tatsächlich wirkte auch Manni beeindruckt.

»Also … ähm …«, druckste er herum, »ich hab schon was gemacht, das stimmt, aber nicht das und nicht so viel, wie die Bullen denken.«

»Was genau?«

»Ey, bin ich hier beim Verhör, oder was? Ich komme her, um mich zu entschuldigen. Okay, ich hab Gras gedealt und bin in ein paar Datschen gewesen, für die ich keinen Schlüssel hatte. Aber das große Ding, das ein paar Scheißtypen mir anhängen wollen, das war ich nicht. Diese Typen haben Leute bestochen und all so'n Mist, vor denen habe ich mehr Angst als vor den Bullen. Trotzdem krieg ich das in den Griff, bin schon ganz nah dran.«

Einerseits nahm Mannis Ehrlichkeit Korbinian durchaus für

ihn ein, andererseits sah er sich plötzlich mitten in einem Drogenkrieg. Ihm wurde leicht übel.

Billa stand dicht neben Manni und funkelte Emilia böse an. »Ich hab ihm versprochen, dass er euch vertrauen kann.«

Emilia stellte die Pfanne auf den Herd zurück und trocknete sich umständlich die Hände am Geschirrtuch ab.

»Ich will dir mal zugutehalten«, sagte sie zu Manni, »dass du als polizeilich gesuchter Verbrecher den Mumm hast, hier aufzutauchen und eine Festnahme zu riskieren, um dich persönlich bei meinem Bruder zu entschuldigen. Aber der Spaß hört auf, junger Mann, wenn du Billa oder uns in deinen Scheiß mit reinziehst.«

Es wurde plötzlich sehr still in der Küche. Irgendetwas ging mit Manni und Emilia vor, während sie einander mit Blicken fixierten. Ein Machtkampf, aber auch aufkeimende Sympathie. Jedenfalls schien sie von einem auf den anderen Moment nicht mehr ganz so wütend auf Manni zu sein, und zugleich demonstrierte sie deutlich, dass sie gewillt war, weiterhin die Herrin im Haus zu bleiben.

Auch Mannis Haltung änderte sich. Hatte er gerade noch angespannt und mit vorgestrecktem Kinn dagestanden, als würde er im nächsten Moment auf Emilia losgehen, schlang er jetzt locker den Arm um Billas Taille und zog sie noch näher zu sich heran, ohne allerdings seinen Blick von seinem Gegenüber abzuwenden.

»Hast du mich verstanden?«, brach Emilia das Schweigen.

»Hab ich. Und genau weil ich Billa nicht in meinen Scheiß mit reinziehen will, habe ich sie bei euch gelassen.«

»Es ist allein ihre Entscheidung, dass sie bei uns ist. Und sprich nicht von ihr, als hätte sie keinen eigenen Willen.«

Manni setzte ein breites Grinsen auf. »Ich glaube, du bist in Wirklichkeit ganz cool, Emilia. Wir wollen doch eigentlich das Gleiche.«

»Das würde ich stark bezweifeln«, sagte Korbinian, der sich bislang seinem Rührei gewidmet hatte.

»Hey, Bruder, wir wollen alle, dass es Billa gut geht, richtig?«

»Nenn ihn nicht Bruder«, sagte Billa.

»Immer noch besser als alter Mann«, sagte Manni.

Korbinian sagte: »Setzt euch und trinkt erst mal einen Schluck Kaffee, damit ihr richtig wach werdet und nicht so viel Unsinn reden müsst.«

9

Es war der Vorabend vom Maifeiertag. Aber nicht das war der Grund, warum sie am Tisch hinter der Zimmerlinde das Buffet hübsch auf weißem Tischtuch arrangiert hatten, festlich geschmückt mit Kerzen und kleinen Blumengestecken. Korbinian hatte »weder Kosten noch Mühen gescheut«, wie ihm von Schiller wiederholt bescheinigt worden war, und er hatte das gern getan. Schließlich würde Billa Schlag Mitternacht nicht mehr Ausreißerin sein, sondern in den Erwachsenenstand übergehen, die Verantwortung also auch vor dem Gesetz für sich selbst übernehmen – und das musste gefeiert werden. Aus diversen Gründen. Weder das Jugendamt noch der nicht mehr erziehungsberechtigte Vater konnten dem Mädchen dann juristisch etwas anhaben, und Korbinian würde keine flüchtige Minderjährige mehr beherbergen, die ihn in Konflikt mit den Behörden bringen konnte.

Renate, die sich um den Kneipenbetrieb gekümmert hatte, solange Schiller mit den Vorbereitungen für die kleine Feier beschäftigt war, hatte gerade dem Cognac-Pärchen an der Fensterseite Nachschub geliefert und nutzte nun eine Zigarettenpause, um das Arrangement zu betrachten: ein Teller mit Bouletten, eine Schüssel Kartoffelsalat, zwei Servierbretter mit Käse-, Salami- und Eierbrötchen, diverse Schalen mit Salzbrezeln und Erdnüssen, Chips mit Salz- und Essiggeschmack sowie als Dessert hausgemachte Schokoladentörtchen mit einer Glasur aus grellbuntem Zuckerguss.

»Wie findest du es?«, fragte Korbinian.

»Bisschen sehr Retro. Wo bleibt das Geburtstagskind?«

Korbinian zuckte mit den Schultern.

Schiller, der noch hier und da ein Schälchen anders positionierte, sagte: »Müsste eigentlich gleich von Korbs Schwester angeliefert werden.«

Jedes Mal, wenn die Kneipentür aufschwang, schaute Korbinian erwartungsvoll hin, jedes Mal wurde er enttäuscht. Leute kamen und gingen, aber von Billa oder Emilia keine Spur.

Gegen Viertel vor elf nahm sich Renate eine Brötchenhälfte und biss hinein, weil, wie sie sagte, »die Eierscheiben inzwischen anfangen, eklig auszusehen«. Schiller tat es ihr nach, dann lud er die wenigen noch verbliebenen Gäste ein, ebenfalls zuzugreifen. Korbinian, der trübsinnig in der Ecke hockte, wollte protestieren, aber Schiller ließ es gar nicht erst dazu kommen: »Das stelle ich natürlich nicht in Rechnung.«

»Darum geht es doch gar nicht«, sagte Korbinian.

»Weiß ich.«

»Da ist bestimmt was passiert«, nuschelte Renate mit vollem Mund.

Korbinian erstarrte.

»Ach was«, wehrte Schiller ab. »Denen ist nur irgendwas dazwischengekommen. Und weil er sich ja standhaft weigert, ein Handy zu benutzen, kann ihn auch niemand verständigen. Ruf du doch mal da an, Korb!«

»Genau«, pflichtete ihm Renate bei. »Ruf endlich an, dann weißt du, ob denen etwas zugestoßen ist oder nicht.«

»Blödsinn«, sagte Schiller. »Wenn die nicht rangehen, weiß er überhaupt nichts. Verbreite mal nicht so 'ne Panik.«

»Was heißt'n hier Panik? Die hätten sich theoretisch ja auch bei uns im Ochsenglück melden können, wenn sie dazu in der Lage wären.«

»Haben sie aber nicht.«

»Eben. Deswegen glaube ich, dass was passiert ist.«

»Mensch, jetzt gebrauch doch mal dein Erbsenhirn! Was meinst du, wie ihm sowieso schon zumute ist?«

Renate und Schiller begannen sich zu streiten. Korbinian beschloss derweil, in seiner Wohnung anzurufen, obwohl seine Angst, dass niemand oder, noch schlimmer, die Polizei ans Telefon ging, tatsächlich allmählich panikartige Züge annahm.

Er erhob sich, und als er mit zitternden Händen auf dem fast schon antiken Apparat hinter dem Tresen die ersten drei Zahlen von seiner Nummer gedreht hatte, ging die Eingangstür auf, und Emilia kam mit einer total verheulten Billa im Schlepptau herein.

»Ach du Scheiße«, sagte Renate.

»Kannst du laut sagen.« Emilia warf mit Schwung ihren Poncho über die Garderobe.

Billa ließ sich auf den nächstbesten Stuhl fallen und vergrub ihren Kopf in den Armen.

»Was ist los?«, fragte Korbinian.

Emilia verzog entnervt das Gesicht. »Die Kurzfassung lautet: Sie hat herausgefunden, dass Manni seit November bei einer anderen Frau wohnt.«

Renate ging zu Billa und hockte sich neben sie. »Dieser Kackbratze von einem Typen sollte man die Eier abschneiden.«

Billa warf sich an Renates Brust, Renate schlang ihre Arme um die inzwischen nicht mehr ganz so unterernährt aussehenden Mädchenschultern und wiegte Billa hin und her. Die fing daraufhin erneut an, hemmungslos zu weinen.

»Was'n mit die Kleene los?«, lallte der Mann vom Cognac-Pärchen.

Es war das erste Mal, dass Korbinian bewusst dessen Stimme wahrnahm.

»Nix, was dich was angeht, Fritze«, lallte die Frau vom Cognac-Pärchen, die in der Regel für beide sprach. »Schiller, bring mal die Rechnung, Fritze und ich machen uns ab.«

Nachdem die beiden aus dem Lokal getorkelt waren, schenkte Schiller ein Glas von seinem Kümmel ein und reichte es Emilia. Sie nahm es und kippte es in einem Zug herunter. »Danke!«

»Immer gerne. Hunger?«

Emilia seufzte. »Hunger ist gar kein Ausdruck.«

Schiller führte sie hinter die Zimmerlinde zum ziemlich abgeräumten Buffet und lud ihr eine Boulette, zwei Brötchenhälften, ein Schokotörtchen und den kümmerlichen Rest von den Essigchips auf den Teller.

Irgendwann beruhigte sich Billa ein wenig und ließ sich von Renate dazu bewegen, unter fortwährendem Schluchzen eine Handvoll Salzbrezeln sowie ein Glas Cola zu sich zu nehmen.

Die übrigen Gäste verließen angesichts der verhagelten Stimmung nach und nach das Ochsenglück, zurück blieben Schiller, Emilia, Renate, Billa und Korbinian, der nicht nur enttäuscht war, dass sein Geburtstagsarrangement keine gebührende Beachtung gefunden hatte, sondern auch ärgerlich. Wieder einmal war dieser Kerl daran schuld, dass es Billa schlecht ging.

Während der vergangenen Wochen war Manni der Pol gewesen, um den sich Billas Denken, Reden und vor allem ihre Pläne gedreht hatten. Sie selbst hätte das vehement bestritten, und des Öfteren hatte sie sogar auf ihn geschimpft. Tatsache aber war: Manni, der nach seinem Wiederauftauchen feierlich versprochen hatte, Billa nie wieder im Stich zu lassen, war manchmal tagelang nicht erreichbar, ohne dass er eine Nachricht hinterließ. Billa mochte sich noch so enttäuscht oder wütend darüber zeigen, sobald er dann wieder in Erscheinung trat und mit dem Finger schnippte, lief sie ihm hinterher, ganz gleich, was sonst auf der Agenda stand. Vereinbarungen und Verabredungen galten nicht mehr, sobald Manni sich die Ehre zu geben gedachte.

So war sie unentschuldigt einem Vorstellungsgespräch ferngeblieben, das Emilia ihr bei einer befreundeten Ladeninhaberin vermittelt hatte, obwohl Billa angesichts der Aussicht auf einen Job in einer Zoohandlung zunächst in wahre Begeisterungsstürme ausgebrochen war. Tagelang hatte Emilia sich darüber aufgeregt, dass Billa zu ihrer Entschuldigung nichts weiter vorzubringen gehabt hatte, als dass Manni spontan mit ihr einen Ausflug habe machen wollen und dass sie darüber den anberaumten Termin total vergessen habe. Emilia hatte sie als unselbstständig, verantwortungslos und emotional abhängig bezeichnet, und Billa hatte im Gegenzug Emilia an den Kopf geworfen, sie wisse nicht, was Liebe ist, woraufhin Emilia vollends die Fassung verlor. Korbinian war wieder einmal bei Schiller am Tresen gelandet, um nicht zwischen die Fronten zu geraten.

Ein anderes Mal hatte Korbinian eine Stunde lang vergeblich vor dem Museum für Naturkunde gewartet, wo er mit Billa verabredet gewesen war, um sich, auf ihren dringenden Wunsch hin, gemeinsam eine Sonderausstellung zum Thema »Ameisenbären und andere Launen der Natur« anzusehen. Hier hatte Manni sie kurzfristig nach Weißensee geschleppt, wo ein Kumpel von ihm gerade einen Dodge Coronet aus dem Jahr 1957 zum Restaurieren bekommen hatte – das »ultimativ coolste Auto aller Zeiten«. Unmittelbar danach war Manni für neun Tage spurlos verschwunden, und Billa vermutete ihn schon als schwimmende Leiche im Landwehrkanal, bis er am zehnten Tag mit einer Plattenhülle unter dem Arm lässig in Korbinians Wohnung spaziert war, als hätte er nur mal eben die neueste Pressung seiner Höllenmusik besorgt.

Manni tauchte ab, Manni tauchte auf, ganz wie es ihm in den Kram passte. Jedes Mal gab es Ärger oder Streit, und jedes Mal ließen sich hinterher alle aufs Neue wieder von ihm einseifen. Selbst Emilia verlor die Lust, ihm die Meinung zu geigen, sobald er treuherzig dreinblickend vor der Haustür stand.

»Nu erzählt mal endlich, was Sache ist, damit wir auch im Bilde sind«, sagte Schiller, während er eine Runde von seiner selbst aufgesetzten Maibowle ausgab.

Emilia verdrehte die Augen und sagte zu Billa: »Willst du oder soll ich?«

Billa zog die Nase hoch. »Weiß nicht.«

Renate, die anscheinend so etwas wie Frauensolidarität verknüpft mit diffusen Muttergefühlen für Billa entwickelt hatte, legte erneut ihren Arm um sie und blickte angriffslustig umher: »Was soll da schon *Sache* sein? Verscheißert hat er sie, mit 'ner anderen Ollen rumgemacht. Reicht doch. Der Sausack!«

Emilia seufzte: »Ganz so einfach ist es wohl doch nicht.«

Manni war tatsächlich am frühen Abend zu Besuch gekommen, so wie Emilia es vorausgesehen hatte. Die jungen Leute waren zunächst noch bestens gelaunt gewesen, und Manni hatte die Idee gehabt, Billa zum Essen auszuführen. Emilia musste daraufhin die beiden davon in Kenntnis setzen, dass Korbinian etwas für Billa zum Geburtstag organisiert hätte und sie damit überraschen wolle. Selbstverständlich sei auch Manni eingeladen. Die Stimmung rutschte in Richtung Gefrierpunkt, als Billa und Emilia ungefähr zeitgleich kapierten, dass Manni den Geburtstag völlig vergessen hatte und nur zufällig an diesem Abend aufgetaucht war. Als er dann aber mitteilte, er könne nicht mit ihnen reinfeiern, weil er um elf noch »woandershin« müsse, war Billa misstrauisch geworden. Sie hatte wissen wollen, was für einen Termin er denn mitten in der Nacht haben konnte, wenn die eigene Freundin achtzehn wurde. Da hatte Manni ihr gesagt: »Ich will dich nicht anlügen, Hase.«

»Mit diesem Satz«, sagte Emilia, »fangen bekanntlich die meisten Krisen erst richtig an.«

Manni hatte Billa also gestanden, dass er bei einer anderen Frau untergekommen sei, gleich nach seiner Flucht im November, aber sie sei nur eine Exfreundin, er hätte auch nicht wieder etwas mir ihr angefangen. Er habe Billa nur nicht beunruhigen wollen, deshalb hätte er ihr gesagt, er sei bei einem von Rons Cousins untergekommen. Janice, die Ex, sei sowieso fast die ganze Zeit in Düsseldorf bei ihrem Vater gewesen, deswegen hätte er ja die Wohnung nutzen können. Heute aber komme sie für ein paar Tage nach Berlin, und er hatte versprochen, sie kurz nach elf vom Bahnhof abzuholen, das sei er ihr schuldig. An diesem Punkt war Billa vollkommen durchgedreht und hatte Manni eine filmreife Szene hingelegt. Alle Überredungskünste seinerseits waren ins Leere gelaufen. »Drama pur!«, erklärte Emilia.

Irgendwann hatte Manni es aufgegeben und war gegangen, nicht ohne noch einmal zu versichern, dass diese Janice ihn nicht die Bohne interessiere und dass Billa – und nur Billa allein – seine große Liebe sei.

»Verlogener Dreckskerl!«, schnaubte Renate.

Billa hob das verrotzte Gesicht. »Du kennst ihn doch gar nicht! Vielleicht hat er die Wahrheit gesagt und wohnt wirklich nur als Untermieter da.«

»Ich fand ja, dass seine Zerknirschung durchaus echt wirkte«, sagte Emilia.

»Siehst du«, schluchzte Billa.

»Pah!«, fauchte Renate.

»Und jetzt?«, fragte Korbinian, dem die Heulerei und das ganze Gefühlschaos entschieden auf die Nerven gingen.

»Jetzt machen wir den Sekt auf«, meldete sich Schiller zu Wort. »Es ist drei Minuten vor zwölf.«

Der Korken knallte, und Schiller verteilte die Flasche auf fünf Gläser. Billa reichte er das erste. »Mädchen, selbst wenn du einen katastrophalen Abend hattest, von jetzt an darfst du so richtig offiziell auch nach sechs Gast in Bolles Ochsenglück sein. Das gehört gefeiert, und wenn draußen die ganze verdammte Welt untergeht!«

Tatsächlich schaffte er es damit, der verheulten Billa ein winziges Lächeln zu entlocken.

Sie stießen die Gläser aneinander, Schiller und Renate gratulierten Billa ebenso ausgiebig wie feierlich. Emilia trat währenddessen neben Korbinian und flüsterte ihm zu: »Langsam kapiere ich, was du an diesem Ort findest.«

Korbinian nippte an seinem Sekt und dachte: Es wäre mir dennoch lieber, du würdest nicht weiter Gebrauch von ihm machen.

Und dann stand Billa vor ihm. »Komm her, alter Mann, ohne deinen Segen weigere ich mich, erwachsen zu werden.«

Sie fiel ihm um den Hals und begoss dabei den Rücken seines Jacketts mit Sekt.

Trotz der ungeklärten Verhältnisse stellte sich so etwas wie Feierlaune ein. Das Buffet wurde bis auf den letzten Krümel abgeräumt, nach dem Sekt kam wieder die Bowle dran, sogar das Radio wurde aus der Küche geholt und bis zum Anschlag aufgedreht. »Ein absoluter Tabubruch«, wie Schiller betonte.

Kurz vor zwei war Schluss, denn Renate und Schiller mussten zeitig aus dem Bett. Renate, weil sie in der Frühe noch einen Putzjob hatte, Schiller, weil er vor den Toren der Stadt nach einem »vor sich hin gammelnden Wochenendhaus« sehen wollte, bevor er mittags wieder das Ochsenglück aufschloss. Da Maifeiertag war, erwartete er einigen Andrang an trinkfreudigen Gästen, für die er eine frische Bowle aufsetzen wollte.

Emilia tanzte zu diesem Zeitpunkt allein und selbstvergessen durch den Schankraum, Billa lag vor lauter Erschöpfung halb über dem Tisch, und auch Korbinian konnte kaum mehr die Augen aufhalten.

»Nimm deine Frauen, mein Freund, und geh«, sagte Schiller, der nicht mehr ganz nüchtern war.

Billa warf erst Schiller, dann Emilia einen missbilligenden Blick zu und sagte: »Komm, Korb, wir bringen deine besoffene Schwester ins Bett.«

Glücklicherweise war Emilias Zustand nicht ganz so schlimm wie befürchtet. Als sie zu Hause angekommen waren, ging sie zwar nicht schnurgerade, aber doch eigenständig zu ihrem Schlafzimmer. In der Tür drehte sie sich noch einmal um und sagte: »Wisst ihr eigentlich, wie gerne ich bei meinem großen Bruder wohne?«

Korbinian fiel darauf keine Antwort ein.

Billa sagte leicht genervt: »Schätze, ungefähr so gerne wie ich.«

Emilia runzelte die Stirn. »Nein, Mädchen, viel lieber als du, darauf kannst du deinen nicht vorhandenen Arsch verwetten. Und weißt du noch was?«

»Nee, was denn?«

»Irgendwann hätte ich trotzdem gerne mal wieder einen Raum, der mir gehört und den ich selbst nach meinem eigenen Geschmack gestalten kann. Gute Nacht! Hab euch lieb!«

Es war kurz nach fünf. Nicht einmal zwei Stunden hatte Korbinian geschlafen, als er von seinem Sofa hochfuhr. Im ersten Moment dachte er, er hätte jemanden an seiner Tür vorbeigehen hören, aber draußen schien alles still zu sein. Obwohl er nach einem halben Glas Sekt zu Apfelschorle und Pfefferminztee übergegangen war, fühlte sich seine Kehle trocken an, sein Kopf dumpf und schwer. Das ständige Passivrauchen wird mich noch umbringen, dachte er. Er stand auf und tastete nach der Wasserflasche, die er normalerweise auf dem Schreibtisch, zwischen einen Stapel Pullover und der Sockenkiste, abstellte. Er nahm die Flasche, stieß dabei aber den Turm mit den Pullovern um. Er fluchte.

Dieses Provisorium dauert schon viel zu lange, dachte er. Ich brauche wieder einen funktionstüchtigen Kleiderschrank. Er schaute sich im Zimmer um. Rings um ihn herum Bücherregale sowie eine Schrankwand bis oben hin vollgestopft mit Unterrichtsmaterialien. Notfalls, so überlegte er weiter, könnten dort auch Kleider aufbewahrt werden. Wohin dann aber mit den Materialien? Im Grunde könnte man die Wohnung neu einrichten, um genügend Platz für jeden zu schaffen, und bei hundertsechzig Quadratmetern gäbe es ja auch ausreichend Spielraum, wenn er sich nur endlich mal ans Werk machen würde. Einen kurzen Moment hatte Korbinian den Impuls, Emilia zu wecken und sofort mit dem Umräumen anzufangen. Dann aber tauchten die geschlossenen Türen von Maries Kleiderschrank vor seinem inneren Auge auf – und er ließ den Gedanken fallen. Ein anderes Mal. All das hatte Zeit bis morgen oder übermorgen oder nächste Woche.

Korbinian nahm den letzten Schluck aus der Wasserflasche, dann zog er seinen Morgenmantel über und ging in die Küche, um sich eine heiße Milch mit Honig zu machen.

Als er mit der Tasse in der Hand wieder in sein Zimmer gehen wollte, fiel ihm auf, dass die Wohnzimmertür offen stand. Drinnen war es dunkel. Gerade wollte er die Tür schließen, da sah er, dass die Glastür zur Dachterrasse nur angelehnt war und dass hinter der Scheibe etwas flackerte. Er trat näher heran. Billa saß in seine Kamelhaardecke gewickelt auf dem Boden der Terrasse, beleuchtet von einer Kerze, die sie vor sich auf die Holzbohlen gestellt hatte. Neben der Kerze stand ein Aschenbecher, in dem mehrere Zigarettenstummel zerdrückt waren. Sie sah so einsam und verloren aus, wie sie da im Schneidersitz hockte und in die aufdämmernde Dunkelheit schaute, dass Korbinian nicht anders konnte, als zu ihr zu gehen.

»Kannst du auch nicht schlafen?«, fragte er.

Billa drehte sich nach ihm um und wirkte nicht im Ansatz überrascht, ihn zu erblicken.

»Was hast du da?«

»Milch mit Honig.«

»Warm?«

»Ja, und viel zu süß.«

Sie lächelte und klopfte mit der flachen Hand neben sich. »Setz dich zu mir und gib mir was ab.«

Korbinian gehorchte.

»Geht's? Oder soll ich dir ein Kissen holen?«

»Na hör mal, ich bin doch keine hundert.«

Sie lachte leise. »Nee, das nun auch wieder nicht.«

Schweigend saßen sie nebeneinander, reichten sich wechselseitig den Becher, tranken die Honigmilch aus und schauten auf den Fernsehturm, der sich allmählich aus der Morgendämmerung herausschälte.

»Das hier ist der mit Abstand schönste Platz, um in dieser beschissenen Stadt die Sonne aufgehen zu sehen«, sagte Billa irgendwann.

»Warum beschissen? Magst du Berlin nicht?«, fragte Korbinian.

»Keine Ahnung. Dieser ganze Arm-aber-sexy-Mist nervt jedenfalls gewaltig. Ich weiß nicht, was an Armut sexy sein soll. Weißt du, wie viel Elend es hier gibt? Wie viele Penner, Junkies, Straßenkinder, Loser? Manchmal möchte ich einfach nur weg.«

»Ich auch.«

»Echt?«

Sie sah ihn ungläubig an.

»Eigentlich wollte ich nie in der Stadt leben.«

»Warum bist du dann hierhergezogen?«

»Aus Liebe.«

»O Mann, Alter, das ist stark«, sagte Billa, und es klang, als wäre sie tatsächlich der Ansicht, Korbinian hätte Großartiges vollbracht.

Dann schwiegen sie wieder.

Korbinian rechnete es Billa hoch an, dass sie nicht versuchte, ihn auszufragen, und vielleicht war das der Grund, weshalb er von sich aus weitersprach.

»Früher habe ich mir immer ein Haus auf dem Land gewünscht, mit einem Nutzgarten und einer Bank davor, wo man abends sitzen, den Vögeln zuhören und in die Bäume schauen kann.«

»Weißt du, wie viel Arbeit so ein Nutzgarten macht?«, gab Billa zu bedenken. »Im Sommer kannst du deinen gemütlichen Feierabend vergessen. Und sehen kannst du von hier aus viel mehr. Hast du ein Fernglas?«

»Nein.«

»Solltest du dir anschaffen. Ich meine, guck dir das an.«

Sie hatte recht, der Himmel glühte, ein Inferno aus Violett und Dunkelblau, durchschossen von Gelb, Orange, Scharlachrot, Zinnober, Purpur, Karmin.

»Man fühlt sich ganz klein, wenn man so was Schönes sieht«, sagte Billa.

»Ja«, sagte Korbinian. »Meine Frau hat während des gesamten Umbaus davon geträumt, eines Tages mit mir hier zu sitzen und im Sonnenaufgang zu frühstücken.«

»Und habt ihr das?«

»Nein.«

»Wieso nicht?«

»Erst wollte sie die Terrasse begrünen und Gartenmöbel anschaffen, einen großen Tisch und Stühle aus Teakholz, dazu einen Sonnenschirm aus Segeltuch. Marie wollte, dass alles perfekt ist, bevor wir das machen. Sie hatte so ihre eigenen Vorstellungen.«

»Bescheuert.«

Korbinian zuckte zusammen.

»'tschuldigung«, sagte Billa.

»Nein, wir waren teilweise wirklich ganz schön bescheuert, Marie und ich«, sagte Korbinian.

»Hattest du auch Pech mit der Liebe?«, fragte Billa.

»Nein, ich hatte eher Pech mit dem Leben.«

Billa strich sanft über seinen Arm. »Du kannst wieder Glück haben, Korbinian. Hast du nicht selber gerade gesagt, dass du noch keine hundert bist? Dein Leben ist nicht vorbei.«

Er klopfte ihr etwas linkisch auf den Rücken.

»Ja, ja, vielleicht.«

»Rosemarie zum Beispiel. Was ist mit der? Du musst sie mal zum Kaffee einladen oder zum Essen oder ins Kino.«

»Kümmere dich lieber um dein eigenes Leben, junge Frau. Du bist jetzt erwachsen, kannst Pläne machen, dich ausprobieren. Jedenfalls solltest du nicht in der Bude hocken und anderen kluge Ratschläge erteilen.«

»Jetzt klingst du wie deine Schwester.«

»Was dafür spricht, dass ich recht habe.«

»Hattest du niemals Angst davor, dein Leben selbst in die Hand zu nehmen – als du jung warst, meine ich?«

»Ich habe heute noch Angst davor.«

»Ernsthaft?«

»Ernsthaft.«

»Warst du deshalb so komisch, als wir Rosemarie getroffen haben?«

»Was weiß ich denn? Im Übrigen geht dich das nichts an.«

Billa sammelte mit dem Zeigefinger den letzten Rest Honig in der Tasse zusammen. Sie betrachtete die klebrige Fingerkuppe, als ließe sich daraus etwas ablesen.

In der Kugel des Fernsehturms spiegelte sich die Morgensonne, sodass es aussah, als gingen Lichtpfeile von ihr aus.

Billa seufzte. »Ach Mensch, das Einzige, was ich mir gerade wünsche, ist, mit Manni hier zu sitzen.«

Korbinian atmete tief aus, bevor er etwas erwiderte. »Ich dachte, mit dem wärest du fertig?«

Billa lutschte an ihrem Finger, stellte gleichzeitig die Tasse neben sich ab.

»Fertig – was heißt das schon. Heute ist man fertig, morgen will man, dass es nie aufhört. Warum ist das mit der Liebe immer so kompliziert, Korbinian?«

»Das darfst du mich nicht fragen.«

»Ich frag dich aber.«

»Vielleicht, weil wir ihr nichts entgegenzusetzen haben?«

»Wie meinst du das?«

»Wenn es uns erwischt, sind wir hilflos, es gibt keine Garantie und keinen Schutz. Deshalb muss man ja so gut auf sich aufpassen.«

»Man bekommt keinen Airbag eingebaut, der den Sturz abfängt?«

»Keinen Airbag, keine Anschnallgurte, keine Bremse, nichts, auf das man sich im Notfall verlassen kann.«

»Du klingst ganz schön weise.«

»Ach was, nur wie ein alter Mann.«

»Nicht so pessimistisch, mein lieber Dumbledore.«

Korbinian sah sie irritiert an.

Billas Oberlippe kräuselte sich, dann prustete sie los.

»Ich dachte, wir unterhalten uns ernsthaft«, sagte Korbinian.

»Tun wir ja auch.« Billa kicherte noch immer. »Aber in der Liebe geht es doch nicht um Absicherungen. Ich brauche keine Bremse, kein Polster – ich will ein Gaspedal, verdammt!«

Jetzt musste auch Korbinian lachen.

Plötzlich sprang Billa so schnell auf, dass die Tasse neben ihr umfiel.

»Schluss mit dem sentimentalen Gequatsche, alter Mann! Wir werden jetzt die Sachen aus der Küche holen und heute hier draußen frühstücken.«

»Wie? Nein, das geht nicht.«

»Und ob das geht. Wir breiten eine Decke aus und picknicken einfach auf dem Boden. Ich habe Geburtstag, und ich darf sagen, was gemacht wird.«

Korbinian stand auf. »Nein!«

Sie wich vor ihm zurück, als rechnete sie damit, dass er sie angreifen würde. Er hatte gar nicht so laut sein wollen, nicht so ärgerlich, fast schon cholerisch. Sie hatte schließlich nichts weiter vorgehabt, als ein Frühstück auf dieser ungenutzten Dachterrasse. Was war schon dabei?

»Ich … ich …«, stotterte er. »Ich kann das nicht.«

Sie nickte bekümmert, sah dabei aber aus, als wäre sie weiterhin auf der Hut. »Tut mir leid.«

»Nein, mir sollte es leidtun, Billa. Wirklich, entschuldige bitte.«

Er ging in die Wohnung zurück, rannte fast in sein Arbeitszimmer, wo er die Tür hinter sich abschloss. Um den Druck auf dem Brustkorb loszuwerden, legte er sich auf sein Sofa und starrte keuchend an die Decke.

Ich muss hier raus, dachte er, ich muss von hier verschwinden, wie auch immer.

Als er weiter darüber nachsann, wurde ihm klar, dass es nicht Billa oder Emilia waren, nicht einmal die nervigen Jungs, die ihn an Flucht denken ließen. Es war diese aus ihrer Grabesruhe aufgescheuchte Wohnung, die schon lange nicht mehr die seine war. Schon seit Jahren bot sie ihm keinen Schutz, im Gegenteil. Diese Wohnung nahm ihm die Luft, jeden Tag aufs Neue. Und keine Ordnung, keine Struktur, kein wie auch immer geartetes Ablenkungsmanöver würde das ändern. Er musste hier raus. So bald wie möglich.

Erstaunlicherweise begann er sich angesichts dieser Gedanken zu beruhigen, und irgendwann schlief er sogar ein.

Gegen elf Uhr wachte er auf, und das Erste, was ihm einfiel, war, dass er ganz vergessen hatte, Billa ihr Geburtstagsgeschenk zu überreichen. Nicht einmal das hatte er hinbekommen.

Er nahm sich frische Kleider vom Schreibtisch und ging ins Bad. Als er es wieder verließ, hörte er Geräusche aus der Küche und ging nachsehen. Emilia saß bleich und leicht gebeugt am Tisch, vor sich eine Tasse mit schwarzem Kaffee. Sie sah nur kurz auf, als Korbinian hereinkam, starrte dann wieder in den Kaffee. Billa war damit beschäftigt, Orangen auszupressen. Anschließend füllte sie den Saft in eine Glaskaraffe und stellte sie auf den Tisch. Erst jetzt bemerkte sie Korbinian.

»Guten Morgen, du hast aber lange geschlafen«, begrüßte sie ihn.

Er war froh, dass sie ihre frühmorgendliche Begegnung mit keinem Wort erwähnte. Auch machte sie nicht den Eindruck, als hätte sie ihm den doch etwas schroffen Abgang übel genommen.

»Soll ich dir Eier in die Pfanne hauen?«, fragte sie.

»Das wäre sehr nett von dir«, antwortete Korbinian, einen Hauch zu enthusiastisch.

Emilia stöhnte leise.

»Gibt es etwas, das man für dich tun kann?«, fragte Korbinian.

Emilia schüttelte nur den Kopf, nahm ihre Kaffeetasse und verließ den Raum.

»Na, wenigstens eine, die ordentlich gefeiert hat«, sagte Billa.

»Tut mir leid, das mit Manni und dir. Wollte ich schon vorhin sagen.«

Billa hatte ihm den Rücken zugewandt und rührte in der Pfanne. Korbinian griff in die Innentasche seines Jacketts, um ihr sein Geschenk hervorzuholen, als es an der Haustür klingelte. Billa ließ augenblicklich den Pfannenheber fallen und raste zur Gegensprechanlage. Kurz darauf war sie wieder in der Küche und sagte mit betrübter Miene: »Es ist bloß Ron. Kannst du ihm aufmachen? Ich muss dein Rührei retten.«

Wie üblich sprang zuerst der dicke Schweinehund aus dem Aufzug und begrüßte Korbinian stürmisch. Ron wartete, bis Angie mit ihrem Gezappel fertig und in die Wohnung gestürmt war, dann zischte er Korbinian ins Ohr:

»Wie ist Billa denn drauf?«

Korbinian zuckte mit den Schultern.

Aus irgendeinem Grund sagte Ron: »Kapiert!«

Listig grinsend huschte er mitsamt einer riesigen Sporttasche an ihm vorbei. Eine Schrecksekunde lang dachte Korbinian, Herr und Hund würden auch noch bei ihm einziehen, aber glücklicherweise klärte sich das schnell auf. Ron hatte Geschenke mitgebracht. Mehrere, in buntes Papier eingewickelte Schachteln in unterschiedlicher Größe zog er aus der Tasche hervor. Zwei davon waren mit einer großen rosafarbenen Schleife versehen, die eindeutig kein Fachmann gebunden hatte.

»Die solltest du zuerst aufmachen, sind von Manni«, erklärte Ron. Und als Billa keine Reaktion zeigte, fügte er hinzu: »Zum Geburtstag.«

»Ach nee«, sagte Billa. »Und warum kommt er nicht selber?«

Nachdem Emilia ihm noch in der Nacht erzählt hatte, dass Billa Manni hysterisch angeschrien hatte, sie wolle ihn niemals im Leben wiedersehen und im nächsten auch nicht, fand Korbinian diese Frage zumindest bemerkenswert.

»Manni steht unten und wartet«, sagte Ron.

Billas Gesichtsausdruck ließ keine Deutung zu.

Ron schob ihr die beiden Pakete mit den rosafarbenen Schleifen zu. »Guck doch mal rein.«

»Falls er glaubt, er kann mich mit Geschenken kaufen, hat er sich aber so was von geirrt.« Billa warf dennoch einen Blick auf die Päckchen.

»Und für Korbinian soll ich auch was abgeben«, sagte Ron, unbeeindruckt von Billas Worten.

»Wieso für mich? Ich habe keinen Geburtstag.«

»Und wo ist Emi?«, fragte Ron. »Für die hab ich nämlich auch was.«

»Liegt verkatert im Bett«, sagte Billa.

»Habt ihr noch krass gefeiert, ja?«

»Du bist so ein Idiot, Ron.«

»Jaja, so ein Idiot.« Ron äffte ihren Tonfall nach. Anscheinend konnte ihm nichts seine glänzende Laune verderben.

»Was ist denn jetzt mit Manni?«, fragte Billa.

»Was immer du willst, Süße«, antwortete Ron.

»Nenn mich noch einmal Süße und ich scheuer dir eine.«

»Da krieg ich aber Angst. Ich sag dann mal Bescheid, dass Manni raufkommen kann, okay?«

Billa widersprach nicht.

Ron kramte ein Handy aus seiner Bomberjacke und tippte eine SMS. Kaum eine Sekunde später summte es. Er schaute auf das Display.

»Ist schon auf dem Weg«, sagte er.

Angie stand während der ganzen Zeit in Bettelposition vor

der Spüle und wedelte mit dem krüppeligen Etwas, das Billa »Schweineschwänzlein« nannte. Weil das Gewackel des Hundehinterns ihn nervös machte, ging Korbinian zum Küchenschrank, holte die Kristallschale heraus, die er inzwischen mit einem Klebestreifen und den Worten »Nicht mehr für Menschen zu benutzen« markiert hatte, füllte sie mit Wasser und stellte sie dem Tier vor die Nase.

»Das ist voll lieb von dir«, sagte Ron.

In diesem Moment klopfte es an die Wohnungstür. Ron fasste Korbinian am Arm, sagte »Lass sie mal«, als wäre er derjenige, der die Fäden in der Hand hielt, und wies mit dem Kinn auf Billa. Erst schleppend, schließlich aber richtig flott bewegte sich Billa aus der Küche.

»Ich fasse es nicht«, sagte Korbinian.

»Ich auch nicht, Bruder, aber wer fragt uns schon? Diese Gefühlskacke macht die Leute völlig bekloppt, oder?«

»Hatte Manni denn nun was mit dieser ... wie hieß sie noch?«

»Janice? Nee, glaub ich nicht. Und wenn, dann bloß aus purer Not, Alter, das darf man nicht rechnen.«

Korbinian holte noch eine Tasse aus dem Schrank und goss Ron Kaffee ein, nur damit er den Mund hielt.

Manni und Billa kamen in die Küche geschlendert, Arm in Arm.

»Jetzt muss ich aber endlich meine Geschenke aufmachen«, jauchzte Billa.

Alles schien wieder in bester Ordnung zu sein, keine zehn Minuten hatten sie dafür benötigt.

»War ein Missverständnis«, sagte Manni. »Es wird höchste Zeit, dass sich meine Verhältnisse mal ordnen, da hat Billa schon recht.«

Korbinian entfuhr ein höhnisches Lachen, das aber niemand zur Kenntnis nahm. Billa machte sich über ihre Päckchen her, zerrte die Schleifen herunter, während Manni mit selbstzufriedenem Gesicht zusah. Ron widmete sich seinem Hund, der mit der Nase die Schüssel scheppernd über die Terrakottafliesen schob.

Eben wollte Korbinian die Küche verlassen, als sich von hinten eine Hand auf seine Schulter legte.

»Du musst auch auspacken«, sagte Manni.

Der Druck auf Korbinians Schulter verstärkte sich.

Und da gerade Emilia wieder die Küche betrat, forderte Manni sie ebenfalls auf.

»Und du auch, Emi. Du musst auch auspacken.«

»Voll krass, du Irrer.« Billa hielt ein Smartphone in die Höhe.

»Ist natürlich mit Guthaben. Und ich hab eine Nummer einprogrammiert, unter der du mich jederzeit erreichen kannst.«

Billa strahlte.

Emilia bekam eine mit Fransen versehene und mit Perlen bestickte Wildlederhandtasche, Korbinian einen DVD-Player. Er wusste nicht, was ihn mehr befremdete: dass dieser Kriminelle die Dreistigkeit besaß, ihm ein so teures Geschenk zu machen, oder dass Billa ihn voller Stolz ansah und auf seine Begeisterung wartete.

»Cool, oder? Ich habe den Tipp von Emi«, sagte sie.

»Moment mal, da ging es aber um etwas, das *ich* ihm kaufen wollte und nicht um Geschenke von deinem Macker«, protestierte Emilia.

»Ist doch egal. Freust du dich, Korb?«

»Kann mich kaum vor Freude halten. Woher habt ihr das Zeug?«

»Hey, was willst du damit sagen?« Ron ließ sofort von seinem Hund ab.

»Er glaubt, ich habe das geklaut, stimmt's, Korbinian?«

Manni war dicht vor ihn getreten, und Korbinian bekam es mit der Angst zu tun. Trotzdem fragte er: »Und? Hast du?«

Manni blieb die Ruhe selbst. »Nein. Hab ich zufällig nicht. Ein Freund von mir kann mir so was günstig besorgen. Zufrieden?«

Nein, dachte Korbinian, aber seine Widerstandskraft war aufgebraucht. Außerdem sah Billa aus, als würde sie jeden Moment wieder anfangen zu weinen.

Emilia ließ sich auf einen Stuhl fallen. »O Mann, könnt ihr bitte damit aufhören? Ich habe mörderische Kopfschmerzen und bin sowieso noch völlig bedient von dem Drama gestern Abend.«

»Schaut mal, alle Folgen von *Star Wars*, die könnten wir uns zusammen ansehen«, sagte Billa kleinlaut. »Wollt ihr?«

»Soll ich den DVD-Player anschließen?«, fragte Ron. »Man nennt mich nicht umsonst den Technik-Gott von Marzahn.«

»Seid mir nicht böse, aber ich bin echt im Eimer«, sagte Emilia und verließ mitsamt ihrer Indianertasche die Küche.

Ron nahm den Karton mit dem DVD-Player und folgte ihr.

Korbinian griff abermals in die Innentasche seines Jacketts, zog den Umschlag hervor, den er seit Tagen mit sich herumtrug, und legte ihn vor Billa auf den Tisch. »Ich habe auch noch ein Geschenk für dich. Nichts Großartiges, aber ich dachte, es könnte dir vielleicht gefallen.«

Billa legte sofort das Smartphone zur Seite, schob Manni weg und öffnete den Umschlag.

Korbinian hatte lange überlegt, was für Billas großen Tag in Frage kam. Es sollte ihr Freude machen, aber nicht zu persönlich sein … Ein Werbeplakat hatte Korbinian dann auf die Idee gebracht.

»Alter! Wie süß ist das denn? Danke!«

»Was hast du denn Tolles gekriegt?«, fragte Manni etwas mürrisch, während Billa Korbinian umarmte.

»Eine Jahreskarte für den Tierpark«, jubelte sie und hielt

Manni die kleine Plastikkarte vor die Nase. »Ich werde mir jeden Sonntag die Affen und die Krokodile ansehen, und du musst mit.«

»Was denn? Ich in den Zoo? Nee danke, lass mal.«

Billa kniff die Augen zu dunklen Schlitzen zusammen, machte einen Schritt auf Manni zu und zischte wütend: »Das ist das netteste und am liebevollsten ausgesuchte Geschenk, das ich je bekommen habe. Steck dir deinen ganzen geklauten Kram sonst wohin!«

Korbinian konnte sich gerade noch zurückhalten, Manni keinen triumphierenden Seitenblick zuzuwerfen.

»Mensch, Hase, das war doch nur ein dämlicher Witz. Klar gehe ich mit dir Tiere angucken, so oft du willst. Tiere finde ich total interessant.«

Korbinian dachte: Wer hier wen auf Dauer im Griff hat, wird sich erst noch zeigen. Und diese Erkenntnis gefiel ihm außerordentlich.

Während Manni tapfer weiter versuchte, Billa von seiner Tierbegeisterung zu überzeugen, nahm Korbinian sich eine Flasche Wasser und ein Glas, verließ die Küche, holte die Schachtel mit Aspirin aus dem Badezimmerschrank und ging damit seit langer Zeit zum ersten Mal wieder in sein früheres Schlafzimmer.

Emilia hatte die Jalousien heruntergelassen und lag angezogen auf dem Bett.

»Störe ich?«, fragte Korbinian.

»Ja«, sagte Emilia. »Aber komm schon her.«

Korbinian setzte sich auf die Bettkante und schenkte ihr ein Glas Wasser ein.

»Willst du ein Aspirin?«

»Zwei, bitte!«

Er öffnete die Packung, nahm zwei Brausetabletten heraus

und warf sie ins Glas. Sie trudelten auf den Boden, und Korbinian betrachtete die abertausend winzigen Bläschen, die zur Wasseroberfläche drängten.

»Sag mal, Emilia, dürfte ich dich um etwas bitten?«

»Muss es heute sein?«

»Nicht heute, aber demnächst vielleicht.«

»Worum geht's?«

Korbinian vermied es, die mit Intarsien verzierten Schranktüren anzusehen: »Könntest du Maries Kleider einpacken und zu dem Secondhandladen bringen, in dem du öfter Sachen holst? Oder zur Altkleidersammlung? Würdest du ihren Schrank ausräumen und ihn für deine eigenen Sachen benutzen?«

Emilia öffnete die Augen und sah an die Zimmerdecke. Dann wanderte ihre Hand kurz zu der ihres Bruders und blieb dort liegen.

»Ich kümmere mich gleich morgen darum.«

»Es hat keine Eile. Sag mir einfach Bescheid.«

»Du willst dann nicht zu Hause sein, stimmt's?«

»Stimmt.«

»Ist das denn der richtige Weg? Ich meine, du bist schon so lange auf der Flucht vor deinen Gefühlen, willst du dich dem nicht mal stellen?«

»Bitte!«

»Mit dem Schrank ist es nicht getan, Korb.«

»Der Schrank ist ein Anfang, Emi, alles Weitere sehen wir dann. Mach es einfach.«

»Wie du denkst.«

Eine Woche später geschah es, dass Korbinian allein im Wohnzimmer zurückblieb. Zusammen hatten sie noch die vierte *Star-Wars*-Episode angeschaut, die er, wie auch alle vorherigen Folgen, fürchterlich gefunden hatte. Emilia war danach in die Badewanne gegangen, und Manni, Ron und Billa wollten noch einmal raus. Gerade zogen sie laut über irgendetwas debattierend im Flur die Jacken an. Er selbst ging zu dem Stillleben, das an einer Seitenwand hing, nahm es ab und stellte die Zahlen ein, die den Safe öffneten.

Die Schlüssel lagen noch genauso da, wie er sie damals hineingelegt hatte. Obwohl es natürlich gar nicht anders sein konnte, wunderte Korbinian sich trotzdem darüber. Er steckte sie in seine Hosentasche, ohne dass er auch nur den Hauch einer Panik spürte.

Er hätte die Sache sofort in Angriff nehmen sollen. Aber immer verpasste er den richtigen Moment, immer war da etwas, das ihn hinderte, aktiv zu werden. So trug er die Schlüssel viereinhalb Wochen in der Hosentasche herum.

Dann, an einem sonnigen Junimorgen, wachte er um kurz nach sieben auf und wusste mit erstaunlicher Klarheit, dass er etwas tun musste, ganz gleich, ob die Gelegenheit günstig war oder nicht, denn sonst würde nie etwas anders werden.

Er stand auf und ging noch im Schlafanzug zu Maries Zimmern, wo er jeden der Schlüssel ins entsprechende Schlüsselloch steckte. Beide drehte er bis zum Anschlag – beließ sie in dieser Position.

Danach duschte er zwanzig Minuten und verließ ohne Frühstück das Haus. Er fühlte sich wie neugeboren.

10

Immer wenn die anderen schliefen oder nicht in der Wohnung waren, wagte er sich ein kleines Stückchen weiter in Maries erstes Zimmer – neun Tage brauchte er, ehe er in der Mitte des Raums angekommen war.

Zunächst hatte er die Tür nur einen Spalt geöffnet und einige Sekunden lang den großen, von der Nachmittagssonne beschienenen Lesesessel seiner Frau betrachtet, jedenfalls das, was er davon erkennen konnte. Dann hatte er die Tür wieder verschlossen und war aus dem Haus gegangen. Am nächsten Tag stellte er versuchsweise einen Fuß ins Zimmer und schaute sich weiter um. Als er eine Woche und viele kleine Schritte später endlich vor dem Sessel stand, konnte er den Titel des Buchs erkennen, das dort völlig eingestaubt auf der Lehne lag. Er hatte nie nachvollziehen können, warum Marie diese englischen Schmonzetten so mochte. Korbinian fuhr mit dem Finger darüber, hinterließ eine halbrunde Spur. Anschließend nahm er das Buch in die Hand und blies eine Wolke aus Staub in den Raum. Er musste niesen, was ihn dazu veranlasste, das Fenster zu öffnen. Draußen brannte die Sonne auf die Stadt herunter. Auf dem Dach des Nachbarhauses saß eine Nebelkrähe und krächzte ihn böse an, bevor sie davonflog. Autos hupten, Mülltonnen wurden donnernd übers Kopfsteinpflaster gezogen – alles war wie immer. Den Rest der Welt kümmerte es herzlich wenig, was in diesem Zimmer vor sich ging.

Als Korbinian sich umwandte, sah er Billa im Türrahmen stehen. Sein erster Impuls war, sie hinauszuwerfen, aber dann fiel ihm auf, dass sie gar nicht richtig hereingekommen war. Dieses Mädchen, das normalerweise keinerlei Hemmungen hatte, sogar in sein Arbeitszimmer hineinzuplatzen, wenn er ausdrücklich darum gebeten hatte, in Ruhe gelassen zu werden, war diskret auf der Türschwelle stehen geblieben. Billa sah aus wie jemand, der darauf wartete, dass man ihn bat einzutreten. Zwar wanderte ihr Blick neugierig im Zimmer umher, aber sie blieb, wo sie war.

»Hast du hier aufgeräumt, oder war sie so ordentlich?«, brach Billa schließlich das Schweigen.

»Sie war so. Sie hatte gern alles klar und sauber. So wie ich.«

»Na, sauber ist es hier drin ja nun nicht gerade.«

Korbinian drehte Billa den Rücken zu, legte das Buch zurück auf die Sessellehne, versuchte zu sehen, was sie sah: ein mittelgroßes, sehr aufgeräumtes, sehr verstaubtes Zimmer mit Leseecke, Handarbeitstisch, vertrockneten Blumentöpfen auf einem Sideboard und gerahmten Fotografien an der Wand – nichts, was einen in die Flucht treiben oder in Panik geraten lassen musste.

»Ist das dahinten eine Nähmaschine?«

»Ja. Kannst du mit so was umgehen?«

»Klar! Darf ich?«

»Morgen vielleicht?«

»Hat keine Eile.«

Dann verschwand sie ohne ein weiteres Wort im Flur. Korbinian hörte sie kurz darauf in der Küche mit Geschirr klappern.

»Hunger?«, fragte Billa, als er in der Küchentür erschien.

»Nein danke, ich habe bei Schiller gegessen.«

»Kaffee?«

»Gern.«

Sie füllte Pulver in die Maschine, goss Wasser nach, nahm

zwei Löffel aus der Besteckschublade, alles mit einer fast schon provozierenden Langsamkeit.

Korbinian setzte sich und wartete darauf, dass sie die Tatsache, ihn in Maries Zimmer angetroffen zu haben, in irgendeiner Weise kommentieren oder zumindest danach fragen würde.

Als Billa ihm einen Becher reichte, sagte Korbinian: »Ich danke dir.«

»Wofür? Für einen Pott Kaffee, den ich sowieso gekocht hätte?«

»Dafür auch.«

»Wenn du Hilfe beim Aufräumen brauchst, sagst du Bescheid, ja?«

»Mach ich.«

»Vergiss nicht, dass ich als Putzfrau über Superkräfte verfüge und du ein netter alter Mann bist, der das nicht alleine schaffen muss.«

Am Abend, als Emilia, Billa und er sich die *Tagesschau* ansahen, sagte er beiläufig: »Die beiden Zimmer schräg gegenüber von meinem alten Schlafzimmer sind jetzt bald frei. Hättest du Interesse?«

»Wer?«, sagte Emilia verblüfft. »Ich?«

»Na, ich bestimmt nicht«, sagte Billa, »ich ziehe ja demnächst mit Manni zusammen.«

»Dein *demnächst* dauert ja schon eine ganze Weile«, sagte Emilia.

»Willst du oder willst du nicht?«, fragte Korbinian, der keine Lust auf eine Neuauflage des ewigen Manni-Themas hatte.

»Äh … ja, vielleicht, ich meine, wenn das für dich …«

»Sonst hätte ich nicht gefragt«, fiel er ihr unwirsch ins Wort.

»Hör mal, Korb, es läuft zurzeit recht gut bei mir, die Umsätze sind deutlich gestiegen. Wenn die Bank nächste Woche den

Kredit für den Laden verlängert, könnte ich dir auch Miete zahlen, vielleicht nicht ganz nach hiesigem Mietspiegel, aber mit steigender Tendenz. Wir können auch einen Vertrag machen, dann wäre das eine klar geregelte Sache. Was hältst du davon?«

»Du kannst einen Vertrag haben, aber du brauchst mir keine Miete zu zahlen. Ich habe Geld genug.«

»Echt jetzt?«, sagte Billa. »Dann gib mir doch was ab.«

»Such dir gefälligst einen Job«, sagte Emilia. »Oder noch besser: Geh wieder zur Schule, mach Abitur und lern was Vernünftiges!«

»Boah, die alte Leier ...«, nörgelte Billa.

»Wenn ihr einen Streit anfangt, gehe ich ins Ochsenglück«, drohte Korbinian verärgert.

»Na und? Mach doch! Dann können wir in Ruhe *Grey's Anatomy* gucken«, sagte Billa.

Korbinian blieb sitzen.

Am nächsten Tag fand er nachmittags Putzzeug und zusammengefaltete Umzugskartons im Flur zwischen den Türen von Maries Zimmern. An einem Eimer war ein großer gelber Zettel geklebt, auf dem in Billas krakeliger Mädchenschrift stand:

Für den Fall der Fälle – call me!
Passwort: Superputzfrau

Darunter war ein Blitz gemalt, der in einem Besen endete, auf dem eine kleine Frau mit wehendem Kopftuch saß. Nicht untalentiert, dachte Korbinian und klopfte an Billas Zimmer.

Sie sah ziemlich derangiert aus, als sie ihm nach dem dritten Klopfen öffnete.

»Am hellen Nachmittag liegst du im Bett? Dein Leben möchte ich haben.«

»Nein, möchtest du nicht.«

»Stimmt. Also was ist, Superputzfrau? Einsatz?« Korbinian deutete auf den Eimer.

»Jetzt?«

»Wann sonst?«

So zerknittert, wie sie aussah, rechnete er mit Ausflüchten oder der Bitte um Aufschub, aber Billa gähnte, streckte sich und sagte dann: »Ich komme.«

Fünf Minuten später standen sie in Maries Näh- und Lesezimmer.

»Alles ausräumen?«, fragte Billa.

»Ich weiß auch nicht, wie es am praktischsten ist.«

»Vielleicht sollten wir erst Emi fragen, wie sie's gerne hätte – deine Schwester überlegt schließlich hier einzuziehen, und soweit ich weiß, hat sie kaum eigene Möbel mehr.«

Korbinian nickte. Dann entdeckte er Maries Strickjacke, die über dem Stuhl vor dem Nähtisch hing.

»Aber es muss ja sowieso sauber gemacht werden, oder?«, sagte Billa.

Sie ging zu dem Stuhl, von dem Korbinian den Blick nicht abwenden konnte, nahm die Strickjacke, faltete sie nachlässig zusammen und sagte: »Die braucht Emi auf keinen Fall. Ich tue das Ding in die Wäsche, nachher kann ich sie im Secondhandladen gegen was Cooles eintauschen.«

Im Hinausgehen nahm sie mit einer schnellen Bewegung noch ein Halstuch und eine Bluse mit, die auf dem Nähtisch gelegen hatten.

Obwohl die Sommerhitze drückend im Zimmer stand, wurde es Korbinian so kalt, dass ihm die Hände zitterten.

Billa kehrte mit einem aufgefalteten Karton zurück. »Falls wir gleich noch was entsorgen wollen«, erklärte sie und blieb vor Korbinian stehen, der nun am ganzen Leib schlotterte.

»Geht's?«

»Das ist alles nicht so einfach, verstehst du?«

»Ich bin ja nicht bescheuert. Nur eins kapiere ich nicht: Warum tust du dir das an?«

»Wie bitte?«

»Den Scheiß hier.«

»*Scheiß* nennst du das?«

»Ist nicht böse gemeint. Aber warum überlässt du diese ganze Räumaktion nicht Emi und mir?«

»Emilia sagt, ich muss mich dem Schmerz stellen, ›aktive Trauerarbeit‹ nennt sie das. Sonst würde ich nie loslassen können.«

»Bullshit! Der Psychokram bringt dir deine Frau auch nicht mehr zurück. Du hast die Zimmer aufgemacht, bist reingegangen, hast dir alles angesehen, das ist ja wohl Aktion genug. Den Rest können andere erledigen. Ich hab Zeit und könnte zur Abwechslung mal was für dich tun.«

»Im anderen Zimmer bin ich noch gar nicht gewesen«, flüsterte Korbinian und ließ sich kraftlos in den Lesesessel fallen.

»Da ist sie gestorben, stimmt's?«

Er nickte.

»Weiß Emi das?«

Er zuckte mit den Schultern.

»Wir machen es so: Wenn ich beim Räumen etwas finde, das privat oder sonst irgendwie wichtig aussieht, lege ich es in eine Extrakiste und hebe es für dich auf. Den anderen Kram schaffe ich weg. Danach werden beide Zimmer komplett renoviert und frisch gestrichen.«

Korbinian warf einen Blick über Maries Bücherregal. Französische Literatur des neunzehnten Jahrhunderts, englische Klassiker, zeitgenössische Gedichtbände, gerahmte Postkarten mit kolorierten Kupferstichen von der Engelsburg, dem Kolosseum, dem Pantheon und dem Trevi-Brunnen. Er sah Marie vor dem Regal stehen, hörte sie sagen: »Mein kleines Refugium, hier kommt nur rein, was ich gerne habe, nichts, was ich für die Arbeit brauche.« Er registrierte die alte Holztruhe, in der sie ihre Stoffe gelagert hatte, den großen Nähkasten, entdeckt auf einem Flohmarkt, die teure Nähmaschine, auf die sie so stolz gewesen war, den grasgrünen Faden, den sie noch selbst eingespannt hatte.

»Du meinst, dass all diese Sachen weg sollen?« Korbinian war kaum in der Lage zu sprechen.

»Die Nähmaschine kannst du mir gerne schenken.« Billa sah sehr entschlossen aus.

»Einverstanden«, sagte Korbinian heiser. »Und du willst wirklich renovieren?«

»Jep«, sagte Billa. »Alles neu.«

»Das schaffst du allein gar nicht.«

»Hast du eine Ahnung, was ich alles schaffe. Außerdem müssen Manni und der Idiot auch mit ran. Die fressen sich so oft bei dir durch – höchste Zeit, dass sie sich mal nützlich machen. Als Handwerker ist Ron sogar brauchbar, du wirst dich wundern.«

Korbinian stellte sich vor, wie Billa, ihr muskelbepackter Ganove und der rothaarige Hundeführer bei Satansmusik die Farbrollen auf die Wände klatschen ließen, während die Bulldogge in die Eimer sabberte und durch Farbkleckse tapste – und plötzlich fand er das Bild, wie diese Bande durch Maries Räume fegte, beinahe amüsant.

Neun Tage später, es war der siebte Juli, kam Korbinian mittags von der Schule zurück. Eigentlich wollte er nur seine Tasche abstellen und kurz nach den Fortschritten der Renovierungsarbeiten sehen, um dann bei Schiller Erbsensuppe zu essen, als er Rons Hund allein in der Wohnung vorfand. Angie war in seinem Arbeitszimmer eingesperrt und spielte vollkommen verrückt, als er die Tür öffnete. Sie fiepte, rieb ihre Körpermasse an seiner Hose, saute ihn mit Hundehaaren und Spucke ein, bevor sie in die Küche rannte.

»Hallo?«

Er hörte die Hundeschüssel über den Küchenboden scheppern.

»Billa? Ron? Irgendwer da?«

Es kam keine Antwort. In der Wohnung war es heiß und stickig, es roch nach Farbe und Zigarettenrauch. Korbinian riss die Fenster und die Terrassentür auf, dann ging er zu Maries Nähzimmer. Es sah aus, als hätte jemand fluchtartig den Raum verlassen. Eine Leiter stand mitten im Zimmer, an deren Fuß ein zusammengeknüllter Malerkittel lag, daneben eine achtlos auf den Boden geworfene Farbrolle. Auf dem sorgfältig mit Folie abgeklebten Nähtisch stand neben dem verkleckten Radio eine halb volle Flasche Bier, die sich noch relativ kühl anfühlte. Eine weitere war neben dem Fenster umgefallen und hatte eine kleine Bierlache hinterlassen.

Er schaute nach, ob irgendwer auf dem Einkaufsblock in der Küche eine Nachricht hinterlassen hatte, fand aber nichts.

Unterdessen lief Angie zur Wohnungstür und winselte.

»Willst du raus?«, fragte Korbinian und kam sich blöd vor, weil er diesen Köter wie eine kommunikationsfähige Person behandelte. Angie kratzte jetzt auch an der Tür, sie wollte ganz eindeutig nach draußen.

»Lass das! Warte, bis du abgeholt wirst. Wo sind überhaupt deine Leute?«

Der Hund muss vielleicht pinkeln, dachte Korbinian, wer weiß, wie lange er schon in der Wohnung ist. Er fluchte und sah sich nach etwas um, das als Leine taugte. Ron ließ sie zwar immer frei herumlaufen, aber Korbinian hatte Zweifel, dass es bei ihm ebenfalls klappen würde. Für den Verlust des Tieres wollte er lieber nicht verantwortlich sein.

In seiner Not warf er nach langer Zeit zum ersten Mal wieder einen Blick in Billas Zimmer. Das Chaos war unbeschreiblich. Wie schaffte sie es, den Rest der Wohnung so ordentlich zu halten, während es bei ihr aussah, als wäre ein Tornado durchgegangen? Kleidungsstücke, Pizzakartons, Bierflaschen, Zeitschriften, Krempel aller Art – für jemanden, der mit so wenig angekommen war, hatte sie ein beeindruckendes Durcheinander zustande gebracht. Weil er unter den vielen herumliegenden Sachen nichts entdeckte, das wie eine Hundeleine aussah, entschied er sich, einen seiner alten Gürtel umzufunktionieren. Als er die Tür hinter sich zuzog, fiel sein Blick auf die Garderobe, wo, wie um sich über ihn lustig zu machen, gut sichtbar ein Hanfseil hing, an das ein Karabinerhaken geknotet war.

»Die haben echt Nerven.«

Angie war inzwischen die fleischgewordene Verzweiflung und hinterließ helle Kratzspuren im Furnier.

»Ist ja gut, ich komme schon.«

Er befestigte den Karabinerhaken an Angies Halsband, dann öffnete er die Tür und wäre beinahe der Länge nach hingefallen, als die Bulldogge durchstartete. Er stützte sich an der Wand ab, dabei entglitt ihm das Seil. Gerade sah er noch Angies Hinterteil auf dem Treppenabsatz verschwinden.

Korbinian rief ihren Namen, lief hinterher, stolperte mehrfach, fing sich jeweils im letzten Moment und rannte schließlich weiter. Als er an den Briefkästen angelangt war, sah er seine Nachbarin, Frau Schlüter-Marple, mit einer Mülltüte in der einen Hand und mit dem Zeigefinger der anderen in Richtung Hinterhof deuten. »Da lang!«

Korbinian betrat gerade noch rechtzeitig den Hinterhof, um

mitzubekommen, wie Angie auf der kleinen Grünfläche vor den Mülltonnen stand und auf ihre Leine pinkelte.

»Ach du Scheiße!«

Hinter ihm kicherte es. »Das ja nun glücklicherweise doch nicht.«

»Entschuldigen Sie, Frau Schlüter, sie ist mir oben entwischt.«

»Heute sind anscheinend alle auf der Flucht.«

»Wer denn sonst noch?«

»Na, Ihre jungen Leute sind vor etwa einer Stunde durchs Treppenhaus gestürmt, als wäre der Leibhaftige hinter ihnen her. Sagen Sie nur, Sie hätten das nicht gehört.«

»Ich bin eben erst nach Hause gekommen, dort habe ich aber nur den Hund angetroffen.«

Als wäre das ihr Stichwort, trottete die Bulldogge zu Korbinian und drückte ihm ihre Schnauze gegen das Schienbein.

»Na, Angie, haben sie dich vergessen, meine arme Kleine?«, flötete die Nachbarin.

Angie wandte sich augenblicklich Frau Schlüter-Marple zu und ließ sich genüsslich von ihr den Pelz kraulen.

»Kennen Sie den Hund, Frau Schlüter?«

»Aber sicher, das ist Rons Angie. Ihre Nichte schickt mir die beiden gelegentlich vorbei, wenn sie Gassi gehen, damit der junge Mann mir die leere Wasserkiste gegen eine volle tauscht oder mich zum Einkaufen begleitet. Netter junger Mann, dieser Ron, er will kaum das Trinkgeld von mir annehmen. Neulich hat er im Hausflur sogar einen Geldschein aufgehoben, der mir heruntergefallen war, und ihn mir nachgetragen. Das ist heutzutage alles andere als selbstverständlich, so viel Anstand.«

Korbinian überlegte, ob es möglicherweise eine Art Kleinkriminellen-Kodex gab, der Bekannte und Nachbarn von Freunden vor Diebstahl schützte. Wie dem auch sei, er nahm sich vor,

Billa bei Gelegenheit zu fragen, was noch so alles in seiner Abwesenheit vor sich ging, von dem er nichts wusste.

»Das ist lieb von Ihnen, dass Sie sich um Angie kümmern, Herr Gerhard«, sagte Frau Schlüter-Marple, während sie ihre Mülltüte entsorgte.

Korbinian schaute auf die Bulldogge herunter und zögerte, das Ende des Seils in die Hand zu nehmen, obwohl es trocken und sauber aussah.

»Aber vielleicht achten Sie doch darauf, dass sie nichts Großes in den Hof macht.«

Korbinian bückte sich nach dem Strick und verließ, den widerwilligen Hund hinter sich herzerrend, den Hof durch den Hintereingang.

Schiller staunte nicht schlecht, als sein Freund Angie mit ins Ochsenglück brachte.

»Hast du ein neues Findelkind?«, fragte er und warf eine Salzbrezel in den Bulldoggenschlund.

»Hör bloß auf«, sagte Korbinian.

Schiller lachte spöttisch. »Du hast es aber auch wirklich nicht leicht.«

Er holte einen Teller Erbsensuppe für Korbinian und warf Angie eine Bockwurst unter den Tisch.

»Hör auf, den Hund zu füttern!«

»Warum? Dem Hund schmeckt das.«

»Was vorne reingeht, kommt zwangsläufig hinten wieder raus. Und wer weiß, wann ich sie wieder loswerde. Wie oft muss so ein Köter eigentlich?«

»Dreimal täglich sollte man mit ihm Gassi gehen, soweit ich weiß.«

»Wenn Angie bis heute Abend nicht abgeholt ist, gebe ich sie im Tierheim ab, ich schwör's dir.«

»Machst du ja doch nicht. Wo ist eigentlich der Hundeführer abgeblieben?«

»Hat angeblich mit Billa und seinem Spezi fluchtartig meine Wohnung verlassen.«

»Das klingt nicht so gut.«

»Eben!«

Korbinian hatte seinen zweiten Teller Suppe zur Hälfte ausgelöffelt, als die Tür aufflog und Billa zu ihm hinter die Zimmerlinde gestürmt kam.

»Korbinian! Hast du Angie dabei?«, presste sie atemlos hervor. Als sie die Bulldogge entdeckte, stieß sie erleichtert »Gott sei Dank« aus.

Schiller, der ein Glas ins Licht hielt, um zu sehen, ob es sauber war, sagte: »Jetzt wird auch noch der liebe Gott bemüht, wenn das mal nicht der Ernstfall ist.«

Billa funkelte ihn an, dann wandte sie sich wieder Korbinian zu: »Wir haben Scheiße gebaut.«

»Ganz was Neues«, sagte Schiller.

»Ach, halt die Klappe!«

»In meiner Kneipe verbietet mir niemand den Mund, Mädchen, merk dir das.«

»Okay, Entschuldigung, aber kannst du mich einfach mal mit Korb reden lassen, ja? Es ist wichtig!«

Korbinian hatte die Augen geschlossen und dachte: Es reicht, ich gehe jetzt hier raus, ich verschwinde auf Nimmerwiedersehen, die können mich allesamt mal kreuzweise. Laut fragte er: »Was ist passiert?«

»Mein Vater!«

»Wo? Hier?«

»Nein. Vor deinem Haus. Er muss mir heimlich gefolgt sein. Manni und Ron sind aber dazwischengegangen.«

»Die Nachbarin hat gesagt, ihr wärt in Panik geflüchtet.«

»Das war keine Flucht, das war mehr so eine Verfolgung.«

»Eine ... Wie bitte?«

»Na ja, nicht wirklich ... ich weiß auch nicht genau.«

»Was soll das heißen, du *weißt auch nicht genau?* Verdammt noch mal, Billa! Ich dachte, wir hätten diese Art Zicken hinter uns.«

»Das war echt was anderes.«

»Und wieso habt ihr den Hund allein in der Wohnung gelassen? Sie hätte fast in den Flur gepinkelt.«

»Es ging alles so schnell. Für Angie wäre das zu viel Aufregung gewesen. Ron nimmt sie nie mit, wenn er ...«

»Wenn er was?«

»Nichts.«

»Ich verlange mindestens genauso viel Rücksichtnahme auf mich, wie ihr sie für diesen halb debilen Hund aufbringt. Denn das hier ist definitiv zu viel Aufregung für *mich,* verstehst du?«

»Ich versuche ja, dich rauszuhalten, Mann.«

»Dann mach das gefälligst!«

»Dann frag halt nicht!«

»Hey, Leute, schaltet mal einen Gang runter. Ich habe noch andere Gäste«, mischte sich Schiller ein.

»Hör mir erst mal zu, Korb«, sagte Billa mit deutlich gedämpfter Stimme. »Ich erzähle dir rasch, was ungefähr Sache ist, damit du beruhigt bist, ja?«

Korbinian nickte, obwohl er lieber »Nein« gesagt hätte.

»Manni und Ron haben versucht, meinen Vater zur Rede zu stellen, nicht nur zu meiner Sicherheit, sondern auch zu deiner, Korb. Der kennt dich doch jetzt, und dem ist alles zuzutrauen.«

»*Das* soll mich beruhigen?«

Schiller kam an den Tisch. »Ihr müsst wirklich leiser sein, die machen hier schon alle lange Ohren.«

»Sind doch nur drei Gäste da.«

»Egal.«

In diesem Moment ertönte die Titelmelodie von *Spiel mir das Lied vom Tod*. Schiller griff unter seine Kellnerschürze, zog sein Handy heraus, schaute auf das Display und hielt sich das Telefon ans Ohr. »Was kann ich für dich tun, schöne Frau?«

Billa verdrehte die Augen, beugte sich zu Korbinian herüber und flüsterte: »Also, die Jungs sind runter, um meinen Alten zu erwischen. Die wollten nur mit ihm reden, ehrlich, aber der sieht sie kommen und rennt weg. Bevor ich was machen kann, ist Manni schon hinterher und Ron natürlich auch. In der Nähe vom Park hab ich die drei aus den Augen verloren. Ich hab sie noch eine Weile gesucht, aber nirgends gefunden. Dann bin ich nach Hause gegangen, und da war Angie weg …«

»Für dich«, sagte Schiller und hielt sein Handy Korbinian unter die Nase.

Korbinian war so überrascht, dass er ohne Rückfrage das Telefon nahm und »Ja, bitte?« sagte.

Korbinian wunderte sich, woher Emilia Schillers Handynummer wusste, denn nicht einmal er selbst hatte sie. Aber er kam nicht dazu, sie danach zu fragen. Ihre Stimme klang fremd, eher so, als würde sie mit einem Kunden sprechen, nur weniger herzlich und mehr gekünstelt.

»Hast du eine Ahnung, wo Billa steckt?«, fragte sie.

»Sitzt direkt neben mir. Wieso?«

»Ach so, genau wie ich vermutet habe.«

Korbinian dachte, dass sie das unmöglich vermutet haben konnte, denn Billa war werktags nie um diese Zeit mit ihm unterwegs, schon gar nicht bei Schiller.

»Seit heute Morgen um elf seid ihr zusammen in Bolles Ochsenglück? Na, das kannst du den Beamten sicher persönlich bestätigen, oder?«, fuhr Emilia nach einer Pause fort.

»Was faselst du da? Schiller macht frühestens um zwölf auf, und ich war bis eins in der Schule wie jeden Dienstag.«

Billa sah ihn fragend an, er zuckte mit den Schultern. Lautlos formte er das Wort »Emi« mit den Lippen, dabei tippte er sich mit dem Zeigefinger auf die Stirn.

»Alles klar, Korbinian, zwölf Uhr, das werde ich ausrichten. Moment mal …«

Korbinian hörte jemanden sprechen, dann wieder Emilias Stimme, aber gedämpft, als hielte sie ihre Hand auf die Sprechmuschel. Schließlich wurde sie wieder klar und redete ungeniert weiter: »Wann kommt ihr in etwa zurück?«

»Hä?«

»Nach dem Essen? Okay, ich gebe dir am besten mal den Wachtmeister, dann kannst du … Wie bitte? Nein?« Erneut verhaltene Geräusche am anderen Ende der Leitung, dann wieder laut Emilia: »Ja, ja, ich sage es ihm … Ach, Sie kennen es? Korb, bleibt, wo ihr seid, der Herr Polizeihauptmeister Kruse und seine Kollegin kommen gleich bei euch vorbei.«

»Emilia, Herrgott!«

Korbinian hielt noch eine Weile ratlos den Hörer umklammert, nachdem seine Schwester das Gespräch längst beendet hatte. Billa war weiß wie die Wand. Einem Reflex folgend packte er sie am Arm und konnte mit Schillers Unterstützung gerade noch verhindern, dass sie davonlief.

»Du bleibst, bis ich weiß, was los ist.«

»Lasst mich!«

»Nix da«, sagte Schiller. »Was findet hier eigentlich statt?«

»Frag sie. Die Polizei ist auf dem Weg«, sagte Korbinian.

Billa wand sich und zappelte, Schiller legte ihr beide Hände auf die Schultern und drückte sie auf den Stuhl zurück: »Immer mit der Ruhe, Fräuleinchen. Was hast du angestellt?«

»Gar nichts!«

»Dann brauchst du auch nichts zu befürchten. Richtig?«

Ihr Widerstand ließ nach, theatralisch legte sie den Kopf auf die Tischplatte, und Korbinian fiel wieder ein, wie sie vor nicht allzu langer Zeit im Ochsenglück aufgetaucht war und einen ähnlichen Anblick geboten hatte. Mit diesem Mädchen würde er niemals seine Ruhe haben, das stand fest. Trotzdem strich er ihr kurz mit der Hand über den Kopf.

»Schiller hat recht«, sagte er und staunte, wie wenig vorwurfsvoll er klang. »Wenn du nichts angestellt hast, brauchst du keine Angst vor der Polizei zu haben. Du bist volljährig, du bist neuerdings sogar offiziell gemeldet, und du hast einen gültigen Personalausweis. Also reiß dich zusammen und benimm dich wie ein erwachsener Mensch.«

Niemand hätte überraschter darüber sein können, dass seine Worte tatsächlich Wirkung zeigten, als Korbinian selbst. Billa richtete sich auf und legte beide Hände vor sich auf den Tisch. »Okay«, sagte sie mit fester Stimme. »Ich höre mir an, was die Bullen zu sagen haben.«

»Braves Kind«, sagte Schiller, »Bierchen zur Beruhigung?«

»Natürlich nicht«, sagte Korbinian scharf.

»Ist ja gut. Du hast doch selber gesagt, sie ist erwachsen.«

»Niemand von uns wird die Polizei mit einer Alkoholfahne begrüßen.«

Abermals ertönte die Titelmelodie von *Spiel mir das Lied vom Tod*, abermals war Emilia am Apparat: »Tut mir leid. Nach dem ersten Schreck hatte ich mir ein Alibi für Billa ausgedacht, das sie vermutlich gar nicht benötigt. Die Polizisten wollten sich nur vergewissern, ob mit ihr alles in Ordnung ist. Als ich das gemerkt habe, hatte ich schon geschwindelt.«

»Geschwindelt nennst du das? Ich sage dazu nur eins: falsche uneidliche Aussage.«

Korbinian war aufgebracht, wollte weiter seine Wut zum Ausdruck bringen, aber Emilia fiel ihm ins Wort. Sie erzählte, dass man Billas Vater im Park vorgefunden hätte, am Seeufer, mit über zwei Promille im Blut, einer Platzwunde am Kopf und vermutlich ein bis zwei gebrochenen Rippen. Wegner habe bei dem Versuch, ihn zu vernehmen, wiederholt nach seiner Tochter verlangt und behauptet, sie sei ebenfalls in Gefahr. Deshalb würden die Polizisten jetzt zu ihnen kommen.

Korbinian wollte gerade seine Aussage mit Emilia absprechen, als die beiden Beamten den Schankraum betraten.

»Tach, Schiller«, sagte der ältere Polizist launig, offenbar Polizeihauptmeister Kruse.

»Grüß dich, Otto. Neue Kollegin?«

Die Kollegin, eine patent aussehende junge Frau mit blondem Pferdeschwanz unter der Mütze, lächelte. »Guten Tag, Herr Schiller, Otto hat mir schon viel von Ihnen erzählt.«

»Oha!«

»Nur Gutes, natürlich.«

»Ich nehme mal an, Sie sind Frau Sybilla Wegner«, sagte Polizeimeister Otto Kruse zu Billa, nun im förmlichen Beamtenton.

»Muss wohl, wenn Sie das sagen. Was gibt's?«

Korbinian traute seinen Augen kaum: Zurückgelehnt und völlig entspannt saß sie am Tisch und sah den Polizisten geradeheraus an, angstfrei, locker und offen, während ihm der Schweiß auf der Stirn stand. Wie machte sie das bloß? Sie musste über beträchtliches schauspielerisches Talent verfügen.

»Ihr Vater wurde angegriffen und hat bei der Vernehmung geäußert, Sie würden gegen Ihren Willen von ihm ferngehalten und könnten auch in Gefahr sein. Ist da etwas dran?«

Billa lachte. »Du lieber Himmel, nein. Er war sicher betrunken, stimmt's?«

»Nicht zu knapp.«

»Der steigert sich im Suff in alles Mögliche rein.«

»Verstehe«, sagte Kruse. »Na, besser so, als wenn Ihnen etwas passiert wäre.«

»Genau.«

»Eine Frage noch.« Die blonde Polizistin griff in ihre Jackentasche und zog ein Smartphone hervor. »Wir haben eine Zeugin, die geistesgegenwärtig ein Foto von den beiden Angreifern gemacht hat. Ziemlich unscharf, leider, aber würden Sie mal schauen, ob Sie zufällig einen von den Männern erkennen? Sie sind beide flüchtig.«

Korbinian hielt die Luft an.

Billa blieb die Ruhe selbst. »Zeigen Sie mal. Nein, nie gesehen. So wie ich meinen Vater einschätze, könnte er einen Angriff aber auch provoziert haben.«

»Wieso sagen Sie das?«, fragte die Polizistin, plötzlich wachsam.

»Es wäre nicht das erste Mal, dass er besoffen Leute anpöbelt.«

»Aha«, sagte die Polizistin.

»Kennst du die Typen zufällig, Schiller?«, fragte ihr männlicher Kollege. »Zeig ihm mal das Bild, Susanne. Man weiß ja nie.«

Die Polizistin hielt Schiller das Smartphone hin. Der sah kurz Billa an, bevor er auf das Display schaute, dann sagte er: »Schwarze Kapuzenjacken, Basecaps, könnte die halbe Stadt sein.«

»Interessiert es Sie denn gar nicht, wie es Ihrem Vater geht?«, wollte nun die Polizistin wissen.

»Wir haben schon länger keinen Kontakt mehr.«

Sie schaute skeptisch, dann zuckte sie mit den Schultern. »Geht mich ja nichts an.«

Die Beamten plauderten noch eine Weile mit Schiller, lehnten den angebotenen Kaffee aber dankend ab und verließen bald darauf das Ochsenglück.

»Mann, Mann, Mann«, sagte Schiller, als die Tür sich hinter den Polizisten geschlossen hatte. »Was habt ihr euch denn da wieder geleistet?«

»Scheiße«, sagte Billa. »Diese Idioten!«

»Waren das deine Typen?«

»Lassen sich auch noch fotografieren, die Deppen.«

Korbinian trank das Glas Wasser, das Schiller Billa hingestellt hatte, in einem Zug aus.

»Schiller, wieso kannte der Bulle dich so gut?«, fragte Billa.

»Machst du Witze? Ich habe die Kneipe seit zwanzig Jahren, und wohl oder übel hast du es als Wirt manchmal mit der Polizei zu tun. Manche Gäste vertragen eben keinen Alkohol. Otto ist ein Netter, sei froh, dass nicht sein Kollege Klaus gekommen ist, der ist eine pedantische Nervensäge.«

Korbinian stand von seinem Stuhl auf und ging Richtung Ausgang. Angie lief ihm hinterher.

»Wo willst du hin?«, fragte Billa.

»Nach Hause.«

»Kann ich mitkommen?«

»Du wohnst ja schließlich da.«

Als sie die Wohnung betraten, sagte Korbinian: »Ich lege mich aufs Ohr, ich bin fix und fertig.«

»Brauchst du noch was? Soll ich dir einen Tee bringen?«, fragte Billa kleinlaut.

»Ich brauche eine Pause, nichts weiter. Und nimm den verdammten Hund zu dir.«

»Bist du sauer?«

»Was weiß ich.« Korbinian schloss die Arbeitszimmertür hinter sich ab.

Um kurz nach sieben rief Emilia im Flur nach Billa und ihrem Bruder. Korbinian tat so, als hätte er es nicht gehört. Er überließ es Billa, Emilia auf den Stand der Dinge zu bringen, den sie ihrer Meinung nach haben sollte. Stattdessen stopfte er sich ein Kissen in den Rücken und dachte nach. Was bedeutete es, dass Wegner vor seinem Haus aufgetaucht war? Er glaubte nicht an Zufall. Würde er der Polizei gegenüber erwähnen, dass sie schon einmal aneinandergeraten waren? Wie gründlich würden sie den Mann vernehmen? Er nahm zwar nicht an, dass er ernsthaft etwas zu befürchten hatte. Aber der Gedanke, dass jemand ums Haus schlich, der ihm und vor allem Billa an den Kragen wollte, machte ihn doch nervös. Und da waren auch noch Manni und Ron, die zwangsläufig wieder auftauchen würden, und sei es nur, um die vermaledeite Bulldogge abzuholen.

Korbinian stand auf, zog den Katalog einer Ausstellung über Chinesische Frühkeramik aus dem Regal, legte sich wieder aufs Sofa und versuchte, sich auf etwas völlig anderes zu konzentrieren.

Gegen acht klopfte es an seine Tür. Emilia rief: »Willst du Abendbrot?«

Weil das so klang, als wären sie zwischenzeitlich wieder zu einem normalen Alltag übergegangen, und weil er Hunger hatte, antwortete er: »Gib mir fünf Minuten!«

Emilia und Billa hatten bereits den Tisch gedeckt. Beide Frauen sahen ihn beim Hereinkommen prüfend an. Emilia wie eine Ärztin, die ihren schwierigsten Patienten mustert. Billa, als versuchte sie einzuschätzen, wie tief sie in der Tinte steckt.

»Sind wir hier auf dem Pferdemarkt? Wird auch gleich noch mein Gebiss geprüft?«, fragte Korbinian.

»Wir müssen reden«, sagte Emilia.

»Erst essen«, forderte Billa.

Emilia wollte widersprechen, da klingelte es an der Haustür.

»Wehe!«, sagte Korbinian.

Aber Billa und Angie waren schon losgerannt.

Manni und Ron schlurften in die Küche, als wäre nichts geschehen.

»Tach allerseits«, sagte Manni und klaubte sich ein Radieschen von Emilias Rohkostteller.

»Voll cool, Korbinian, dass du dich um die Dicke gekümmert hast«, sagte Ron, während er sich von Angie das Gesicht ablecken ließ.

»Es blieb mir auch nichts weiter übrig, wollte ich meine Wohnung nicht zum Hundeklo umfunktionieren«, sagte Korbinian.

Ron lachte, als hätte Korbinian gerade einen guten Witz gemacht.

»Digger!«, sagte Manni mahnend.

»Sorry.«

Manni wandte sich nun an Korbinian. »Ich müsste die nächsten Tage bei euch übernachten, geht das klar? Janice hat einen neuen Typen und braucht ihre Wohnung jetzt selber.«

»Willst du uns verarschen?«, sagte Emilia.

»Nein, wieso? Das ist die Wahrheit.«

»Darum geht's nicht, Schatz«, sagte Billa leise. »Sie wissen, was heute passiert ist. Die Bullen waren hier, und den Rest habe ich ihnen mehr oder weniger erzählt.«

»Wieso quatschst du so viel mit denen?«, fragte Manni ärgerlich.

»Weil sie jetzt meine Familie sind.«

Zu Korbinians Überraschung lächelte Manni daraufhin, ging zu Billa und drückte ihr einen Kuss auf den Mund. »Natürlich sind sie das, Hase, entschuldige. Leute, ich kann das alles erklären!«

Emilia verschränkte die Arme vor der Brust. »Ich komme mir gerade vor wie in einem schlechten Film«, sagte sie frostig.

»Jetzt lass ihn erst mal reden«, konterte Billa.

Manni räusperte sich. »Ich hab Wegner eins auf die Fresse gegeben, weiter nix. Der kann anscheinend sogar seiner Tochter noch die Bullen auf den Hals hetzen, so gut geht's dem. Ich hätte fester zuschlagen sollen. Korbinian hat doch letztens selbst zu mir gesagt, dass der das verdient. Jetzt habe ich endlich den Richtigen erwischt, also, wo ist das Problem?«

»Wo das Problem ist?«, rief Emilia. »Das Problem ist, dass ihr denkt, mit Prügeln lässt sich alles lösen, ihr testosterongesteuerten und hirnlosen Machodeppen!«

»Pass mal gut auf, Lady«, sagte Manni. »Ich habe dein Haus, deinen Bruder und deine Mitbewohnerin verteidigt, und du nennst mich … was hat sie gesagt?«

»Klang scheiße«, sagte Ron finster. »Klang richtig scheiße.«

»Ey, ich riskiere Knast für euch, ja?«

»Soll ich mich jetzt auch noch bei dir bedanken, dass die Polizei da war, oder was?«

Und dann schrien Billa, Manni, Emilia und Ron durcheinander, bis Angie dazwischensprang und heftig zu bellen anfing.

»Kluger Hund«, sagte Korbinian in die plötzliche Stille hinein.

Ron grinste. »Sie hat echt was in der Birne, sagt mein Papa auch immer.«

»Das war kein Kompliment, Idiot«, sagte Billa.

»Warte mal«, sagte Korbinian. »Eins möchte ich noch von Manni wissen: Wieso warst du denn sicher, dass es sich diesmal wirklich um Billas Vater handelte?«

»Weil sie ihn mir gezeigt hat.«

»Aus dem fünften Stock? Und da hast du ihn unten gleich erkannt und vermöbelt?«

»Wir haben ihn nicht sofort verprügelt. Der Alte lungerte schon vorgestern den halben Tag beim Spätkauf herum, wenn du's genau wissen willst. Billa hat gehofft, dass er sich von selbst verzieht, wenn er sie nicht erwischt. Als er aber dann gestern wieder an der gleichen Stelle stand, hat sie Angst bekommen und ihn mir gezeigt. Von Frau Schlüters Küchenfenster aus konnte man ihn deutlich sehen. Ich war mehrfach da und hab geguckt, was er macht.«

»Die Nachbarin habt ihr auch noch mit reingezogen?«

»Wir haben ihr erzählt, dass Emilia vielleicht einen Stalker hat und wir den zur Rede stellen wollen. Die fand das super, hat uns sogar noch helfen wollen.«

»Was?«, rief Emilia.

Korbinian wunderte sich, dass Frau Schlüter-Marple das mittags nicht erwähnt hatte, aber das lag vielleicht an ihrem Alter.

»Tut mir leid«, sagte Billa, »blöde Idee.«

»Dein Vater hängt hier schon den dritten Tag herum, du hast ihn von der Wohnung der Nachbarin aus beobachtet und du hast Manni auf ihn gehetzt. Trotzdem hast du es nicht für nötig befunden, mir ein Wort davon zu sagen?«, fragte Korbinian.

»Ich wollte nicht, dass du dir Sorgen machst«, sagte Billa leise.

Emilia fauchte. »Das nennt sie dann Familie.«

»Was war heute anders, dass ihr ihn nicht mehr bloß beobachtet habt?«, fragte Korbinian weiter.

»Heute hatte er einen Baseballschläger dabei«, sagte Manni.

Korbinian starrte ihn entsetzt an. »Einen …? Du lügst doch!«

»So wahr ich hier stehe, er hatte einen fetten Holzprügel unter der Jacke versteckt, so fett, dass ich ihn von oben durchs Fenster gesehen habe, als ich auf der Leiter stand, um deine Decke zu streichen. ›Hase‹, hab ich zu Billa gesagt, ›da unten steht wieder dein Alter, aber diesmal bewaffnet.‹ Und das Erste, was sie daraufhin sagt, ist: ›Mein Korbinian kommt gleich nach Hause.‹ Kapierst du das? Sie hat sich wirklich Sorgen um dich gemacht. Wir sind also schnell runter, um das Schlimmste zu verhindern. Als er uns sieht, geht er ab. Im Park haben wir ihn eingeholt und uns dann einfach nur gewehrt. So war's.«

Emilia schnaufte verächtlich. »Wer's glaubt, wird selig.«

»Wo ist der Baseballschläger jetzt?«, fragte Korbinian.

»Im Gebüsch und sorgfältig abgewischt, Alter. Wir sind ja keine Anfänger«, gestand Ron freimütig.

»Wegen Typen wie euch geht diese Stadt den Bach runter.« Emilia schüttelte den Kopf.

»Mann, wir haben ja versucht mit dem zu reden«, verteidigte sich Manni.

»Das habe ich bei unserer ersten Begegnung gemerkt, wie du versuchst, mit jemandem zu reden«, sagte Korbinian.

»Dafür hab ich mich schon hundertmal entschuldigt. Außerdem wusste ich diesmal hundertprozentig, dass es der richtige Typ ist. Ich wollte, dass er ein für alle Mal kapiert, es sei besser für ihn, wenn er Billa in Ruhe lässt. Ich hab nicht mal voll zugeschlagen.«

»Seid ihr noch zu retten?«, knirschte Emilia. »Ihr seid stolz darauf, dass ein halbwegs wehrloser Mann niedergeschlagen wurde? Soll ich jetzt applaudieren, oder was? Billas Vater hat seine Frau auf ähnlich dramatische Weise verloren wie mein Bruder, ein bisschen Verständnis wäre da vielleicht mal angebracht.«

»Verständnis?«, schrie Billa. »Hat sie Verständnis gesagt?«

»Von dir erwartet das keiner, Liebes, aber wir anderen sollten die Dinge auseinanderhalten können.«

»Du hast doch ein Rad ab, Emi«, sagte Manni.

»Finde ich auch.« Korbinian nickte.

»Du findest das auch, Korb? Du benimmst dich seit über acht

Jahren wie ein Geisteskranker, und ausgerechnet du sagst, ich hätte ein Rad ab?«

Alle brüllten abermals durcheinander, und auch Angie schoss wieder kläffend unter dem Tisch hervor, was aber diesmal keine Wirkung zeigte. Das Geschrei wurde immer lauter. Einzig Korbinian schwieg. Mitten in dem ganzen Tohuwabohu wurde es auf einmal ganz still in ihm. Etwas, das er weder benennen noch beschreiben konnte, fiel von ihm ab, als würde er aus einem langen und verworrenen Traum aufwachen. Eine tiefe Ruhe legte sich über ihn. Er wusste nun, was zu tun war.

»Ich habe genug«, sagte er fast heiter, aber keiner der anderen schien es zu hören. Es war ihm aber auch egal. Er ließ sie weiter streiten, ging in sein Arbeitszimmer, packte ein paar Sachen in die kleine Reisetasche, die er für Klassenfahrten in seinem Materialschrank aufbewahrte, und verließ die Wohnung.

»Willst du verreisen?«, fragte Schiller, als er Korbinian mit der Reisetasche in den Schankraum eintreten sah.

Korbinian nickte. »Ja.«

»Wohin?«

»Weiß ich noch nicht.«

»Aber gepackt hast du schon?«

Korbinian lächelte. »Jetzt oder nie, Schiller. Mir reicht's. Ich will raus aus meinem alten Leben, und wenn's nur für ein paar Tage ist, damit sich was ändert bei mir, verstehst du?«

»Klar verstehe ich das.«

»Wer weiß, ob meine Kraft morgen noch reicht.«

Schiller stellte Korbinian ein Pils hin. »Auf jeden Fall! Jetzt oder nie!«

»Siehst du auch so, oder?«

»Unbedingt! Und ich hab sogar eine Idee.«

Als Emilia drei Stunden später auf Schillers Handy anrief, sagte er, sie solle Korbinian einfach mal in Ruhe lassen. Er käme heute nicht nach Hause, sondern würde einen kleinen Urlaub machen und sich danach sicher wieder bei ihr melden.

»So«, sagte Schiller, nachdem er das Telefon zurück in die Tasche gesteckt hatte. »Jetzt haste deine Auszeit.«

»Was hat sie gesagt?«

»Sie hat mich gefragt, ob sie und Billa und die bekloppten Jungs dich vertrieben hätten oder ob es etwas anderes gewesen sei. Ich hab ihr zu verstehen gegeben, dass es sich meiner Einschätzung nach um etwas anderes handeln würde, und da war sie beruhigt.«

»Beruhigt war sie?«

»Nur so mein Eindruck. Ich soll dich grüßen und ausrichten, du könntest dich jederzeit melden, wenn du sie brauchst.«

»Erst mal nicht.«

»Hab ich ihr auch gesagt.«

»Was läuft da eigentlich zwischen dir und meiner Schwester?«

»Nichts. Was soll da laufen?«

»Komm schon, Schiller, ich bin in manchen Dingen vielleicht ein bisschen langsam, aber ich bin nicht blöd.«

Schiller rieb sich den Schädel und sah so verlegen aus, dass Korbinian lachen musste. »Ist doch gut, wenn ihr beiden euch mögt.«

»Wirklich?«

»Klar.«

»Na, dann schau'n wir mal.«

Korbinian übernachtete im kleinen Personalraum vom Ochsenglück. Hier war ein Feldbett aufgeschlagen, das Schiller gelegentlich für einen Mittagsschlaf nutzte.

Früh wachte er vom Krach auf, den die Müllabfuhr vor dem Fenster veranstaltete. Barfuß lief er in die Kneipenküche, um sich einen Kaffee zu kochen, drehte das Radio an und kam sich vor wie in einem der französischen Filme, die Marie und er früher gern geschaut hatten: ein einsamer Reisender, den es für die Dauer einer Nacht an einen eigenartigen Ort verschlagen hat, Jean-Paul Belmondo in einem Roadmovie, fehlte nur noch die Zigarette im Mundwinkel. Er fühlte sich gut: lässig, frei, ein bisschen verrucht, aber gar nicht verloren.

Dann schaute er auf die große Uhr über der Kochstelle, und ihm fiel ein, dass trotz allem heute ein ganz normaler Mittwoch war und dass er zu unterrichten hatte. Er konnte doch nicht einfach so wegbleiben.

Als Schiller eine halbe Stunde später mit einer Brötchentüte auftauchte, sagte Korbinian: »Ich kann nicht einfach blaumachen.«

»Wieso nicht?«

»Na weil … wegen der Kinder.«

»Quatsch! Die freuen sich, wenn Unterricht ausfällt. Sag, dass du krank bist. Ist doch sowieso nur noch 'ne gute Woche bis zu den Sommerferien, da findet eh nichts Wichtiges mehr statt.«

»Ich hab so etwas noch nie gemacht.«

»Dann wird's höchste Zeit.«

Rosemarie Schütz nahm nach dem zweiten Klingeln den Hörer ab und meldete sich ebenso umständlich wie respekterheischend. Als sie hörte, wer am Apparat war, ließ sie alle Förmlichkeit fallen und fragte mit einer Mischung aus Freude und Besorgnis, was sie für ihn tun könne. Korbinian entschied sich für die ehrliche Variante:

»Rosemarie, ich werde vorerst nicht zur Arbeit kommen.«

Ob er krank sei, wollte sie wissen, jetzt eindeutig besorgt.

»Nicht im klassischen Sinne«, sagte Korbinian.

»Will sagen?«

»Ich muss mal raus, Luft holen, mich neu sammeln, irgendwie so. Es ist schwer zu erklären.«

»Und ich soll vor der Chefin behaupten, du hättest eine offizielle Krankschreibung vorgelegt, sehe ich das richtig?« Rosemaries Stimme klang schon wieder sehr viel entspannter.

Korbinian, der nicht im Traum an so eine Möglichkeit gedacht hätte, sagte: »Mir wäre schon geholfen, wenn du der Schmalenberg mitteilst, dass eine Vertretung für mich organisiert werden muss. Eine Krankschreibung würde ich nachreichen.«

»Sehe ich dich dann gar nicht mehr vor den Ferien?«

»Ich weiß noch nicht, auf jeden Fall schulde ich dir was.«

»Darauf lässt sich aufbauen. Ich wünsche dir eine gute Zeit.«

»Danke, Rosemarie, vielen Dank.«

»Bis bald, und vergiss mich nicht ganz«, sagte sie und zögerte einen Moment, ehe sie auflegte.

»Das war nicht schwer«, sagte Korbinian.

»Siehste«, sagte Schiller. »Und jetzt zu meiner Idee.«

Schillers Einfall für Korbinians Auszeit hieß Pellerow. Ein kleiner Ort in Brandenburg, wo Schiller ein Seegrundstück mit einem halb verfallenen kleinen Häuschen besaß, das ihm vor zwei Jahren vom kinderlos verstorbenen Onkel seiner Mutter vermacht worden war.

»Keine Insel, wie du es dir gewünscht hast, aber viel Wasser drum herum und halbwegs bewohnbar, wenn man keine allzu großen Ansprüche hat.«

Die hatte Korbinian nicht, und Schiller sagte: »Ist auch besser so. Du kannst es bewohnen, wenn du magst. Ist aber 'ne Aufgabe, wenn du dir's da ein bisschen hübsch machen willst. Ich hatte bis jetzt keine Zeit, mich groß darum zu kümmern. Wäre froh, wenn das mal jemand für mich übernimmt.«

»Eine Aufgabe ist gut. Ich will ja nicht in Rente gehen, ich will eher das Gegenteil.«

Renate war bereit, die Mittagsschicht im Ochsenglück zu übernehmen, und so machten sie sich gleich nach dem Frühstück auf den Weg. Schiller fuhr mit seinem Transporter vor, packte Getränke, Lebensmittel, Decken, Müllsäcke, Geschirr, Handtücher, ein Paar Gummistiefel sowie einen Gasbrenner ein, während Korbinian auf die Bank ging, um zehntausend Euro von seinem Konto abzuheben. Die eine Hälfte steckte er in einen wattierten Umschlag und schrieb »Emilia Gerhard & Sybilla Wegner« darauf, um ihn später Schiller zu geben mit der Bitte, ihn den beiden in den Briefkasten zu werfen. Die andere Hälfte behielt er für sich.

Als er wieder vor dem Ochsenglück stand und einen Schlafsack begutachtete, den Schiller ihm überlassen wollte, hörte er eine helle Kinderstimme seinen Namen rufen. Henriette kam die Straße entlanggerannt und bremste kurz vor ihm.

»Fährst du schon in die Ferien, Herr Gerhard? Dann hab ich ja jetzt gar kein Deutsch bei dir!«

Korbinian hielt sich den Zeigefinger vor den Mund und sagte: »Pssst! Ich schwänze. Nicht der Mama oder der Direx verraten.«

Das Mädchen strahlte ihn an. »Ich hab heute auch verschlafen, ich verrate nix.«

Dann fiel Korbinian noch etwas ein. »Warte mal einen kleinen Moment, ja?«

Henriette nickte und wippte vor Aufregung auf ihren Fußballen, sodass der Rucksack auf ihrem Rücken auf- und abhüpfte.

Korbinian ging ins Lokal, holte ein Schokocroissant aus der Küche, schlug es in eine Serviette ein, nahm eine Plastikblume aus der Vase am hinteren Tisch und kehrte zu Henriette zurück.

»So. Das Croissant ist für dich, und die Blume bringst du bitte mit einem schönen Gruß von mir ins Sekretariat zu Frau Schütz. Die weiß dann schon Bescheid und sorgt dafür, dass du keinen Ärger kriegst, weil du zu spät gekommen bist. In Ordnung?«

»Danke, Herr Gerhard, das mache ich.«

Er sah dem dicken Mädchen nach, bis es um die Ecke verschwunden war.

Schiller steckte den Kopf aus dem Transporter und sagte: »Was ist nu, können wir?«

»Wir können«, sagte Korbinian und setzte sich auf den Beifahrersitz.

So einfach war der Abschied aus Berlin.

Pellerow im August
Oder wie am Schluss noch kein Ende in Sicht ist

Billa lässt ihre Bierflasche an seine klirren. Er nimmt einen Schluck, lehnt sich wieder an die Buche.

Ich werde die Astschnittstelle morgen noch ein bisschen abrunden, denkt er, damit die Kanten nicht so in den Rücken stechen. Er könnte auch ein Polster an den Baum binden, dann wäre es perfekt.

»Du hattest recht«, sagt Schiller, der das Gesicht in die Abendsonne hält. »Das hier ist wirklich der beste Platz für eine Bank, viel besser als am Hang.«

»Für den Hang will ich nächste Woche auch noch eine bauen, da hätte man dann Morgensonne. Hinten bei dem Johannisbeerbusch, was hältst du davon?«

»Tu dir keinen Zwang an.«

»Du baust Bänke?«, fragt Billa ungläubig. »So richtig mit Sägen, Verschrauben und so?«

»Idiotensicherer Fertigbausatz aus dem Heimwerkermarkt«, sagt Korbinian.

Schiller grinst. »Du würdest staunen, was er alles bauen kann, Mädchen. Er hat geschuftet wie ein Ackergaul, seit er hier ist.«

»Na ja«, sagt Korbinian, »übertreib mal nicht.«

Wenn er sich jedoch vor Augen führt, wie es hier aussah, als sein Freund ihn hergebracht hat, grenzt es wirklich an ein Wunder, was er in gerade einmal sechs Wochen alles geschafft hat. Der Kiesweg ist frisch gefasst, der Sperrmüll rund ums Häuschen abtransportiert, der Rasen gemäht, die Disteln sind ausgerupft, die

Brennnesseln nahezu ausgerottet, und auch dem Giersch ist er zu Leibe gerückt. Das Häuschen ist aufgeräumt und innen schon fast wie neu. Dabei macht er noch tägliche Spaziergänge in Begleitung des Hundes, isst am Imbiss mit den Feierabendtrinkern Bratwurst oder Makrele und hört dem Dorftratsch zu. Jeden Abend sitzt er eine Stunde oder zwei mit einem Glas Wein oder einem Becher Tee unter der Buche und schaut den Fledermäusen zu, die im aberwitzigen Kunstflug durch die Dämmerung sausen. Mein schöner, wilder Garten, denkt er und überlegt weiter, was in der nächsten Zeit noch alles zu tun ist: Der Zaun muss fertig geschliffen und gestrichen werden, die Hecke zum Uferweg braucht einen Radikalschnitt, die Tür vom Häuschen ein neues Schloss, ein Fensterladen muss repariert werden.

»Ich will auch versuchen, den Steg instand zu setzen«, sagt er zu Schiller. »Der Dicke, den sie Gurken-Willi nennen, hat gesagt, er und sein Bruder könnten mir helfen. Und Hermann vom Imbiss hat ein Ruderboot übrig, das könnte ich ihm günstig abkaufen zum Angeln.«

»Angeln willst du?«

»Warum nicht? Es gibt viele Fische im See: Rotfedern, Schleie, Barsche, Karpfen, Welse. Würde sich gut auf deiner Mittagskarte machen. Sogar einen Hecht habe ich neulich vom Ufer aus gesehen.«

»Ich weiß nicht, ob man hier einfach angeln darf, Korb.«

»Hab ich schon geklärt. Hermann ist der Chef vom hiesigen Angelverein, bei ihm bekomme ich die Karte, die Marke und was ich sonst noch brauche.«

»Und ich habe dich jahrelang für einen weltfremden Bücherwurm gehalten.«

Billa sitzt ungewöhnlich schweigsam da, zupft ab und zu einen Grashalm ab und zerteilt ihn mit dem Daumennagel in dünne Fasern, hört zu oder träumt vor sich hin.

Sie ist braun geworden, Gesicht und Arme haben eine frische Sommerfarbe, längst nicht mehr so bleich wie im Winter. Vielleicht war sie in den letzten Wochen viel im Park oder hat, was wahrscheinlicher ist, auf der Dachterrasse in der Sonne gelegen. Und so dürr, wie sie war, als er sie vor neun Monaten vor dem Supermarkt gefunden hat, ist sie auch nicht mehr. Ob Manni jetzt bei ihr lebt? In seiner Wohnung. Es gibt kaum etwas, das ihm weiter weg erscheint als diese hundertsechzig Quadratmeter mitten in der Hauptstadt, wo unzählige Sachen von ihm sind, die er nicht mehr braucht. Wahrscheinlich müsste einiges geregelt werden.

»Kommst du nach den Ferien zurück?«, fragt Billa, als ahne sie, was ihm gerade durch den Kopf geht.

»Nein«, sagt Korbinian. Es ist das erste Mal, dass er das so klar denken und aussprechen kann.

»Dachte ich mir«, sagt Billa. Sie rupft einen weiteren Grashalm ab, zerteilt ihn, legt die Stücke auf ihre Handfläche, pustet sie über die Wiese. »Vorhin hast du mir keine Antwort gegeben, als ich dich gefragt habe, ob du mir noch böse bist.« Es ist eine Unsicherheit in ihrer Stimme, die ihn anrührt.

»Ich bin dir nie böse gewesen.« Korbinian wundert sich ein wenig, dass dem wirklich so ist.

»Ich vermisse dich manchmal, alter Mann, weißt du das?«

Im ersten Moment liegt ihm auf der Zunge zu sagen, dass er gar nicht vermisst werden möchte. Aber dann fällt ihm auf, dass das so auch nicht stimmt.

»Du bist aber nicht gekommen, um mir das zu sagen, oder?«

»Doch. Irgendwie schon.«

»Er ist ja nicht aus der Welt«, sagt Schiller. »Gerade mal vierzig Autominuten entfernt. Ich bin fast jede Woche hier draußen gewesen, seit er da ist. Wenn du ihm nicht auf die Nerven gehst, nehme ich dich ab und zu mit. Oder, Korb?«

»Solange sie nicht wieder einzieht«, sagt er und erkennt an der Art, wie sie ihn angrinst, dass sie seine Worte genau so versteht, wie sie gemeint sind.

»Auf dem Rasen könnte man ein Zelt aufstellen«, sagt sie.

»Untersteh dich!«

Billa lacht. »Bloß ein Zelt, Mensch! Das kann man am nächsten Morgen zusammenfalten und dann wieder damit verschwinden. Schon hast du deine Ruhe, oller Einsiedler!«

Schiller greift in seine Hemdtasche, holt eine Zigarettenpackung heraus und hält sie Billa hin. »Auch eine?«

»Nein danke.«

Der Hund kommt angetrottet, schnüffelt an Schillers Hand, dann an der Kühlbox, prüft, ob es noch mehr Fleisch zu holen gibt, und lässt sich anschließend mit einem Schnaufen zu Korbinians Füßen ins Gras fallen.

»Netter alter Kerl«, sagt Billa.

Korbinian kapiert erst beim zweiten Anlauf, dass sie vom Hund spricht.

»Wem gehört er denn?«

»Sich selbst, glaube ich. Er war jedenfalls schon vor mir da. Inzwischen hat er sich aber an meine Gesellschaft gewöhnt. Und ich mich an seine.«

»Du und ein Hund. Das glaubt mir Emi nie.«

Billa beginnt dem Hund das Fell zu kraulen.

Meine Schwester, denkt Korbinian, sie wird den Garten mögen.

Schiller hat ihm erzählt, dass Emilia und er sich gelegentlich in der Stadt auf einen Kaffee treffen. Einmal sind sie auch abends zusammen ins Kino gegangen. Ob danach jeder in seinem eigenen Bett geschlafen hat, wollte Korbinian nicht fragen. Wahrscheinlich hätte Schiller es ihm irgendwie zu verstehen gegeben, wenn dem so gewesen wäre. Vielleicht aber auch nicht.

Das helle Kreischen eines aufgebrachten Blässhuhns am Seeufer reißt ihn aus seinen Gedanken. Der Hund springt auf und rennt los. Billa schaut dem Tier nach, bis es an der Uferböschung im Dickicht verschwindet. Dann wendet sie sich Korbinian zu. »Sag mal, Korb, da du doch jetzt hier wohnen bleiben willst …« Sie lässt den Satz unbeendet, blickt ihn stattdessen erwartungsvoll an.

Aha, denkt Korbinian, jetzt kommen wir dem eigentlichen Anlass ihres Besuchs näher. Billa schlingt die Arme um die angezogenen Beine, holt tief Luft, bevor sie weiterspricht. »Ich wollte dich fragen, ob es für dich in Ordnung wäre, wenn ich zusätzlich noch das ehemalige Arbeitszimmer deiner Frau beziehe. Emilia sagt, sie braucht es nicht.«

»Ihr teilt die Wohnung also schon unter euch auf«, stellt Korbinian fest.

»Wenn es dir nicht recht ist, lasse ich es bleiben«, sagt Billa leise.

»Wozu benötigst du zwei Zimmer? Wohnt Manni bei dir?«

»Nur vorübergehend, ganz bestimmt, es sei denn, du erlaubst es für länger. Den zusätzlichen Raum will ich aber aus einem anderen Grund.«

»Was du so unter *vorübergehend* verstehst, ist ja reichlich dehnbar. Na gut, mir soll es recht sein.«

»Was? Das mit Manni oder dass ich das Nähzimmer bekomme?«

»Von mir aus beides.« Korbinian sieht sie an, wartet auf eine weitere Erklärung.

Über Billas Gesicht huscht ein triumphierendes Lächeln. Sie hebt das Kinn von den Knien und sagt mit einer Entschlossenheit in der Stimme, die ihm gut gefällt: »Ich habe nämlich einen Plan. Er wird dich umhauen. Garantiert.«

»Erzähl schon.«

»Du hast mir doch erlaubt, die Nähmaschine deiner Frau zu benutzen, stimmt's?«

»Genau genommen habe ich sie dir sogar geschenkt.«

Billa strahlt ihn jetzt voller Begeisterung an. »Das war also ernst gemeint. Cool! Ich habe angefangen, damit zu arbeiten. Fürs Erste sind bunte Taschen und Turnbeutel entstanden, aber ich will bald noch eine kleine Kollektion für Kinder entwerfen, Kleidchen und Hemden mit Tieren und witzigen Applikationen drauf. Die Besitzerin vom Secondhandladen, der ich meine Sachen gezeigt habe, ist begeistert. Sie hat die Taschen gleich in Kommission genommen. Und wenn ich jetzt ein eigenes Atelier habe, kann ich richtig durchstarten. Wie findest du das?«

»Gut. Sehr gut sogar. Was sagt Emilia zu all dem?«

»Sie findet es großartig.«

»Auch dass der Ganove jetzt bei euch wohnt?«

»Sag nicht Ganove zu ihm! Außerdem scheint Emi sich gar nicht so häuslich bei dir einrichten zu wollen, wie sie ursprünglich vorhatte. Wir bieten ihr beinahe jeden Tag an, dein altes Schlafzimmer zu streichen, aber sie bringt immer wieder neue Einwände vor.«

»Möglicherweise entwickelt sie andere Pläne«, überlegt Korbinian laut.

»Wahrscheinlich will sie sich noch nicht festlegen«, sagt Billa. »Denn wenn das mit dem Herrn Kneipenwirt demnächst doch noch mal was Ernstes werden sollte ...« Sie sieht auffordernd zu Schiller hin, der bis dahin scheinbar unbeteiligt der Unterhaltung gelauscht hat.

»Krieg dein eigenes Leben auf die Reihe, Mädchen, und lass die großen Leute ihr Tempo selbst bestimmen«, brummt Schiller. Er erhebt sich von der Bank. »Ich geh mal nachschauen, was der Köter da unten am See anstellt.«

Eine Woche später sind sie alle da. Schiller hat seinen Lieferwagen mit Essen und Getränken geladen, aus Emilias Auto steigen Billa, Manni, Ron und Angie. Immerhin ist Korbinian diesmal vorgewarnt.

Am Tag zuvor war er auf seinem Abendspaziergang noch etwa zweihundert Meter vom Imbiss entfernt gewesen, da winkte Hermann hektisch mit einer weißen Papierfahne und brüllte so laut, dass auch die Leute von der nahe gelegenen Fischräucherei jedes einzelne Wort mitbekamen: »Korbinian, komm, schnell! Morgen Abend gibt's eine Party bei dir!«

Selbst die Männer vom Gurkenstand fühlten sich angesprochen, und schließlich hingen sie zu fünft über dem Fax, das Schiller zu Hermann in den Imbiss geschickt hatte:

(Lieber Hermann, wenn Korbinian bis Samstagmorgen nicht bei dir vorbeigekommen ist, bring das bitte zu ihm rüber! Danke!)

An Korbinian Gerhard – Seeweg 3 – Pellerow

KORB, SCHAFF DIR ENDLICH EIN HANDY AN, dann wirst du auch nicht mehr vor vollendete Tatsachen gestellt. Folgendes: Sie wollen dich alle besuchen, und ich sehe nicht ein, warum sie das nicht tun sollten, zumal wir ja festgestellt haben, dass die große Pause vorbei ist. Also: Wir treffen am Samstag so gegen sieben zum Abendessen ein. Ich weiß noch nicht, wie viele wir sein werden, aber ich bringe genügend Fleisch und Getränke mit. Emi will einen Salat machen und Billa auch irgendwas, dessen Bezeichnung ich mir nicht gemerkt habe (aus einem türkischen Kochbuch, das sie irgendwo bei dir gefunden hat). Sorg du für Brot und ein bisschen Fisch oder was man sonst noch

so brauchen könnte. Im Schuppen hinter dem Holzstapel müsste ein Grill sein – ansonsten frag Hermann oder einen von den anderen am Ufer-Imbiss.
Wir sehen uns!
Gruß, Schiller
PS: Und gib dem Hund endlich einen Namen, wie sieht das denn sonst aus!

Dem dicken Willi vom Gurkenstand gefiel der Text so gut, dass er Korbinian das Fax aus der Hand nahm und es noch einmal allen Anwesenden vorlas. Danach luden sie Korbinian zu Kartoffelsalat, Würstchen und Kümmelschnaps ein. Der Hund bekam Räucheraal mit aufgeplatzten Bockwürsten vorgeworfen, während jeder einen anderen Namensvorschlag für ihn lieferte.

Als Korbinian in der Dämmerung zurück zu seinem neuen Heim spazierte, hatte er sowohl den Überblick verloren, wie der Hund nun heißen sollte, als auch, wer alles zu dem Grillfest eingeladen war.

Am Morgen radelte er mit dem alten Fahrrad, das er im Schuppen gefunden hatte, zum Konsum und kaufte so viel Zeug, dass er das Rad auf dem Rückweg schieben musste.

Eine halbe Stunde zu früh schlendern sie durchs Gartentor, einer nach dem anderen, und werden zuerst vom Hund angebellt, der jetzt versuchsweise Winnie heißt. Als Winnie Rons Bulldogge entdeckt, stürzt er sich begeistert auf sie. Die Hunde rennen kläffend übers Grundstück. Billa fällt Korbinian um den Hals, drückt ihm zwei Küsse auf die Wangen, Manni boxt ihm in den Oberarm, sagt: »Hey, wie geht's?« Ron tut es Manni nach, und Schiller steht grinsend daneben.

»Pause zu Ende, mein Freund.«

»So sieht's aus.«

Emilia wartet in einigem Abstand auf dem Kiesweg, kommt erst näher, als die anderen mit der Begrüßung fertig sind.

»Schöner Garten«, sagt sie, »kann man was draus machen.«

»Im nächsten Frühling kaufe ich bei dir Blumentöpfe.«

Sie lächelt wie jemand, der sich aufrichtig freut, und streckt ihre Arme nach ihm aus. »Wenn Billa sich das herausnehmen darf, dann will ich auch …«

Korbinian lässt sie gewähren.

»Tut mir leid, was ich zu dir gesagt habe«, flüstert sie ihm ins Ohr.

»Mir tut es leid, dass ich ohne Abschied gegangen bin«, sagt Korbinian, obwohl er gar nichts bereut.

»Wo ist denn der Grill vom Onkel?«, ruft Schiller zu ihnen hinüber.

»Schrott! Aber Hermann müsste jeden Moment mit seinem hier sein.«

»Hermann?«, fragt Emilia.

»Der hat ein Imbiss am Seeufer«, erklärt Korbinian.

»Deine neuen Freunde«, sagt Emilia, und weil das nicht wie eine Frage klingt, sieht Korbinian sich auch nicht bemüßigt, ihr zu antworten.

»Geil«, sagt Manni. »Das ist ja super hier!«

»Freut mich, wenn's dir gefällt.«

»Voll! Schiller sagt, in der Datsche gibt's einiges zu reparieren. Die Elektrik und so? Ich hab extra mein Werkzeug dabei. Also, wenn ich mal schauen soll …«

Ein metallisches Quietschen schreckt sie auf, durch das Gartentor kommen Hermann und Gurken-Willi und zerren ein Ungetüm von Grill auf Eisenrädern hinter sich her.

»Was für eine Art Fest wird das hier eigentlich?«, fragt Emilia.

»Einweihung«, sagt Korbinian.

»Du kommst also nicht zurück«, sagt Emilia.

»Hat Billa das gesagt?«

»Ich ahne es schon, seit ich bemerkt habe, dass du Maries Foto von der Kommode im Flur mitgenommen hast. Als Schiller mir dann den Umschlag von dir überreicht hat, wusste ich Bescheid.«

»Ein paar erklärende Zeilen hätte ich schon noch dazu schreiben sollen. Das Geld war als Starthilfe gedacht. Für euch beide.« Ihm ist es unangenehm, dass seine Schwester die fünftausend Euro erwähnt.

»Trotzdem würde ich dir meinen Anteil lieber zurückgeben. Ich werde mit dem Laden in diesem Monat endlich wieder schwarze Zahlen schreiben.«

»Das freut mich sehr. Gib es Billa. Sie kann bestimmt auch mit der doppelten Summe etwas anfangen. Schließlich gründet das Mädchen gerade ein Kindermodenimperium.«

Emilia lacht. Dann wird sie schlagartig wieder ernst. »Wir haben dich vertrieben, Korb. Aus deiner Wohnung, aus deinem Job, aus allem.«

»Ihr habt mich nicht vertrieben, allenfalls wachgerüttelt, außerdem …«

Er kann nicht weitersprechen, denn er hat schon wieder die Arme seiner Schwester um den Hals, ihre Wange an seiner, kriegt kaum Luft.

»Macht euch gefälligst mal nützlich!«, brüllt Schiller und zeigt mit der Grillgabel in Richtung Hecke. »Hol Holzkohle aus dem Auto, Korb. Die Tür ist offen. Und du, Emi, hilf mir mal mit dem Essen. Gleich kommen die Leute, und hier ist noch nichts fertig.«

Korbinian wirft ihm einen dankbaren Blick zu und lässt Emilia auf dem Kiesweg stehen.

»Billa und die Jungs bitte auch zu mir«, ruft Schiller. »Wer feiern will, muss vorher mit anfassen.«

Billa ist sofort zur Stelle, lässt sich von Schiller einweisen, etwas unwillig schlurfen Ron und Manni heran. Sie werden ebenfalls mit Hilfsdiensten beauftragt.

Gegen halb acht kommen die ersten Fleischstücke auf den Rost, Hermann und Schiller kabbeln sich ein wenig um die Herrschaft am Grill. Manni und Ron poltern im Schuppen herum, auf der Suche nach weiteren Sitzgelegenheiten. Billa und Emilia schneiden in der winzigen Küche Brot und Wassermelonen auf, Gurken-Willi ist gerade gegangen, um seine Familie zu holen. Irgendwo klingelt ein Handy, und Billa kommt kurz darauf mit ihrem Telefon am Ohr aus dem Haus.

»Hier draußen geht's besser«, ruft sie, als hätte sie jemand Schwerhöriges in der Leitung. »Ja, hinter der Fischräucherei rechts und dann den Pfad immer weiter, bis es nicht mehr geht … Klar kann man da mit einem Pkw reinfahren, Emi und Schiller sind sogar mit ihren Transportern hier … ja … grün mit Blume drauf, der andere blau. Wenn du die siehst, park einfach dahinter. Bis gleich!«

Dann legt sie auf, lächelt verschwörerisch und verschwindet mit einer schwungvollen Drehung ihrer Hüften wieder im Häuschen. Von drinnen hört man Gelächter.

»Wen erwarten wir denn noch?«, fragt Korbinian.

»Wart's ab«, sagt Schiller.

»Alle wissen Bescheid, nur ich mal wieder nicht?«

Manni erscheint mit einem Holzklotz unter jedem Arm. »Mich brauchst du nicht anzugucken, die Mädels haben alles allein organisiert.«

Er lässt die Klötze neben Korbinian ins Gras fallen, ruft nach Ron, der leere Apfelkisten bringt. »Hierhin, Alter, das reicht jetzt. Man kann ja auch im Gras sitzen. Ich muss mich erst mal um meinen Nikotinspiegel kümmern.«

Er streckt die Beine weit von sich, holt den Tabak aus seiner Jeanstasche und dreht sich eine Zigarette.

»Billa hat mir erzählt, dass du Bewährung bekommen hast, Manni«, sagt Korbinian. »Glückwunsch!«

Manni kratzt sich am Hinterkopf und sieht plötzlich viel jünger aus, als er ist. »Ja. Ich hatte eine coole Richterin, und die blöden Wichser haben mich letztlich nicht drangekriegt.«

»Welche Wichser?«, fragt Schiller.

Korbinian wirft ihm einen strengen Blick zu, aber Schiller beantwortet sich die Frage selbst: »Ach so, die Drogentypen, die dich reinlegen wollten. Mehr Glück als Verstand, würde ich mal sagen. Ihr könnt bloß hoffen, dass Wegner euch nicht doch noch anzeigt, dann ist Schluss mit Bewährung, das sag ich dir.«

»Ich glaub nicht, dass Wegner uns anzeigt, das wagt die feige Pestzecke nicht.«

Schiller zieht die Augenbrauen hoch und reicht Manni, dem der Tabak aus dem Papier krümelt, eine Filterzigarette, bietet auch Ron eine an und fragt: »Was macht die Jobsuche?«

»Läuft«, sagt Ron.

»Er kann vielleicht demnächst bei einem entfernten Verwandten in der Werkstatt anfangen«, ergänzt Manni. Genüsslich bläst er den Rauch seiner Zigarette in die Abendluft und lässt dabei den Blick über das Gelände wandern. »Dahinten, bei der Birkengruppe, wäre mehr als genug Platz, um ein Treibhaus aufzustellen. Ron und ich würden das übernehmen. Auch die Pflege der Pflanzen. Wir haben einen grünen Daumen oder wie man das nennt. Was haltet ihr davon?«

Schiller kichert höhnisch und schüttelt gleichzeitig den Kopf. »Damit ihr hier draußen eure Plantage neu hochziehen könnt, oder was?«

»War ja bloß 'ne Idee.«

»Besprich solche Einfälle auf keinen Fall mit deinem Bewährungshelfer«, sagt Schiller, immer noch feixend.

Da ist er wieder, der ganze Schlamassel, dem ich entkommen wollte, denkt Korbinian. Jetzt holt mich alles wieder ein, und mein schöner Pellerower Frieden wird, kaum gewonnen, schon wieder im Eimer sein.

Aber eigenartigerweise beunruhigt ihn dieser Gedanke nicht sehr, er schiebt ihn einfach beiseite. Es ist ein wunderbarer Sommerabend, er hat Besuch, und bald wird es ein leckeres Essen geben. Er hat nicht die geringste Lust, sich aufzuregen. Es kann ihm egal sein, wie Manni und Ron sich weiter durchschlagen werden, so wie es ihm egal ist, wie es Wegner geht und was Manni mit ihm angestellt hat, solange Billa dadurch vor den Nachstellungen ihres Vaters sicher ist – und solange er darauf hoffen kann, in spätestens ein oder zwei Tagen wieder allein mit seinen Gartengeräten und diesem komischen herrenlosen Hund zu sein.

Vom Grill her duftet es so gut, dass selbst die Hunde von ihrer Hatz ablassen und sich einträchtig vor Hermann hinhocken. Gebannt verfolgen sie jede seiner Bewegungen. Heute werden sie alle es schön haben, niemand wird angegriffen, niemand wird sterben, eventuell wird Willis Bruder sein Akkordeon mitbringen und Hermanns Frau den Kindern erlauben, Stockbrot ins Feuer zu halten. Den Teig dafür hat Korbinian jedenfalls am Nachmittag vorbereitet.

Wenn er jetzt drei Wünsche frei hätte, müsste er beim zweiten schon überlegen. Im Rahmen der ihm gegebenen Möglichkeiten kommt das dem Glück schon ziemlich nahe.

Während er so sinnend über die Szenerie schaut, übersieht er beinahe, dass noch jemand erschienen ist.

»Guck«, sagt Schiller und zeigt auf das Gartentor, das gerade von Rosemarie Schütz geöffnet wird. Über dem Arm trägt sie einen großen Weidenkorb. Das geblümte Sommerkleid, das leicht im Abendwind flattert, ist vielleicht etwas gewagt für ihr Alter, aber Korbinian findet, dass es ihr doch sehr gut steht.